京都府警あやかし課の事件簿8

東の都と西想う君

天花寺さやか

PHP
文芸文庫

○本表紙デザイン＋ロゴ＝川上成夫

もくじ

序章　9
第一話　今熊野《いまくまの》と夢追い人達　27
第二話　新京極《しんきょうごく》の鬼ごっこ　161
第三話　東の都と西想う君　253
終章　377

主な登場人物

天堂竹男《てんどうちくお》
京都府警「人外特別警戒隊《じんがいとくべつけいかいたい》」、
通称「あやかし課」隊員。
八坂神社氏子区域事務所《やさかじんじゃうじこくいきじむしょ》である
「喫茶ちとせ」のオーナー兼店長。

深津勲義《ふかづいさよし》
京都府警警部補。
八坂神社氏子区域事務所の所長。
「喫茶ちとせ」の二階に常駐。

栗山圭佑《くりやまけいすけ》
京都府警巡査部長。
伏見稲荷大社《ふしみいなりたいしゃ》氏子区域事務所である
和装体験処《どころ》「変化庵《へんげあん》」に勤務。

総代和樹《そうしろかずき》
「あやかし課」隊員で、「変化庵」に勤務。古賀大《こがまさる》の同期。

古賀大《こがまさる》
「あやかし課」隊員で、「喫茶ちとせ」に勤務。簪《かんざし》を抜くと男性の「まさる」に変身出来る。

坂本塔太郎《さかもととうたろう》
雷の力を操る「あやかし課」の若きエース。「喫茶ちとせ」に勤務。

御宮玉木《みやたまき》
京都府警巡査部長。神社のお札《ふだ》を貼った扇《おうぎ》で結界《けっかい》を作る力を持つ。「喫茶ちとせ」の二階に常駐。

山上琴子《やまがみことこ》
「あやかし課」隊員で薙刀《なぎなた》の名手。「喫茶ちとせ」の厨房《ちゅうぼう》担当。

＜京都編＞

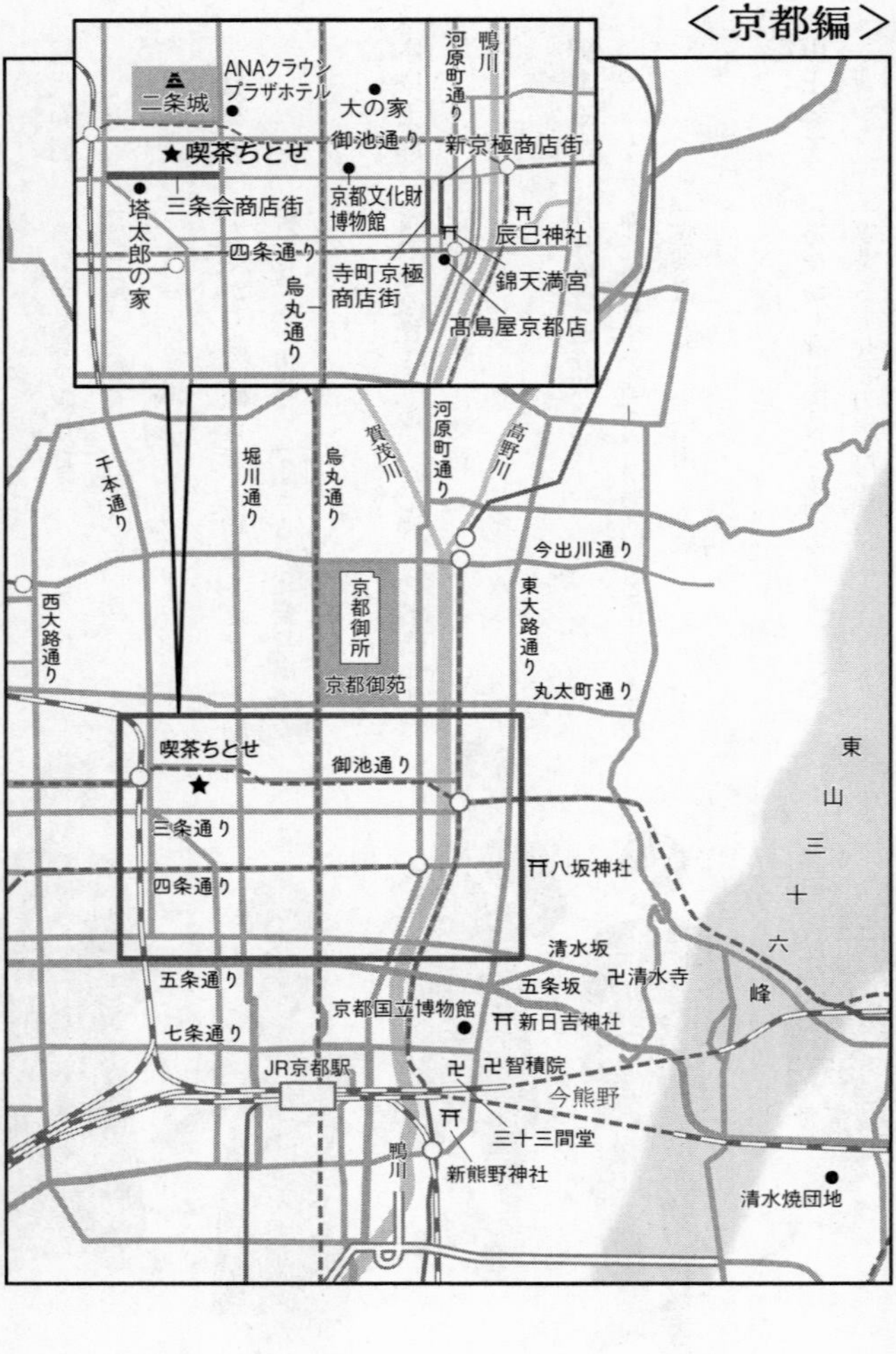
二条城
ANAクラウンプラザホテル
大の家
御池通り
新京極商店街
鴨川
河原町通り
★喫茶ちとせ
京都文化財博物館
三条会商店街
塔太郎の家
四条通り
辰巳神社
寺町京極商店街
錦天満宮
高島屋京都店
烏丸通り
千本通り
堀川通り
烏丸通り
賀茂川
河原町通り
高野川
今出川通り
東大路通り
西大路通り
京都御所
京都御苑
丸太町通り
喫茶ちとせ
御池通り
三条通り
四条通り
八坂神社
東山三十六峰
清水坂
五条通り
清水寺
五条坂
京都国立博物館
新日吉神社
七条通り
JR京都駅
智積院
今熊野
三十三間堂
鴨川
新熊野神社
清水焼団地

＜東京編＞

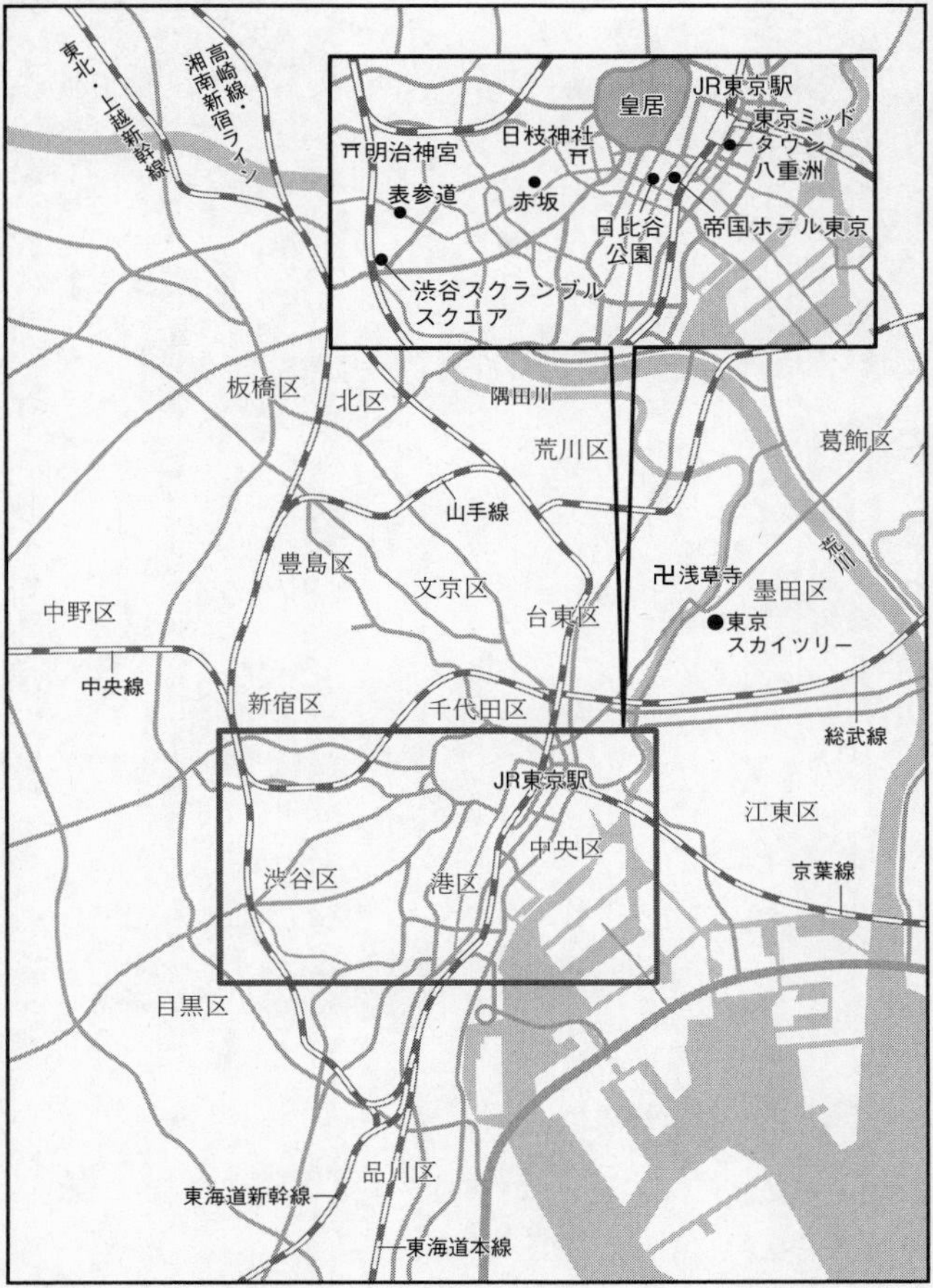

東北・上越新幹線
高崎線・湘南新宿ライン
皇居
JR東京駅
東京ミッドタウン八重洲
明治神宮
日枝神社
表参道
赤坂
日比谷公園
帝国ホテル東京
渋谷スクランブルスクエア
板橋区
北区
隅田川
荒川区
葛飾区
山手線
荒川
豊島区
文京区
浅草寺
墨田区
中野区
台東区
東京スカイツリー
中央線
新宿区
千代田区
総武線
JR東京駅
江東区
中央区
渋谷区
港区
京葉線
目黒区
品川区
東海道新幹線
東海道本線

序章

八月の風物詩・五山の送り火が終わり、各町内が地蔵盆《じぞうぼん》で賑《にぎ》わう暑い夜。

坂本塔太郎《さかもととうたろう》は、京都駅近くの居酒屋で、総代和樹《そうしろかずき》と待ち合わせていた。

女性従業員がお冷《ひや》を運んできて、塔太郎の前に静かに置く。塔太郎は小さくお礼を言い、水を飲もうと手を伸ばした。

その時、入り口から、男性従業員の声がする。

「お連れ様、ご来店でーす！」

その潑剌《はつらつ》さに引っ張られるように、店の奥や厨房《ちゅうぼう》から「いらっしゃいませー！」という他の従業員達の声が、店内に響いた。

塔太郎が顔を上げると、入ってきた客は総代である。総代は、レジ前の従業員に軽く会釈《えしゃく》した後、塔太郎のいるテーブルまでやってくる。

やがて、塔太郎の向かい側に座り、傍《かたわ》らに鞄《かばん》を置いて、小さく頭を下げた。

「お疲れ様です。遅くなってすみません。報告書を書くのに手間取っちゃいまして

「いや、ええよ。仕事終わりに呼び出して悪かったなぁ。お疲れ」

……。もっと、早く来る予定だったんですけど」

塔太郎が働く「喫茶ちとせ」同様、総代が働く「変化庵《へんげあん》」も、基本的には仕事が終わると私服で帰る。そのため、塔太郎も総代も、今は和装ではなく普段着だった。

塔太郎のTシャツにパンツという簡単な格好に対し、総代は、薄いグレーのシャツに、薄茶の七分丈ジャケットを羽織《はお》っている。衣服が一枚多いのに総代の方が涼し気に見えるのは、何だか不思議だった。穿《は》いている黒のパンツも合わせた、色味のせいだろうと塔太郎は気づく。

さらに、

(総代くんは顔立ちがええし、それも要因かもな)

と思い至ると、塔太郎の脳裏《のうり》に、古賀大《こがまさる》の声が、優しく響いた。

(めっちゃ分かります！　総代くんって、お洒落《しゃれ》で顔もセンスもいいから、何を着ても似合うんですよね。さすが、東京の人って感じですよね)

自分で蘇《よみがえ》らせた声なのに、大の声を聞くだけで、頬《ほお》が緩《ゆる》んでしまう。

同時に、大が自分以外の男性を褒《ほ》める事が、少しだけ面白くないとも感じてしまう。

(あかんなぁ。自分の勝手な想像やのに)

近頃の塔太郎は、何かにつけて大の事を想うだけで、すぐに一喜一憂《いっきいちゆう》してしまうのだった。

　そんな塔太郎を現実に引き戻したのは、総代の声。

「──坂本さん？　飲み物って、頼みました？」

「あ、すまん。何も頼んでなかった。選んでええで」

　塔太郎がメニューを差し出すと、総代は笑顔で受け取る。メニューを開くのとほぼ同時に、「とりあえず生で」と答えるのは、居酒屋での反射的な癖《くせ》らしい。その点は、塔太郎も同じだった。

　従業員を呼んで注文し、運ばれてきた生ビールを飲む。互いにジョッキを置くと、次第に落ち着いた雰囲気となった。

　塔太郎は、話を切り出すタイミングを探り、総代も、何となくそれを待っている。数秒、どちらも無言になってしまった。

　今夜の塔太郎と総代は、ある事について、話をするために集まったのである。

　数日前、塔太郎は、盆の帰省から戻った総代に連絡を取り、話がしたいと申し入れた。何の話かは言わなかったものの、総代はすんなり了承し、互いに夜勤のない日を選んで場所を決め、今に至っていた。

　やがて、口を開いたのは総代で、

「遅れましたけど……。坂本さん、退院おめでとうございます」

と、祝いの言葉を述べる。塔太郎は微笑《ほほえ》み、

「ありがとう。事件も解決したし、ほんま、総代くんや皆のお陰やわ」

と、本題に入る前に、自分達京都府警のあやかし課が全力を挙げて戦った、先月の事件を思い出した。

七月は、京都中が祇園祭《ぎおんまつり》に沸《わ》く。

その裏側で、あやかし課は、京都信奉会《きょうとしんぽうかい》の四神《しじん》の一人・船越《ふなこし》による山鉾《やまほこ》奪取を阻《はば》むため、秘《ひそ》かに町を警備し、前祭《さきまつり》の山鉾巡行《じゅんこう》当日に、船越の軍勢を京都の南の上空で迎え撃った。

空での決戦は、熾烈《しれつ》を極めた。塔太郎が船越を倒した後は、信奉会の教祖・神崎《かんざき》武則《たけのり》の分身までもが現れた。その強さは分身でありながら規格外であり、エースたる塔太郎でさえ、手負いだったという事を差し引いても、被害拡大を抑えるだけで精一杯だった。あやかし課は窮地《きゅうち》に追い込まれ、一時は京都の中心部への侵入さえ、許してしまった。

しかし、最終的にそれを阻み、あやかし課を勝利へと導いたのは、塔太郎はもちろん、他の隊員達や総代、そして古賀大の、全身全霊の働きだった。

誰もが持てる力を賭《と》して、ようやく神崎の分身を退治《たいじ》し、京都の平和を守り切っ

た。その代償《だいしよう》として塔太郎は瀕死《ひんし》の状態に陥《おちい》ったが、八坂神社《やさかじんじや》の主祭神・素戔嗚尊《すさのをのみこと》に命を救われた。

そのお陰で今、塔太郎はこうして、元気に生きているのだった。

「僕、先月の戦いで、個人としても坂本さんにお礼を言いたかったんです。僕が神崎に手を砕かれそうになった時、坂本さんが守ってくれましたよね。あの時は、本当にありがとうございました」

「お礼なんかええのに。あれから、手は大丈夫なんか」

「もちろんです。戦いの直後は、少しだけ痛みもありましたけど、今は引いてます。入院していた坂本さんに比べたら、何でもないですよ」

「そうか。よかったわ。総代くんは、あの時ほんまに活躍してて、凄《すご》かったよな。屋形船《やかたぶね》から撃った大砲に、まさるを乗せた鳳凰《ほうおう》。ほんで、大ちゃんの分身達……。どれも、総代くんならではの技や。総代くんがいいひんかったら、被害はもっと出てたやろうし、大ちゃんかって危なかった」

「いえ……。ありがとうございます。そう言ってもらえると、嬉《うれ》しいです」

塔太郎の口から、「大ちゃん」という言葉が出た瞬間。総代が嬉しそうに目を伏せる。

今、総代の脳裏には、間違いなく大の姿が浮かんでおり、総代はそれを、心から愛《いと》しく思っているのだろうと、塔太郎は感じ取った。

塔太郎の予想通り、総代は顔を上げて、

「僕、古賀さんを守る事が出来て、本当によかったと思います。彼女は僕の……とても大切な人ですから」

と、はっきり言う。

総代は大の同期であり、秘かに、大へ想いを寄せている。その事について塔太郎は、昨年の冬、総代から相談を受けていた。塔太郎は総代に協力し、総代は、今日まで塔太郎の協力を得て、大との距離を縮めていた。

先月の戦いで、総代が自《みずか》らの絵で大を守り切れたのも、同期としての他に、男としての想いが重要な原動力となったに違いない。

総代の大への想いは本物である。塔太郎はそれを、初めからちゃんと分かっていた。

しかし、

「……そうやんな。総代くんは、大ちゃんの事が好きなんやもんな。……で、まぁ……。今日、ここに来てもらった理由なんやけど」

と、塔太郎がついに話を切り出すと、

「分かってますよ。古賀さんの事ですよね」

　と、総代は即答する。

「やっぱり、分かってたか」

「はい。電話の時の坂本さんの声が、明らかに、今までと違ってましたから」

　それを聞いて、塔太郎は微《かす》かに息を吐《は》いた。

　どうやら総代は、塔太郎が何の話をしたくてこの場を設《もう》けたのか、電話の段階から、既に気づいていたらしい。それなら話は早いと、塔太郎は本題の前に今一度腹を括《くく》る。

「総代くんが察してるんやったら、単刀直入《たんとうちょくにゅう》に言うわな。――今まで俺は、総代くんの恋愛に協力してきたけど、それを、解消さしてほしいねん」

　総代の目をまっすぐ見て、一気に伝える。

「理由は、俺《おれ》も、大ちゃんの事が好きやから」

「……」

　その瞬間、総代の表情がにわかに硬《かた》くなる。しかし、塔太郎の心は揺るがなかった。

「今更《いまさら》ほんまに申し訳ないけど、実は俺も、ずっと、大ちゃんの事が好きやった。総代くんが大ちゃんを好きな間も、実はずっと、俺も好きやった。今でもや。その想いを、大ちゃんに、直接伝えたいねん」

「……」

塔太郎の大への想いは、総代が大を好きになるよりもずっと前から、それこそ、今にして思えば、出会ったその瞬間から存在していた、深いものだった。

しかし、出自《しゆつじ》の事情や実父が束ねる京都信奉会が起こす事件の激化等から、塔太郎は、これまで全《すべ》てを諦《あきら》めて、大と距離を置こうとした。自分の責務を全《まっと》うしようとするあまり、大の幸せを願うあまりの決断だった。大が好きだと相談してきた総代に対し、自分の気持ちに蓋《ふた》をして協力をすると申し出たのも、そのためである。

ゆえにその後、塔太郎は、大との距離がどんなに縮まっても、総代の恋を応援し続けてきた。大がほぼ毎日欠かさない修行「まさる部」をはじめ、様々な場面で、大と総代が同じ時間を過ごせるように協力し、塔太郎自身は、出来るだけ影に徹しようとした。

しかし、先月の事件を経て、塔太郎と大との間には、もはや簡単には断ち切れないほどの、固い絆《きずな》が出来上がっている。

さらに、塔太郎を一歩引かせる最大の要因だった身の上についても、八坂神社の神様達から、塔太郎自身も幸せに生きるようにと言われ、背中を押してもらえたのである。

それによって塔太郎は、今後は全てを背負ったうえで、自らと実父、そして信奉会とを切り離し、これからは、自分の人生を生きると決意した。先輩隊員として、男として、愛する大の傍《そば》にいたいと願い、きちんと想いを告げたいと、思ったのである。

しがらみから自由になったその第一歩として、塔太郎はまず総代との約束に、けじめをつける事にしたのだった。

「やから……すまん。協力の件は、俺から言い出した事で、自分勝手やと分かってるし、今まで黙ってたんも含めて、総代くんに嫌な思いをさして、本当に申し訳ないと思ってる。けど、これからは俺を、協力者じゃなしに、対等の恋敵《こいがたき》やと思ってほしい。告白さしてほしい。俺が大ちゃんを好きなんは、事実やから」

「坂本さん」

「総代くん。——頼む」

塔太郎は総代に深く頭を下げる。総代は、それをじっと見つめたまま、しばらく何も喋《しゃべ》らなかった。

頭を下げる塔太郎には、総代の表情は分からない。しかし、塔太郎自身は、相手が怒るのは当然だと思っており、罵《ののし》りを覚悟のうえでの、謝罪と懇願だった。

だから塔太郎は、ひたすら頭を下げ続け、目線だけを上げて表情を見るなど、相手の気持ちを窺《うかが》うような真似《まね》はしなかった。

しかしやがて、自分を受け入れるような温かい雰囲気が、塔太郎の頭上から伝ってくる。

口を開いた総代の声は、

「坂本さん。もう、そんな事しないで下さい。坂本さんが頭を下げる必要なんてないですし、見たくないですよ」

という、先輩への、あるいは塔太郎への思いやりが、確かに含まれていた。

塔太郎がゆっくり顔を上げると、総代は、穏《おだ》やかでも深い思慮を含んだ表情で、

「実を言うと、僕もそろそろ、坂本さんときっちり話をつけないとって、思ってたんです」

と告げる。

「……というと？」

塔太郎は緊張し、思わず、拳《こぶし》を握っていた。

「僕も、本当は、謝らないといけないんです。前から何となく気づいてたんですよ。坂本さんが、古賀さんの事をとても大切に想っていて、僕と同じように、きっと、古賀さんの傍にいたいんだろうなって。その予想は当たりでしたね」

「……すまん」

「だから、謝らなくていいんですよ。でも、僕はそれを分かっていながら、今まで坂本さんの厚意に甘えていました。坂本さんが用意してくれた色んな機会を使って、ずっと、古賀さんの傍にいました。すみませんでした」

「そんな、別に、総代くんが謝る事ちゃうやんけ。好きな子の傍にいたいって思うのは、当たり前やし」

「まぁ、確かにこの瞬間も、古賀さんの傍にいたいとは思ってますけどね。ただ……」

「ただ？」

「……坂本さんのお気持ちは、よく分かりました。僕も古賀さんの事が好きですし、諦めたくありません。だから、同じ想いを抱《いだ》く人間として、坂本さんに甘えていた事も含めて、坂本さんの今のお願いを、断るなんて出来ないなって思います。坂本さんの告白を止める権利は、僕にはありません」

「ほな……」

「でも、今は駄目なんです。僕は今、古賀さんと約束をしていまして……」

「約束？」

「はい。来月、二人で東京へ行きます。古賀さんを、僕の家族に会わせるためです」

「家族……そうか」

「はい。すみません」

それを聞いた瞬間、塔太郎の心の中に、ぽつんと一滴の悲しみが滲《にじ》む。塔太郎も総代も、しばらく何も喋らなくなった。

いつの間にか、大と総代は恋人同士になっており、既に、家族と会うところまで発展しているらしい。塔太郎は、全てを察すると同時に総代を恨《うら》まない事、そして、大を諦める覚悟をする。

しかしすぐ、

「……ん？　今は？」

と疑問を感じて口に出し、顔を上げて総代を見た。

「今は、って、どういう事やねん？　東京に行った後やったら、俺が大ちゃんに告白しても構へんのか」

「いえ、その……」

妙《みょう》な流れになり、塔太郎は微かに首を傾《かし》げる。

やがて、総代が目を瞑《つむ》り、そして今度は総代が、静かに、そして深く、頭を下げた。

「お願いです、坂本さん！　最後にあと一回だけ、僕の我儘《わがまま》を聞いて頂けませんか。協力はしてもらわなくていいんです。対等な恋敵でいいんです。ただ……坂本さんが、古賀さんに想いを伝えるのだけは、どうかもう少しだけ、待って頂きたいんです」

突然の事に、塔太郎は総代を凝視《ぎょうし》した。今、塔太郎に頭を下げている総代には、一種の必死さはあっても、恋愛の泥沼《どろぬま》化を感じさせるような、黒い感情は見られない。

単に、想い人を渡したくないだけでなく、何かがあるのだと塔太郎は直感した。

「……何かあったんか」

「……実は……」

塔太郎が訊《き》くと、総代は申し訳なさそうに説明する。居酒屋の喧騒《けんそう》の中、総代が話した長いその事情は、総代が大を連れて東京へ行き、恋人として自分の家族に会わせるに足る、深いものだった。

話を聞いた塔太郎は、しばらく言葉が出なかった。目線を落とし、腕組みをして考える。しかし、塔太郎が出すべき答えは一つしかなかった。

「……なるほどな。分かった。大ちゃんが了承してるんやったら、それでいい」

その瞬間、総代の顔が、ぱっと開けたように明るくなる。

「ありがとうございます、坂本さん。一生恩に着ます」

再び頭を下げたので、塔太郎は慌《あわ》てて総代に顔を上げるよう促《うなが》した。もとは自分が謝罪し、責められるのを覚悟のうえだったのに、これでは逆である。塔太郎が些《いささ》か申し訳なく思っていると、総代がぽつりと、窓から見える京都駅周辺の景色を見ながら、自分の気持ちを話し始めた。

「坂本さん。本当の事を言うと……。古賀さんを東京に連れていきたいのは、他にも理由があるんです。

——東京の人ってね、実は、京都の人とは、全然感覚が違うんですよ。神社やお寺、お祭についての考え方や、それこそ、地元に対する思い入れとか……。

でも、僕はこの京都に来て、古賀さんに出会って、考えが変わりました。地元を愛する京都の人達を見て、地元で一生懸命に頑張る古賀さんを見て、僕も、今働いている京都の事だけじゃなく、自分の生まれ育った街・東京についても、色々考えるようになったんです。東京と京都はここが違う、それが面白いな、とか、京都がこうなら、東京はどうだったかな、とか……。

その、愛着の湧《わ》いた自分の地元を、古賀さんに見てもらいたいんです。古賀さんの、あのまっすぐで綺麗《きれい》な目には、東京がどんな風に映るのか。僕が生まれ育った東京に立つ古賀さんは、どんな姿なのか……。それが見たい。好きな人が、自分の地元に立つ姿を見てみたいんです。芸術家気取りの、性《さが》っていうんですかね」

「せやし今回、どうしても、大ちゃんを連れて行きたいんやな。家族の問題がある
にしても」
「はい。――だから坂本さん。お願いします。もう少し、僕に時間を下さい。僕
に、もう少しだけ、片思いをさせて下さい」
再び頼む総代を見て、塔太郎は、以前もそう思ったなと思い出しながら、
（やっぱり、総代くんは真面目《まじめ》やな）
と、感じ入る。
「なぁ。総代くん。総代くんのさっきの言葉について、一つ、直させてくれ」
「何ですか？」
「総代くんは、自分の事を『芸術家気取り』って言うたけど、俺は、総代くんは、
あやかし課隊員にして、立派な芸術家やと思ってるよ。やっぱり、総代くんの考え
方を聞いてると、ええ美術に触れてるみたいで楽しいわ。『好きな人が、自分の地
元に立つ姿を見てみたい』って、凄くええよな。やから俺は、総代くんの頼みを聞
きたくなってん。せやし、俺もうちょっとだけ、のんびり片思いを楽しむとする
わ。――東京、気ぃ付けて行きや」
塔太郎の気持ちを聞いた総代は、ふっと、嬉しさに震《ふる》えたかと思うと、目を伏
せ、やがて、笑顔を見せた。

「ありがとうございます！　やっぱり、坂本さんはいい人ですね！」

「そうか？」

「絶対そうですよ。栗山《くりやま》さんもいい人ですけどね。京都って、いけずとか排他的なイメージがありますけど……優しい人も、沢山《たくさん》いますよね」

それは嘘偽《うそいつわ》りのない、他府県の人からの言葉だった。

「ありがとう。そう言うてくれると嬉しいわ。……せやけど俺、告白しいひんだけで、大ちゃんへの好意はもう隠さへんで？」

「構いません。もし、古賀さんの方から坂本さんに告白したとしても、それは古賀さんの自由です。その瞬間に、坂本さんは古賀さんを受け入れて下さって大丈夫です。でも……古賀さんが誰も選ばない間は、僕も全力で、古賀さんに好意を送ります」

「お？　言うたな？」

「たまには、僕も強気でいきますよ？　いくら、あやかし課のエース相手でも」

互いにニヤリと笑い合い、やがて、くしゃりと顔を崩《くず》して笑い合う。塔太郎だけでなく、表情からして総代も、隠す事なく自分の気持ちを吐いたという安堵《あんど》があり、かえって清々《すがすが》しい気分だった。

「ま……。そういう事やな。話が一応はついた事やし。飲むか！」

「はい！　僕、ワインを頼んでもいいですか？」

「ええよ。俺も飲もっかなー。何か、おすすめある？」

「正直に言うと、僕の行きつけのお店のワインが、一番いいんですよ。ここの後に行きます？」

「おっ。ええなぁ。とりあえず、乾杯しよか」

「はい」

互いに笑い合い、改めてジョッキを合わせる。

ひとまずは無事、話に決着がついた事で、塔太郎も総代も、次第に肩の力が抜けていった。

「――ちなみに坂本さんは、古賀さんのどこを好きになったんですか？」

全て、と答えようとして、塔太郎は考え直す。

「お前には言わん」

「ひどいですねぇ。どうせ全部でしょ」

「やから、言わへん言うとるやんけ」

「薄情ですねー？　僕はまず、古賀さんのあの笑顔が好きですね。可愛《かわい》いのに親しみやすい。一緒にいるだけで癒《いや》されますし、元気が出ますよね。あと、真面目で一生懸命だけど、変なところで不器用とか。前に、古賀さんに手をマッサージしてもらった事があるんですけど、めちゃくちゃ痛くてびっくりしたんですよ。まぁ、でも、あれも一生懸命な結果だと思えば、転じて長所になりますね。外見の話もすると、印象的な顔立ちなのに、何というか、儚《はかな》さもある気がして、保護したくなってきませんか？　あと、たまに、口が小動物みたいにきゅっとなるのも……」

「いつまで喋んねん。全部挙げる気か」

「嫉妬《しっと》ですか？」

「ちゃうわ」

「坂本さんも言えばいいじゃないですか。古賀さんの好きなところ」

「何でお前に言わなあかんねん」

「じゃ、僕の話を延々と聞けばいいですよ」

「あー、もー！　好きなん頼めっ。黙って食うとけっ」

塔太郎が苦笑《にがわら》いでメニューを突き出すと、総代はニヤリと笑う。

「じゃあ、とりあえず生と冷酒で」

「お前もしかして酒豪《しゅごう》か？」

繁盛《はんじょう》している店の中も、地蔵盆で笑顔が溢《あふ》れる町内も、灯《あか》りがついて、まだまだ賑やかだった。

秋も間近の、八月の夜の話である。

第一話　今熊野《いまくまの》と夢追い人達

イタリアの作曲家、アントニオ・ヴィヴァルディの『四季』は、「春」「夏」「秋」「冬」の四曲で構成されている。

このうち、日本で最も有名なのは「春」であり、学校の音楽の授業の他に、様々な場所で聴く事の出来る名曲だった。

しかし、古賀大《こがまさる》は、

（お馴染《なじ》みの「春」もええけど、「秋」も素敵。もっと、日本で広まったらええのに）

と、思うようになっていた。

九月に入ったばかりの先日、自宅でテレビを見ていたら、季節に合わせてか偶然、ヴィヴァルディの「秋」が京都の景色と一緒に流されたからだ。

それを視聴した大は、「春」のような、命の芽吹《めぶ》きを高らかに歌う曲調とは違う、豊作を思わせる濃厚な旋律《せんりつ》や、土の躍動感溢《あふ》れるほどよいテンポに感動した。今までワンフレーズさえ触れた事のなかった「秋」が、大の中で、一気にお気に入りの曲となったのだった。

その時、大の分身とも言える存在・まさるも、大自然を思わせるこの曲に反応し、にっこり微笑《ほほえ》んでいる事を、大は心の奥底から感じ取っていた。

それらを頭に入れて、地元・京都を見渡せば、「秋」は、京都の背景音楽としては、まことによく似合っている事に気づく。

木々が色づく東山《ひがしやま》や、水の流れも緩《ゆる》やかに感じる鴨川《かもがわ》や桂川《かつらがわ》。感性を刺激するにあまりある、繊細かつ、豊かな食文化や祭事など、どこもかしこも気高い秋の京都に、古《いにしえ》の名曲「秋」はぴったりだった。

そんな「秋」を鼻歌で歌いながら、大は、いつも通り自転車に乗って、「喫茶ちとせ」に出勤する。自宅のマンションを出てすぐに、町内のお地蔵《じぞう》さんの水を毎朝替えているお婆《ばあ》ちゃんに挨拶《あいさつ》する時も、烏丸御池《からすまおいけ》の交差点での信号待ちの時も、ずっと、大の心は秋晴れだった。

喫茶ちとせに到着して店の裏に自転車を停め、ドアベルを鳴らして店に入る。坂《さか》本塔太郎《もととうたろう》が、筒袖《つつそで》の着物に裁着袴《たつつけばかま》、前掛けを締めてトレイを両手で持っており、夜勤明けとは思えない笑顔で迎えてくれた。

「おはよう！　大ちゃん！」

「おはようございます！　塔太郎さん、夜勤お疲れ様でした！」

ああ、今日は絶対いい日になる。

大は、塔太郎の笑顔を見ながら内心喜び、自分もとびきりの笑顔で挨拶した。

「そのトレイの上、紅茶が載ってますけど……。塔太郎さん、いつもはコーヒーやのに、今日は紅茶を飲むんですか？」

「いや、これは大ちゃん用。さっき、店の窓から、自転車に乗った大ちゃんが見えてん。せやし、店に入ってくるタイミングで出せるように用意した」

「ほんまですか⁉　めっちゃ嬉《うれ》しい……！　ありがとうございます！　早速頂きます！」

「どうぞー」

ニコニコ顔の塔太郎に椅子《いす》を引いてもらい、大はゆっくり席に着く。九月の朝に飲む温かい紅茶に、ほっとした落ち着きを感じる。大の頰《ほお》は緩みっぱなしだった。いい日どころか、極上《ごくじょう》の日である。好きな人に淹《い》れてもらった一杯だけで、大はもう、どこまでも頑張れそうな気がした。

「今まで飲んだ紅茶の中で、一番美味《おい》しいです！」

「大袈裟《おおげさ》やなぁ」

「ほんまですって！　三大紅茶のダージリン、ウバ、キームンに加えて、塔太郎さんティーが、私の中で入ってます！」

「何じゃそら。四つになっとるやんけ」

破顔《はがん》する塔太郎の童顔の目元がふんわり揺れる。茶化《ちゃか》しつつも、大の言葉を心から喜んでいた。

「俺《おれ》も、大ちゃんの淹れてくれるコーヒーが、一番美味しいと思ってるよ。毎日淹れてほしいぐらいやわ」

ぽそりと呟《つぶや》かれた言葉に、大は一瞬カップを持つ手が止まってしまう。やがて、言われた意味を理解して、顔が真っ赤になった。

「え？」

見上げる大を、塔太郎は楽しそうに見下ろしている。

「俺専属のバリスタに転職してくれたら、毎日、苺《いちご》のおやつを出したげるで？　どうや？」

冗談だと分かっていても、大はもう完全に、塔太郎の誘いに心を射抜《いぬ》かれていた。

（前から、塔太郎さんは冗談を言う人やったけど、最近は何かこう……。何かこうっ！　前よりずっと男らしくて、前は普通やった冗談も、今は凄《すご》くドキドキする。何で……？）

こうなると、大は胸の動悸《どうき》が速くなって何も出来ず、照れてオロオロするだけである。

「ですけど、ほら、ちとせもいい環境ですし……？」

ようやく大も冗談で迷う振りをした時、厨房《ちゆうぼう》から、天堂竹男《てんどうちくお》が顔を出していた。

「大ちゃーん。おはよーう。早《は》よ着替えてタイムカード押してやー」

「あっ、そや！　忘れてました！　お、おはようございますっ！」

竹男のニヤニヤ顔を見て、大は立ち上がる。二階の更衣室で着替えて、レジ横のタイムレコーダーに自分のタイムカードを差し込んだ。

ぴぴっ、じじーっという、レトロな機械音。厨房の中では、竹男と塔太郎の気軽なやり取りが続いている。

「塔太郎くぅーん。大事な従業員を引き抜かんといてー。てか、毎日おやつて。釣《つ》り方雑やな⁉ 可愛い子供か⁉」

「大ちゃんは子供じゃないですけど、可愛い後輩ですよ。店長さん！ 彼女を僕に下さい！」

「ええけど、大ちゃんと俺の分は、お前が働いてや」

「何でちゃっかり竹男さんが入ってるんすか」

こっそり聞いていた大は、幸せのあまり、口も瞳《ひとみ》もきゅっと閉じ、すっかり動けなくなる。今日はいつもの倍、頭を仕事に切り替えるのに、時間がかかりそうだった。

こんな光景を皮切りに、大の、京都府警あやかし課隊員としての一日が始まるのだった。

喫茶ちとせは、堀川《ほりかわ》通りと御池通りの交差点・堀川御池の西にあり、昭和の雰囲気が漂《ただよ》う喫茶店である。

京都は、有名な老舗《しにせ》喫茶店やお洒落《しゃれ》なカフェが多く、ガイドブックで常に取り上げられる他店に比べれば、ちとせは数人で回る小さな店だった。

それでも立地的には、大政奉還《たいせいほうかん》の舞台となった歴史的な観光名所・二条城《にじょうじょう》から近い。お昼時ともなると満席となり、竹男と山上琴子《やまがみことこ》が厨房で、大と塔太郎がホールスタッフとして、それぞれ忙しく働いていた。

「失礼します。ご注文をお伺いします」

大がテーブルの横に立ち、明るい声で注文を聞く。その間、塔太郎は笑顔でレジに立ち、会計を担《にな》っていた。

「合計で、二一四〇円になります。領収書ですね？　かしこまりました。お宛名《あてな》を伺ってもよろしいでしょうか。株式会社松下《まつした》研究所様ですね。——お待たせしました。こちらが領収書になります。ありがとうございました！」

会計が終わると、塔太郎は空《あ》いたテーブルの食器を素早く片付ける。その間も、大は、トレイに料理を載せて、ホールと厨房を行ったり来たりする。琴子の作る料理や竹男の淹れる飲み物は、どんなに忙しくても味が落ちる事はない。食事を終えて帰ってゆくお客さんは皆満足そうだった。

飲食店として賑《にぎ》わう店の二階では、京都府警察の警部補である深津勲義《ふかづいさよし》と、巡査部長の御宮玉木《みやたまき》が休む暇なく働いている。

ここに事務所を置く「京都府警察人外特別警戒隊《じんがいとくべつけいかいたい》　八坂神社氏子区域事務所《やさかじんじゃうじこ》」、通称あやかし課は、簡単に言えば、あやかし専門の交番である。呪詛《じゅそ》の被害相談の電話や、落とし物を手に事務所へやってくる善良なあやかし達への対応等、様々なトラブルや相談が、ひっきりなしに舞い込んでいた。その合間に、事件報告の書類作成もこなさなければならない。

そして、ひとたび通報が入れば、事務所の所長である深津や、喫茶ちとせの店長である竹男が数人を選抜し、デスクワーク及び喫茶店業務を中断して、現場に向かう。

その際、出動する者の左腕には、『京都府警察　人外特別警戒隊』と刺繡《ししゅう》された紫の西陣織《にしじんおり》の腕章《わんしょう》がしっかり巻かれ、身も心も、京都の平和を守るために捧《ささ》げるのだった。

夕方近くになると、さすがに客足も落ちてくる。塔太郎が、うーんと腕を伸ばしてストレッチして、

「大ちゃん、疲れてへんか。二条城がイベント期間やし、いつもよりお客さんが多くて大変やったやろ？」

と尋ねたので、大はすぐ首を横に振った。

「全然大丈夫です！　まだまだ何でもこい！　ですよ」

「そうか。頼もしいなぁ」

塔太郎に褒《ほ》められて、大は少女のように笑う。

こういう、気が緩んでいる時にこそ通報がよく入り、案《あん》の定《じょう》、厨房の小型トランシーバーから、玉木の声が聞こえてきた。

「お疲れ様です。先ほど、一般の方から通報が入りました。地縛霊《じばくれい》らしきものが出ているそうです。木屋町三条《きやまちさんじょう》まで、どなたかお願いします」

竹男が、大達を見てすぐ答えた。

「塔太郎と、大ちゃんに行かすわ。二階からは？」

「僕が行きます。それでは、古賀さんに塔太郎さん、お願いします」

「了解。――ほな行くか。大ちゃん」

「はい！　皆さん、行ってきます！」

二階から、玉木が降りてきて合流し、竹男と琴子が「いってらっしゃーい」と微笑んで送り出す。小型トランシーバーからも深津の声がして、「増援が必要やったら、すぐ連絡しいや」と、さりげなく支えてくれた。

木屋町三条にあるイタリアンレストランに到着すると、六人掛けのテーブルの脇で、若い男性が右足を抱《かか》えて座り込んでいる。激痛に顔を歪《ゆが》めており、霊力《れいりょく》持ちではない被害者の友人数人が、心配そうに集まっていた。

「飛田《とびた》くん、大丈夫？　祐実《ゆみ》ちゃん。今の飛田くんって、肉離れなんやろ？」

「だと、思うけど……。私、医療系の学部だけど、医者じゃないからねぇ……。だから、断言は出来ないよ。っていうか、肉離れって、こんなに痛がるもんだっけ？」

「飛田ー？　お前、大丈夫？　動けんの？」

男友達の問いに被害者は首を横に振り、

「無理。やばい。ほんま動けん。立てん」

と言って、眉間《みけん》にこれでもかと皺《しわ》を作っている。足以外は元気そうなのが、不幸中の幸いだった。店長をはじめ従業員達も心配し、被害者へ幾度も声をかけていた。

霊力のない者が見れば、ひどい肉離れに見えるらしい。しかし、半透明になっている大達、そして、霊力があり、ちとせに通報してきた女性客の目には、茶色い犬の地縛霊が被害者の右ふくらはぎにがっちり噛《か》みつき、

「お肉美味《うま》い。お肉、お肉」

と鼻を鳴らす姿が見えていた。

よほど空腹なのか、凄い執着心《しゅうちゃくしん》である。ただ、その形相《ぎょうそう》に反して被害者は元気であり、噛み方自体は甘いらしい。それもあってつい、大達は地縛霊を凝視《ぎょうし》してしまった。

「めっちゃ頑張ってますね」

「まぁ、地縛霊やしな。そんなに欲しいんやったら、普通の肉食うたらええのに」

「何か、思い入れでもあるんでしょうかね。肉に。とりあえず、被害者から引き離しましょうか。古賀さん、やります？」

「はい！　了解です！」

大は早速、被害者の友人達をすり抜けて、唸《うな》る地縛霊の前で片膝《かたひざ》を立てる。腰の刀に手をかけて魔《ま》除《よ》けの力を込め、下丹田《したたんでん》にそっと力を入れた。

精神を落ち着かせて、集中する。配属一年目の大は、それに数秒かかっていた。

しかし、今の大は、ほぼ一瞬。鞘《さや》をぐっと引いて横に抜き付ける。横一閃《よこいっせん》の刃が滑《なめ》らかに、すらっと光って余韻《よいん》を作る。魔除けの刀が一気に正確に、地縛霊の尻《しり》に当たった。

地縛霊は、切《き》っ先《さき》が触れたと同時に甲高《かんだか》い犬の鳴き声を発して、弾《はじ》かれたように店内を走る。風のように隅《すみ》へ走り、小さく身を丸めていた。

「古賀さん、お見事です」

「刀での引き剝《は》がしも、すっかり様になったなぁ。カッコええで」

玉木と塔太郎が、手短に褒めてくれた。

地縛霊は、お肉、お肉と連呼していた割には、気弱な性格だったらしい。大達を恐れているのか既に抵抗する気配すらなく、塔太郎が抱えて移動させようとしても、今度はそれを嫌がって、必死に床に伏せていた。

その様子は、まるで小動物である。はじめは恐れて通報した女性客も、「ほら、ワンちゃん。怖くないよー。出ておいでー？」と、気づけば地縛霊をあやしていた。

一方、人知れず解放された被害者は、

「ちょっと待って。何か、だんだんよくなってきた。……あっ、もう大丈夫！　全然動ける！　まじで大丈夫！」

と、今までの痛みが嘘のように立ち上がり、

「ごめん、皆！　迷惑かけたわー！　店長さんもすいません。お詫《わ》びに、ワインもう一杯頼みまーす」

と、陽気に人差し指を立て、意気揚々《いきようよう》と食べかけの料理を平《たい》らげていた。

友人達は唖然《あぜん》として、

「……肉離れ、やってんよね？」

「……多分」

と、呆《あき》れ笑いしていたが、ともかく治ってよかったと喜び合い、再びテーブルに着いていた。

ひとまず、これで事件は解決である。玉木がやれやれと言いたげに笑い、納刀《のうとう》し

た大も釣られて微笑む。ここの店長は辛《かろ》うじて霊力があるらしく、カウンターに座り直した女性客に、

「藤波《ふじなみ》さん、前から霊感があるとおっしゃってましたけど、ほんまにあらはったんですね」

と、小声で話しかけていた。

「そうなんです。マスターさんも、今の見えてました？」

「いやぁ、僕は感じる程度なんで、そこまでは。今、店の中に、いくつかの気配があるなぁとは思うんですけど、どんなやつがいるんですか？」

「ワンちゃんがいますねー」

「もう悪さしません？」

「はい。大丈夫だと思います」

「そうですか。いいなぁ。僕も見てみたいなぁ」

あやかし課の存在を伏せてくれた彼女が、大達を見てそっと微笑む。大達も、小さく敬礼して、

「ご協力、感謝します」

と、微笑み返した。

その後も地縛霊は大達を嫌がっていたが、塔太郎が引きずるようにして、何とか

ちとせへ連れて帰る。二階で取り調べとなり、深津が犯行動機を聞こうとしたが、結局犬はひたすら「お肉欲しい」としか言わなかった。

竹男に頼んでカツ丼《どん》を用意すると、地縛霊は鼻を鳴らしながら完食しつつ、

「違う、この肉違う。ピンクの薄切り。美味いやつがいい。無能め」

と罵《ののし》ってウォンと吠《ほ》え、再び肉をねだり出す。深津が無表情で拳銃《けんじゅう》を抜いたので塔太郎が、

「深津さん早まらんといてエーッ！」

と、抑える羽目《はめ》になってしまった。

取り調べはひと悶着《もんちゃく》あったものの、この後、大の頭に閃《ひらめ》くものがあり、

「もしかして……。生ハムが欲しいんですかね？」

と、提案して竹男に用意してもらうと、地縛霊は大喜びで尻尾《しっぽ》を振った。さらに、その場でぐるぐる回り始めたので、どうやら正解だったらしい。

望みの品を食べて満足した地縛霊は、あっさり犯行動機を喋《しゃべ》ってくれる。生ハム効果で取り調べを終えた大達は、無事、あやかし専門の保護をしてくれる小さな寺へ、地縛霊を送る手配が出来た。深津が、地縛霊を車に乗せて寺へ出発した時、外は既に日が沈んで真っ暗だった。

御池通りで車を見送った大と塔太郎は、近頃涼しくなってきたと言い合いなが

ら、店に戻る。琴子は、大達が地縛霊を連れてくる前に仕事から上がって帰宅しており、玉木は、書類作成でまだ二階にいる。厨房には、竹男だけが残っていた。

「お疲れさーん。おもろい犬やったなぁ。生ハムの味が忘れられへんくて現世に残ってまうって、どんだけやねん。お寺さんでは絶対ハムは出えへんやろうけど、まぁ、しゃあないわな」

保護施設や留置所《りゅうちじょ》の役割を担う寺で出される食事は、基本的には、体にいい精進料理《しょうじん》である。あの地縛霊は、果たして素直に食べるのか、それとも、また駄々《だだ》をこねるのか。竹男に塔太郎、そして大は、地縛霊の反応を想像して笑い合った。

今日、ちとせに生ハムがあったのは偶然であり、きっかけは大が数日前、竹男に提案したものだった。

「ここのメニューには、生ハムのサラダがないですけど、出してみたらどうでしょうか。『料理はサラダ一つでいいけど、ほんまは、ちょっとだけお肉も欲しい』っていうお客さん、結構いはるかもって思ったんです。実際、休みの日に友達と行った他の喫茶店で、そういうお客さんがいはったのも見ました」

「なるほどな。ええかもしれんな」

女性ならではの感性と意見が、店長の竹男を動かした。そういう経緯《けいい》で試験的に、今日だけ、日替わりランチに生ハムサラダが入っていたのである。

大の予想は的中し、今日の日替わりランチを頼んだ客達は、明らかに、生ハムのサラダを見て決めた人が多かった。サラダ単品の注文もあって、竹男が「すんません、普段は出してないんですよ」と謝ると、残念そうにした客が何人もいた。

それに加えて、今回だけのケースとはいえ、取り調べにも役に立ったのである。

大の生ハムの提案に、竹男は満足そうだった。

「今日は、大ちゃんのお陰で色々助かったわ。ありがとう！　やっぱ、若い感性は大事やな」

「いえ、全然！　お役に立ててよかったです！」

店長に褒められて、大も上機嫌である。塔太郎がこっそり話しかけ、

「敏腕《びんわん》従業員さん。やっぱり、俺の専属バリスタになってえや」

と冗談を言ったので大も乗っかり、

「えー？　どうしましょう？」

と、わざとらしく迷う振りをした。

その時、竹男が、

「大ちゃんも、新人やと思ってたけど、だいぶ慣れてきたな。もう一年半やもんな」

と、呟くのが聞こえ、それは、喫茶店の従業員としてだけでなく、あやかし課隊

員としても、さらには、人としての成長の意味も含まれている事に、大は気づいていた。

この先、再び京都信奉会《きょうとしんぽうかい》との戦いが待っているにせよ、様々な事件を乗り越えた今の大の毎日は、希望に満ちている。

（それでも、もっともっと、高みに行かんとね！　塔太郎さんと、いつか二枚看板になるためにも）

現在の大の目標は、塔太郎と肩を並べられるような、エースと言われるほどのあやかし課隊員になる事。先月、五山の送り火を見た際に、大は、塔太郎を目標にしたいと、塔太郎本人に伝えていた。

エースに憧《あこが》れた新人時代から脱却して、いよいよ、エースを目指す時期に、大も入ったのである。

そしてその道は、「毎日」という名で、まさに目の前に延びている。見えない運命的な何かに、背中を押されている気さえしていた。

（今日も、魔除けの刀を上手《うま》く使う事が出来た。この前、猿ヶ辻《さるがつじ》さんにも言われた。『力がどんどん進化してる』って……）

七月の船越との戦いは、どの隊員が欠けても勝利が摑《つか》めなかったのは事実だが、中でも、大が変身した青年・まさるが発した新しい魔除けの刀の技と、大が現在最も得意としている魔除けの技にして癒《いや》しの技「眠り大文字《だいもんじ》」は、それぞれ不利な戦況をひっくり返した重要な一手となった。

事件解決後、この話は、あやかし課隊員達の間だけでなく、猿ヶ辻はもちろん、日吉大社《ひよしたいしゃ》の神々や杉子《すぎこ》といった古参の神猿《まさる》達にも伝えられ、大はそれぞれから、今後の期待を含んだ称賛《しょうさん》を受けたのだった。

特に、まさるが出した新しい技については、猿ヶ辻より「神猿《しんえん》の剣《けん》 番外《ばんがい》 粟田《あわた》飛炎《ひえん》」と名付けられ、

「古賀さんではなく、まさる君が自力で自分の技を編み出したというのは、これはえらい事や。ここまで来たら、古賀さんの魔除けの力が今後どう変化するのかは……正直、僕らでも、もう分からへん。まぁ、そもそも魔除けの力っていうのが、ある意味、霊力の純粋な進化系みたいなもんやから、当然と言えば当然なんやけどね。ま、その辺の事は、僕から話を聞くよりも、まずは鶴田《つるた》くんみたいな仲間と一緒に、色々考えてみ。君らの行く末がどうなるか。僕はもちろん、杉子さんはじめ神猿の皆で、見届けさしてもらうわ」

と、先日のまさる部で少々意味深《いみしん》な事を言われ、大自身はもちろん、心の中にいるまさるも、身が引き締まったばかりだった。

(私らの行く末がどうなるか……か……。塔太郎さんと二枚看板の、あやかし課隊

員になるのは目標やとして……。例えば十年後とかの私って、どんな風になってるんやろ？　今のまま、喫茶ちとせで働きつつ、事件を解決する毎日になるんやろうか。もちろん、それはそれで全然いいし、むしろ、そう願ってはいるけども）

このままどんどん成長すれば、自分は将来、どこで、何を見て、どうなっているのだろうか。

大は、未来を想像するというよりは、むしろ目指すべき具体的な姿をさらに細かく、模索するように考えていた。

その時である。

「ほな、二人とも夜勤ちゃうし、上がってやー。……と、言いたいとこやけど」

口を開いた竹男の声が、いつもより少しだけ真剣で。

「大ちゃん、この後、時間あるけ？　悪いけど、ちょっと話あんねん。いや、別に怖い話じゃないよ」

不思議な事にその瞬間、大は、何かを直感した。自分の成長や未来予想図がまた一つ、明確になる気がした。

大は思わず、緊張交じりで塔太郎の顔を見てしまう。

しかし塔太郎は、そんな大の心に気づいてくれただけでなく、既に、竹男の用件を知っているらしい。

「何やろな？　大ちゃんだけ、特別ボーナスとか？　ええなぁ。――大丈夫。心配ないよ」

励《はげ》ますように希望いっぱいの笑顔で、大の肩を叩《たた》いてくれた。


「えっ⁉　古賀さん、ちとせの店長になるの⁉」

驚いて声を上げた総代《そうしろ》に、大は慌《あわ》てて手を振った。

「ちゃう、ちゃう！　まだ将来的な話！　具体的な話とか、別に何も進んでへんから！」

午前中の喫茶ちとせに、客は、総代以外誰もいない。厨房には竹男と琴子がいて、塔太郎は、今日は公休日だった。

今、テーブル席に着いて大を見上げている総代も、塔太郎と同じく公休日だという。そのため、客として喫茶ちとせに来てはいるが、大の感覚としては、総代は客の数に入らぬ身内も同然。外からの客もおらず、従業員も一人少ないちとせの店内は、とても静かだった。

大は、総代の声が厨房や二階の玉木にまで聞こえていたらと恥ずかしくなってしまう。

しかし、たとえ今の話が聞こえていたとしても、ちとせの五人は皆、それを知っている。竹男に至っては、オーナー兼店長であり、この件の発案者その人だった。

大が詳《くわ》しい経緯を話すと、総代は目を輝かせ、嬉しそうに拍手した。

「へぇー⁉　凄い！　古賀さん、それって昇進って事だよね？　おめでとう！」

「やから、まだ、遠い未来の話やってば。それに、竹男さんから打診されただけで、確実でもないし……」

「でも、深津さんも認めてる話で、誰も反対してないんでしょ？」

「うん。一応。むしろ歓迎してくれてるっていうか……」

「じゃあ決定でしょ。おめでとう！」

「もう。やから気が早いってば！　今はほんまに準備期間みたいな感じで、別に、今までと変わってへんから！」

謙遜《けんそん》しつつも、大とて、先日いきなり降って湧《わ》いたような我が身の話に、まだ、ふわふわ浮かれているような気分だった。

竹男に呼ばれたあの日、竹男はまず塔太郎を帰してから大をテーブル席に座らせ、自《みずか》らは、二階へ上がって深津を呼んだ。

玉木は二階に残ったままであり、大の向かい側に、喫茶ちとせの店長である竹男と、あやかし課の事務所の所長である深津が並んで座る。それだけで、大は重要な話と察して体が固まり、知らぬ間に、不祥事《ふしょうじ》でも起こしたかと不安になってしまった。

大は脳内で、必死に昨日までの記憶を手繰《たぐ》り寄せる。しかし現実は、その不安を簡単に打ち消して、

「大ちゃんなぁ。ここの店長、する気ない？」

と、竹男に明るく訊かれ、

「……へ。えっ？」

と、後から自分でも思うほど、間抜けな声を出していた。

「あの……。店長って、どなたがですか。店長は竹男さんですよね？」

「今はな。ただ、誰かに継いでほしいとは思ってて、それを、大ちゃんに頼みたいな、っていう話やねん」

「私が、ですか？」

「そう」

「何を、でしたっけ」

「ここ。店」

「ここ？」

「そう。ここ」

「ここ？」

「延々繰り返すやん！」

竹男が爆笑した。深津も、無理もないと言いたげに笑っていた。

店長という事は、要するに管理職である。予想外の昇進話に、大は、ぽかんとして頭が真っ白になる。

しかしすぐ、話の内容を理解して、

「えっ、私がですか⁉　何でですか？　竹男さんは、それでいいんですか⁉」

と、畳《たた》みかけるように訊き返してしまった。

もちろん竹男とて、深津も同席させているので冗談ではなく、

「俺が自分で、色んな方面から考えた結果や。大ちゃんは、要するに、今の俺の立場である、あやかし課隊員兼ちとせの店長に、相応《ふさわ》しい子やと思ってるよ。もちろん、本人の意思ありきやけどな」

と言う竹男の横で、深津も頷《うなず》いていた。

その深津の頷きも、所長としての同意がはっきり含まれている。大が次代の、喫茶ちとせの店長となるかどうかは、ほぼ、大の意思次第というところまで、話はまとまっているらしかった。

戸惑《とまど》いが抜けない大に、今度は深津が説明する。

「先に言うとくけど、別にこれは、俺らからの命令でも、ましてや府警本部からの辞令でも、何でもないしな。『そんなん嫌や！』って蹴《け》って断ってくれたって、今後に何の支障もない。人間、誰しも永遠の命じゃないし、もし喫茶ちとせを続けていこうと思うんやったら、必ず後継者は必要になる。要は、その時のための準備やねん。店の権限は竹男にあるから、本来は俺がここにいる必要はないんやけど、店長云々《うんぬん》の話やったら、事務所の体制にも関《かか》わってくるから、同席してもらってんねん」

「準備の前段階の、さらにその前の、一応の打診《だしん》みたいなもんやな。本番は、だいぶ先の話やで」

竹男が笑ってくれた時、大はそういう事だったのかと思い、ようやく、ほっとひと息つく。竹男がそれを見計らって、冗談交じりでメニューを差し出してくれた。

「何か飲むけ？」

「ありがとうございます。でも、大丈夫です。――お話は確かに嬉しいですし、頑張りたいとは思うんですけど……。私にとって先輩の、琴子さんや塔太郎さんを差し置いて、私でいいんですか？　琴子さんのお料理は最高ですし、塔太郎さんはホールスタッフとして凄く優秀で、今では、その……女性のお客さんに、凄く人気が……」

大がもじもじすると、竹男は面白そうにニヤリと笑う。

「塔太郎なぁ。あいつ、七月の決戦でひと皮剝《む》けたんか知らんけど、憑《つ》き物《もの》が落ちたようにハイパー爽《さわ》やかボーイになりよったもんな。まぁ、元から明るい奴《やつ》ではあったけど。

——もちろん、二人にも打診《だしん》はしたで。ただ、結論から先に言うと、琴子はすぐ辞退しよったし、塔太郎は、本人の意思も俺らの意見も、現状と将来においても、『無理やろな』って一致してん。やし、あくまで一応訊いただけで、最初から塔太郎は、店長候補からは外《はず》してた。でも、そういう経緯があっても、絶対に消去法で大ちゃんを選んでる訳じゃないねん。俺は最初から、大ちゃんが適任やろなって思ってたよ。二人には、ほんまに年功序列で先に訊いただけ。まぁー、琴子も、絶対断りよるなって思ってたしな」

「そうなんですね。琴子さん、息子さんもいらっしゃって大変ですもんね」

「そうそう。従業員として、特に厨房の腕は天下一品なんやけどな」

今の大と同じ話を琴子が受けた時、琴子は竹男の予想通り、笑いながら手を横にぶんぶん振って、

「今でも、家庭で母親っていうリーダーやってんのに、職場でもそんな立場はお腹《なか》いっぱいやわー！」

と言って断り、塔太郎は、

「辞令やご神勅《しんちょく》であれば、そら、拝命《はいめい》しますけど……。そうでないとなると、ちょっと今の状況的に、うーん……。やっぱ厳しいですね」

と答えて、自らの職務や修行に専念したいと、遠回しに断ったという。

現在の塔太郎は、七月の京都信奉会との戦いの功績が、まず京都府警察や八坂神社の神々に認められ、それがじわじわ噂《うわさ》として広まり、九月に入った今では、京都の様々な神仏から注目される存在になっていた。その影響もあって、現在の塔太郎の修行は、新技の創案も含めて、より高度なものになっているらしい。

大が塔太郎本人から、あるいは人づて、さらに猿ヶ辻から伝え聞いた話によると、元来の師匠筋《ししょうすじ》である鴻恩《こうおん》と魏然《ぎぜん》や、以前から協力してくれる天神《てんじん》と名高い菅《すが》原道真《わらのみちざね》、さらに、名は非公開というのを条件に、複数の京都の神仏が、塔太郎の修行に賛助してくれているという。

それも全《すべ》て、いつか再び来る京都信奉会との決戦のため。現状、神崎武則《かんざきたけのり》とほぼ対等に渡り合える人間は塔太郎以外になく、塔太郎の修行は、もはや京都の平和のため、エース個人の自主鍛錬《たんれん》という枠を大きく超えていた。

当然、京都府警察人外特別警戒隊の本部も承認しており、というよりは、むしろ本部こそが、そこに期待を寄せているという。

そんな塔太郎の現状から、喫茶ちとせの店長は不可能であると、竹男も深津も分かっていた。ゆえに竹男は、最初から塔太郎を店長候補から外しており、打診も形だけという訳だった。

深津と玉木は、正規の警察官なので当然除外される。そうなると、残った店長候補は大のみ……という事になる。

しかし竹男も、消去法で大事な後継者を決めた訳ではない。

大の打診が最後になったのは、あくまで年齢順からであり、大の素質そのものは喫茶ちとせの経営者、つまり、店長に向いていると、竹男は言い続けた。

「やから、ほんまにそこは気にしんといて。大ちゃんに実力や素質がちゃんとあんのは、ほんまに間違いないから。接客は明るいし、要領も悪くないし、ちゃんと勉強するしで三拍子《さんびょうし》揃《そろ》ってる。もし、大ちゃんが塔太郎より先輩やったら、俺は大ちゃんに先に訊いてたし、琴子よりも年上やったら、真っ先に打診してたで。そこは信じてほしい」

「はい。ありがとうございます」

無理強《じ》いはされなかったものの、竹男の熱意は本物だった。

大は、気づけば両手を、膝の上でぎゅっと握っていた。竹男のひと声ひと声が体に染《し》み込むように、自分が店長になるという未来に、少しずつ、少しずつ、胸をときめかせる。

　それはひとえに、あやかし課隊員としての仕事の他に、喫茶ちとせでの仕事も、さらに言えば喫茶ちとせそのものも、京都の町の喫茶店として、大好きだからに他ならない。

「――竹男さんと深津さんは、ほんまに、私で大丈夫なんですよね？」

　最後の最後として大が訊くと、深津はもちろんと即答し、竹男は両腕を組む。

「やっぱり、大ちゃんが店長に相応しいっていう、俺の目は正しかったな。大ちゃん、自分では気ぃついてへんやろうけど……。打診されてから一度も、『私には無理です』って言うてへんで。この店が大好きっていう気持ちも伝わってくる。俺が思うに、それは店長としては、一番大事な能力やと思う」

　あ、と大も気づいて小さく口を開け、竹男の笑顔と目が合った。

　竹男は、大の深層心理を、大自身より理解してくれていたらしい。

　あやかし課隊員としてだけでなく、そんな人のもとで店長候補として修業し、いつか、あやかし課隊員であると同時に、喫茶ちとせを守る存在となる事が出来たら――。

　それ以上のものはないと、大は思った。

　そして、心を決めた。

「お話、謹《つつし》んでお受け致します。未熟者ですが、どうぞよろしくお願いします！」

元気に頭を下げた大を見て、竹男が景気づけに手を叩いた。

「よしっ！　ほな、これで話は決まりやな。深津も、必要やったら一応本部に言うといて。実際に交代するんはまだまだ先やし、耳に入れるくらいでええわ」

「了解ー。今度本部に行くし、その時に伝えとくわ。書類が必要になったら言うて」

「うん。分かった。ほな大ちゃん、そういう事で、改めてよろしく頼んます。まぁ、いうても先の話やし、しばらくは仕事に変化をつける気もないから、ぼちぼちやろう。その間に、自分で色々考えてみたり、他の喫茶店にも行って勉強してみて、感性磨いといて。やっぱり無理ってなったら、いつでも言うてくれてええしな」

「はい！」

こうして、二年目の後半に入った大に、「喫茶ちとせの店長候補」という、新たな肩書が加わったのだった。

総代がバナナジュースを飲み干し、お代わりを注文する。

喫茶ちとせの創業当初からあるメニューだといい、かつ、今でも、客から最も評判のよいドリンクの一つである自家製バナナジュースは、竹男が先代の店長よりレシピを受け継いだ、今は竹男しか作れない逸品《いっぴん》だった。

「古賀さんが、ひとまず店長になる予定……かぁ。楽しみだね。このバナナジュースのレシピも、もう教えてもらったの？」

「ううん、まだ。あくまで店長候補やから、竹男さんしか作れへん門外不出《もんがいふしゅつ》のレシピは、まだ無理やねん。でも、いつか教えてもらえるように頑張る！　総代くんも相談に乗ってな！　訊きたい事があんねん」

「いいねー。天堂さんも、古賀さんのそういう熱いところを見て、店長候補にしたんだろうね。もちろん協力するよ。山上さんや坂本さんも、応援してくれてるんでしょ？」

「うん！　それがめっちゃ嬉しいねん！　琴子さんは、竹男さんから聞いてすぐ、『将来、大ちゃんの下で働くなんて楽しみー！』って言うてくれはったし、塔太郎さんも、凄く嬉しそうにしてくれた」

その時、塔太郎が優しく目を細め、慈《いつく》しむように頭を撫《な》でてくれたのは、大だけの秘密である。

一人思い出して微笑む大を見て、総代は、気づいているのかいないのか、

「古賀さんが店長かぁー。……逆に、不安しかないかも」

と、悪戯《いたずら》っぽく笑う。

それを見た大は同期の気軽さですぐ反応し、応酬《おうしゅう》した。

「ちょっとそれ、どういう事ー⁉」

「だって古賀さんって、確かに従業員としての腕はいいと思うけど、変なところでテンション上がる時あるよね？　お客さんとついついずーっと喋っちゃったり、この前、自分の奢《おご》りでサービスしちゃった事も、人づてで聞いてるよ？　そういう事しすぎて赤字にならないか、僕、今から心配だなー」

「だっ、大丈夫やもん！　そこは、店長として真面目にやるもん！」

「いや、宣言しなくてもやるもんだしね？」

「もーっ！　またそんな事言う！　言われへんくても分かってますぅー！」

「店のメニュー、自分が好きなものだらけにしちゃ駄目《だめ》だよ？　苺やベリー系ばっかりになりそう」

「う……。やっぱ、分かるもんなん？」

「えっ、やる気だったの？」

「冗談で言うただけやもん！」

きゃいきゃい言い合う大と総代を見て、厨房から竹男が顔を出し、バナナジュースのお代わりを持ってきてくれる。

「子供か、お前ら。はーい、お待たせしましたー。バナナジュースでーす。大ちゃんの分も用意しよか？」

「あっ⁉ すっ、すみません竹男さん……！」

「へいへい。楽しそうで何より」

茶化した竹男と目が合った瞬間、大は、恥ずかしさで身をすくめてしまった。

たった今、竹男が運んできた客の注文の品を運ぶのが、今の大の仕事である。それにもかかわらず、総代と話し込み、楽しく口喧嘩《くちげんか》してしまい、すっかり忘れてしまっていた。

竹男は怒っていなかったが、普通の職場であれば、店長に運ばせるどころか客に油を売るだけで大目玉。大が顔を上げると、総代は我慢出来ないといった風に右手で口を覆《おお》い、

「早速、予想が当たったんだけど」

と、顔を背《そむ》けて笑っていた。

「もーっ！ 総代くんのせいやしなっ！」

「はーい。分かりましたー。しっかり頑張ってね、店長候補さん。……あ、で。僕にも相談に乗ってほしいんだっけ。話が逸《そ》れちゃったけど、何か訊きたい事があるとか……」

「うん。そうなんやけど……」

　これ以上話すのはよくないと思い、大は、ちらっと厨房を見る。

　すると、そこに戻っていた竹男が再び顔を出し、

「別に、話しててもええよ。必要やったら呼ぶし。他のお客さんが来るかどうかだけ、たまにでええし見といて」

　と言って、大が話すのを許してくれた。

　大は小さく頭を下げて礼を言い、総代に向き直る。

「その店長候補の勉強のために、私、今、仕事終わりや休みの日に色んなお店に行ってんねん。ネットや本で調べたりもしてんねんけど、やっぱり、そういう情報はかぶってる事も多くて……。総代くんの中で、何か、オススメのとこってない？」

「喫茶店限定で？」

「そうじゃなくても大丈夫！　竹男さんは、『何でも勉強になる』って言うてたし！　総代くんやったら、ネットや本に載ってへんところも知ってそうやし、それで訊いてみてん」

「なるほどー。ちょっと待ってね……」

　口元に指を当て、総代は数秒考え込む。わずかに目を動かしているのは、すぐに思いつかないからではなく、既に持っている多くの答えから、最適を選び出すよう

な仕草《しぐさ》だった。

芸術に明るく、確かな審美眼《しんびがん》を持ち、京都の様々な場所へ写生しに行っている総代なら、きっと、素敵な場所を知っているに違いない。大は、そう踏んでいた自分の考えが当たり、総代を眺《なが》めつつ、どんな答えが返ってくるかとワクワクした。

相談だけなら、塔太郎でも琴子でも、それこそ、着物で喫茶店に行くという旧友・高遠梨沙子《たかとおりさこ》に訊いても、よい答えが返ってくると大には分かっていた。塔太郎に相談する事で一秒でも長く塔太郎に接していたいと思う自分の恋心も、大は、否定せず素直に受け入れている。

しかし今回、勉強のためと真剣に考えた時、大の頭に真っ先に浮かんだ相談相手は、総代だった。

軽い口調で、いつも大をからかう総代だが、いざという時には優《すぐ》れた絵の腕や審美眼を発揮して、大を助けてくれた事は数知れない。時折、大は総代の「絵の助手」として、構図の相談相手やポーズのモデルを務める事があり、そういう時も、大は、総代の芸術に対する真剣さに触れて感心し、いつも尊敬していた。

今回の件で適任の人を選ぶとなると、総代は、大が頼るには十分すぎるものを持っている。そこだけは総代という存在が、大の中にいる旧友も女性の先輩も、塔太郎への恋心よりも、遥《はる》かに上回っていた。

（私はほんまに、ええ人に巡り会えてるなぁ）

混じり気なしの感謝を、大は総代に対して抱《いだ》いている。

（やからこそ、今度の東京行きは、私が総代くんを支えてあげへんとな！　日頃の恩返しとして！）

そう思った大が気を引き締めたと同時に、答えを出したらしい総代が顔を上げて、鞄《かばん》からスマートフォンを出した。

「喫茶店じゃなくてもいいなら、一つ、いいところがあるよ。――清水焼《きよみずやき》の体験、行ってみない？」

見せてくれたそのウェブサイトの住所は、京都市東山区。今熊野にある、「宝春《ほうしゅん》窯《がま》」という清水焼の工房だった。

どう？　と、スマートフォンを手渡された大は、画面を操作して詳細を読んでみる。

「今度行こうと思って、僕、清水焼体験の予約を取ってあるんだ。多分、まだ人数の追加は出来ると思う。僕が予約してる日時、古賀さんは行けるかな？　参加するなら、向こうに連絡するよ」

清水焼とは、京都の代表的な焼き物であり、世界から見ても、トップブランドの一つとして認知されている伝統的工芸品である。

経済産業省等で指定されている名称は「京焼《きょうやき》・清水焼」であり、その名の通り、京都で作られたものを京焼、特に、清水坂界隈《かいわい》で焼かれたものを清水焼というらしい。

京都で作られた焼き物は、基本的に、京焼や清水焼とされて種類は問わないため、現在の京焼・清水焼は、皿や茶碗《ちゃわん》に留《とど》まらず、湯呑《ゆのみ》や小鉢《こばち》といった和食器から、マグカップやティーカップといった洋風のものまで、多岐《たき》にわたっているという。

無論、それはどれも、喫茶店には欠かせないものであり、

「他の喫茶店に行くのもいいけど、こういう食器とか、喫茶店で使う『物』の視点から勉強するのも、ありだと思うよ。清水焼だから、同時に、京都の勉強にもなるし。何なら、体験が終わった後、周辺の喫茶店に行ってもいいよ」

という総代の説明が終わる頃には、大は目を輝かせて勢いよく、

「ありがとう総代くん！　私これ、めっちゃ行きたい！　ちょうど総代くんが予約してる日、私も休みやねん！」

と、スマートフォンを挟《はさ》むようにして両手を合わせ、総代に心からのお礼を言った。

「分かった。じゃあ、今から宝春窯さんにメールを送って、人数の追加を頼んどくね。……そんなに拝《おが》まなくてもいいのに」

「だって、素直に嬉しいんやもん！　総代くん様様！　ほんまありがとう！」

「僕も、古賀さんのお手伝いが出来てよかったよ。いつもは、僕が元気を貰《もら》ってるからね。それに、今度の東京行きも。――いつもありがとうね。助手さん」

「どういたしまして。総代先生」

本当の画家のように「先生」と呼んでみると、総代が照れ臭《くさ》そうに微笑み、わずかに顔を赤らめる。

店の時計を見るともうお昼前であり、丁度《ちょうど》いいからと、総代がランチを注文した。

「かしこまりました！　ほな、ちょっと待っててな」

「ゆっくりでいいよー。ひっくり返しちゃ駄目だよー」

「子ども扱いしないで下さーい」

互いに手を振り合い、大は厨房に入る。

中では既に、琴子が日替わりランチの仕込みを始めており、竹男は裏で電話をしているのか、勝手口から話し声が聞こえていた。

「さぁ！　忙しくなるから、気合入れんでー！」

琴子の元気さに釣られた大も、

「了解です！　まずは一発目、総代くんから日替わりランチのご注文を頂きました！」

と、敬礼すると、琴子がよくやったという表情で、親指を立ててくれた。

凛々《りり》しく、けれど、にっこり笑って働く琴子は、大にとって理想の女性像である。

清水焼体験に誘ってくれた総代や、素敵な琴子の姿を見た大は、まるでよき芸術に触れているかのように気分が高揚《こうよう》した。

琴子の要領は大変よく、てきぱきと茶碗を炊飯器《すいはんき》の横に積んだり、大型冷蔵庫を開けて日替わりランチの材料の数を確かめながら、

「総代くんと、何喋ってたん？　えらい盛り上がってたけど」

と、大に尋ねる。

大が、ランチに使う四角いお盆や皿を出しつつ、総代と宝春窯の体験を申し込んだ事を話すと、

「ん？　今熊野って、ジョー君の地元やんな？　多分、そこの職人さん、ジョー君の知り合いやと思う。前に、町内に陶芸家が沢山いるって聞いてて、確か、一番仲良しやっていう工房が、そんな名前やったし」

と言って、冷蔵庫から顔を上げた。

「そうなんですか？　ジョーさんって、藤森神社《ふじのもりじんじゃ》の事務所の、朝光《あさみつ》さんの事ですよね」

「そうそう。双子《ふたご》の弟の方。バランス感覚凄すぎて、無重力な方！」

その言い方に、大は、ランチに添える味噌汁《みそしる》の鍋《なべ》を火にかけながら、思わず笑ってしまった。

朝光ジョーは、双子の兄・ケンと共に、藤森神社氏子区域事務所に所属するあやかし課隊員である。大が初めて彼らに会ったのは、今年二月の、稲荷神社《いなりじんじゃ》での合同任務の時だった。

イギリス人の母を持つジョー達は英語を流暢《りゅうちょう》に話し、塔太郎が語学力について茶化されていたのを、大はよく覚えている。

あやかし課隊員としての実力も申し分なく、ケンは拳銃と鞭《むち》を、ジョーは優れたバランス感覚と可変する棒を使っての接近戦に優れている。無論、七月の天上《てんじょう》決戦でも大活躍していた。

琴子の話によると、ジョーの武器が棒である事から、ジョーの戦い方は、薙刀《なぎなた》の琴子と通ずるものがあるらしい。現在の琴子とジョーは、平安神宮《へいあんじんぐう》の西隣にある武道センターや武徳殿《ぶとくでん》で、共に稽古《けいこ》し、練習試合も行うよきライバル関係になっているとの事だった。

「うちら二人だけじゃなしに、びんちゃんも一緒やで」

と、琴子は言うが、双子で区別するためとはいえ苗字ではなく「ジョー君」と名前で呼び、地元や交友関係についても知っている事から、琴子がジョーと交流を深め、喫茶ちとせのメンバーとは違った人間関係を築いているのが分かる。

春の、京都文化財博物館の事件で大が真近で見た限りでは、琴子とジョーの実力はさほど離れておらず、年代も共に三十代。大と総代のように、同期と言えるような近さがあるらしかった。

そうなると、琴子を敬愛してやまない「びんちゃん」こと北条《ほうじょう》みやびが、ジョーを羨《うらや》ましがる様子も、大にはすぐに想像出来る。

この後、琴子はしばらく調理に専念して何も言わなかったが、

「清水焼体験かぁ」

と、幾度か、興味がある風に呟き、何かを考えているようだった。

清水焼体験当日の午前中はよく晴れていたが、空を見れば雲が多く、遥か西には、灰色の雲も少しだけ見える。

このため大は、

(夕方か夜に、雨降るんかな)

と考えながら、待ち合わせ場所である京都駅の中央改札口に立ち、総代が来るのを待っていた。

大の自宅は堺町二条《さかいまちにじょう》であり、総代の下宿先は、六条《ろくじょう》のマンションの一室である。

現地集合でもよかったが、

「ネットで少し調べたんだけど、宝春窯の場所……というか、今熊野っていう地域は、碁盤《ごばん》の目になってないんだって。だから、京都駅で集合して、タクシーで行った方がいいらしいよ」

という総代の提案があり、大も、道に迷って予約時間に遅れるよりはと思い、それに同意した。

出張らしきスーツ姿の男性が、大の前を通り過ぎる。男性は傘《かさ》を持っていたので、大は再び、西の空を気にした。

(今は、お日様も出てるけど……。やっぱり傘、持ってくればよかった。体験は汚《よご》れてもいい服でって言われてるから、今日は動きやすいパンツとスニーカーやし、それはよかったかも。総代くんが来る前に、あそこで折り畳み傘、買うてこよかな。でも、今日のリュックは小さいし、入るかなぁ？)

迷いつつ、京都タワーの下の商業施設である、京都タワーサンドの方を眺める。

京都タワーが目に入ると、大にはどうしても、それが名前の由来である想い人・塔太郎の事が思い出されるのだった。

(今日は塔太郎さん、霊力の特練《とくれん》に行くって言うたはった。府警本部主催の、他の事務所の人達と合同の……。今頃、頑張ったはんにゃろな)

と、塔太郎は、先日、ちとせに出勤した塔太郎に、総代と宝春窯の清水焼体験へ行く事を話すと、塔太郎は、

「二人で？ なるほどなぁ」

と、小さく呟いた後、

「ええなぁ。俺も、ついてこっかな」

と、悪戯っぽく、ともすれば、二人きりで行かせたくないというような気持ちを滲《にじ》ませて、大に笑い返した。

それに対して大は思わず頬を赤らめ、

「い、行きます？」

と、一秒の間も空けずに、訊き返したものだった。

塔太郎も一瞬、嬉しそうに「えっ」と微《かす》かに声を出し、驚いてはいたが、

「残念やけど、俺はその日は、特練があんねん。武術やなしに、霊力の方の……。大ちゃんが、総代くんと一緒に、清水焼の勉強をしに行く、なんて聞いたら……俺も、負けてられへんなぁ？ 二人が自分磨きしてる間に、俺も、特練でひと回り大きくなってくるわ。見といてや」

と言って、挑戦的な笑《え》みを浮かべていた。

それを見た大は、男らしい塔太郎に内心ドキッとしつつ、後輩として対抗心を燃やし、

「ほんなら私も、塔太郎さんに負けずに、いっぱい学んできます！」

と、同じく挑戦的な笑みを返し、どちらからともなく自然に、互いの拳《こぶし》をこつんと合わせた。

その後、塔太郎の発案で、体験や特練が終わった後、互いに得たものを報告し合おうと約束し、今、それぞれの場所にいるのだった。

塔太郎から聞いた話によると、今日の特練は深津を指導役として、新しい術の実用化に臨《のぞ》むという。詳細はまだ話してくれなかったが、大は、二人だけの報告会で塔太郎の「新技」の内容を聞く事や、いつか実際に、見られる日がくるのを楽しみにしていた。

ほんのり、頬を熱くしながら京都タワーを見ていると、誰かに肩を叩かれる。

大が我に返って横を向くと、弓籠手《ゆごて》と袴《はかま》に、腕章を巻いた栗山圭佑《くりやまけいすけ》が立っていた。

「あっ、栗山さん！　お疲れ様です！」

「よう。お疲れ。今日、休みなんやな」

「はい。今からお出かけです。栗山さんは巡回ですか？」

「そう。今終わって、事務所に戻るとこ。天気ええし、あったかいし、仕事ばっくれたろっかなーって思ってた。もう、このまま塩小路《しおこうじ》ビャーッって走ってトンズラしたい」

「そんなんしたら、また絹川《きぬかわ》さんに怒られますよ」

「やめて、言わんといてー？　絹川さんの、京言葉でチクチク、チクチクやられんの、ほんま辛《つら》いねん。逃げたい。でも、逃げたら逃げたで、絶対捕《つか》まってチクチク言われるしなぁ。あれ、俺これ詰《つ》んでない？」

「ですね？　お、お疲れ様です……！　でも私、絹川さんのそれ、ちょっと聞いてみたいです」

「あー、やめた方がいい！　命削《けず》られんで。言霊《ことだま》使いじゃないのに、ほんま言霊やし」

「そんなですか？」

「あの威力はやばい。じわじわくるタイプ」

二人で笑い合う中、周りは、善良な人間やあやかし以外、誰もいない。バスターミナルでは、沢山の観光客と、よく見れば幽霊も交じっている行列が、市バスが来るのを待っていた。

一年中多くの人々が行き交うＪＲ京都駅の中央口は、現代の生活が分かる絵巻物《えまきもの》のように、服装の彩《いろど》りも豊かで、とりわけ賑やかである。

先々月の七月に、決戦に先立って大と栗山が京都信奉会の四神《しじん》の一人・船越《ふなこし》に襲《おそ》われた場所が、まさにここ。二人同時に捕《と》らわれた後、梅小路公園《うめこうじこうえん》に転移させられ、奮戦虚《ふんせんむな》しく大も栗山も重傷を負ったのは、まだ記憶に新しかった。

その悔《くや》しさを、大が思い出さないかといえば、嘘になる。しかし最終的には、大達あやかし課の勝利に終わった事で、今、晴れやかな気持ちでこの場所に来る事が出来た。

梅小路公園の戦いで、瀕死の栗山と大を助けてくれたのは、塔太郎である。

「そういえば坂本の奴、今日、特練やっけ？　毎日毎日、頑張っとるのぉー」

「今の塔太郎さん、毎日が充実してるみたいで、私も自分の事のように嬉しいんです。今日も、深津さんの指導で新技の稽古をするって、楽しそうに言うたはりましたよ」

「あー、それ、俺も聞いた。新技ってあいつ、今でも最強やのに何すんの？　エネルギー波でも出すの？」

「私もまだ、詳しくは聞いてないんですが……。今よりさらに強くなるって、もう、想像つきませんよね」

それぞれ、自分の親友や大切な先輩に思いを馳《は》せる。

その直後、栗山が思い出したように、大の服装を見て尋ねた。

「ところで古賀さん。お出かけや言うてたけど、どこ行くの？　お洒落な格好……では、ないよな」

「今熊野です。清水焼の体験に行くんです。総代くんに教えてもらって……」

「えっ。ほな、あいつと二人で行くの？」

「はい。タクシーに乗って」

「さよかぁ。ええなぁ」

大が笑うと、栗山も合わせて笑う。

しかしすぐ、

「……あいつ、なかなか頑張りよるな。敵は最強やのに」

と微かに呟き、京都タワーを仰《あお》いで苦笑していた。

それを見た大は、意味が分からず「ん？」と首を傾げてしまう。

「あいつって、総代くんの事ですか？」

「え？　ああ、うん。そやで。仕事でも絵を描いて、休みの時も芸術を学んで……やしな。芸術は果てがないとか、よう言うやん？　そんな最強とも言える、でかい敵相手によう頑張るわ」

そういう意味だっただろうか、と、一瞬だけ大は疑問に思ったが、栗山の説明自体には納得がいき、素直に頷く。

「なるほど……。確かに、ほんまそうですよね。私は全然素人《しろうと》ですけど、芸術って、奥が深いですもんね。そんなでかい敵相手の勉強、総代くんと挑《いど》んできます！」

体験に行くだけなのに、気を引き締めて敬礼する。そんな大を見た栗山も楽しそうに、緩やかに敬礼を返してくれた。

「いってらー。楽しんできてや。っていうか、俺も行きたいー」

その瞬間、大の背後から総代の声がして、

「栗山さんは仕事中じゃないですか。お疲れ様です」

と聞こえたと同時に大が振り向くと、何かが軽く、大の頰に当たった。

「うにゃっ!? 総代くん？」

すぐ傍に、私服姿の総代がいる。大の頰に当たったものは、あらかじめ突き出されていた総代の人差し指だった。

「そうだよー？ 総代だよ。こんにちは古賀さん。今日はよろしくね。……そんなに驚いた？」

「だって、いきなりやったんやもん。っていうか指！ 当たったやん！」

「大丈夫だよ、ほっぺだから。古賀さんのほっぺは弾力があるから大丈夫」

「何それー？　人をお餅《もち》みたいに言わんといて」

「僕、お餅好きだなー」

「私はお餅じゃありませんっ！　そんなに丸くないもん。太ってないもん！　ちょっと、つついちゃ駄目ーっ！」

笑顔で、悪戯っぽく指でつついてくる総代に対抗して、大も人差し指でつつき返す。意外にも総代は巧《たく》みに避《よ》けて、最後は、大の指をきゅっと握ったかと思うと、

「捕まえた」

と満足そうに微笑み、放してくれなかった。

「もうっ！　はーなーせーっ！」

同期ゆえの戯《たわむ》れなのは、総代の握る手の優しさでよく分かる。大もそれに合わせて笑いながら、握られた指を左右に振った。

その間、栗山は、ぽつんと一人取り残される。恨《うら》みの籠《こも》った表情で、眉間《みけん》に皺《しわ》を作っていた。

「ちょ、あの、二人とも……。俺を忘れんといて？　総代くんは、最初に俺へ声をかけてきたはずですが、それっきり？　先輩に対して、ハイ？　それっきりですか⁉」

「大丈夫ですよ。栗山さんの事も忘れてないですよ」

「嘘やん。お前絶対、俺の存在消してたやん」

その時、ふと後ろを振り向いた大は、「あ」と思わず口を開け、その人に「お疲れ様です」と挨拶する。

「あの、栗山さん。絹川さんが来たはりますけど……」

栗山に言うと、絹川を見た栗山の表情が固まった。

そしてその後、栗山は、絹川によってわざとらしい笑みをぶつけられ、

「こんなところで人さんとお喋りして、栗山くんはほんま、ええご身分やわなぁ。私の存在、忘れてた？」

と、これもわざとらしい京言葉を投げつけられ、変化庵《へんげあん》まで連れていかれてしまった。

栗山を見送った大と総代は、視線を交わして肩をすくめる。

「古賀さん、祈っとこうか」

「そやね。栗山さんが、ちょっと怒られるだけで済むように……」

大は、自分でそう言っておきながら、

（でも、あの絹川さんの様子やったら、京言葉でずっとチクチク言われるんかなぁ……）

と思い、秘《ひそ》かに栗山を哀《あわ》れんでいた。

「さて……。行きますか。助手さん」

「うん！　お供します！　総代先生」

二人揃ったので京都駅からタクシーで出発し、七条《しちじょう》通りを東に向かい、三十三《さんじゅうさん》間堂《げんどう》と京都国立博物館、智積院《ちしゃくいん》が見える東大路《ひがしおおじ》通りを右折すれば、今熊野商店街が見えてくる。

　智積院の前でタクシーが曲がる際、新日吉新宮《いまひえじんぐう》へ続く参道や看板が見えたので、大と、大の心の奥底にいるまさるは、心の中でそっと、挨拶代わりに手を合わせた。

　京都市に住んではいても、大は、今熊野という地域を訪れるのは初めてである。東大路通りの両側に、ずらっと延びる昔ながらの商店街に興味が湧く。総代も同様で、耳をすませばお年寄りの笑い声が聞こえてきそうな、穏やかな賑わいをタクシーからずっと眺めていた。

　後白河法皇《ごしらかわほうおう》によって創建《そうけん》された古社・新熊野神社《いまくまのじんじゃ》を氏神《うじがみ》とする今熊野一帯は、東山三十六峰《ひがしやまさんじゅうろっぽう》に含まれる今熊野山《いまくまのやま》や泉山《いずみやま》の山裾《やますそ》に沿って、なだらかな坂の住宅街が広がっている。

　総代が事前に調べて話してくれたように、東大路通りから住宅街へ入れば、道は碁盤の目ではなく、緑豊かな山々を借景《しゃっけい》に、細い路地や、緩やかに曲がる道が交わってどこまでも延びていた。時代の流れと共に人々の生活の変化によって意図せず出来上がった、迷路のような場所だった。

幸運にも、大達が乗ったタクシーの運転手が、以前、この辺りで行われた陶器まつりのスタンプラリーに参加した事があるらしい。

「この辺のね、窯元《かまもと》さんを巡るやつやったんですけど、大概《たいがい》、迷子にならはったらしいですわ。僕も迷いました。でも、その碁盤の目じゃない、路地と路地が色んなところに繋がって迷っちゃう事自体が、僕にとっては楽しかったですよ」

ハンドルを握りながら笑って話し、目的地の宝春窯へも、カーナビを見ながら連れて行ってくれた。

今熊野は、皇室の菩提寺《ぼだいじ》「御寺《みてら》」と呼ばれる名刹《めいさつ》・泉涌寺《せんにゆうじ》と、清水焼の産地の一つとして知られており、一般家庭や昔ながらの商店に交じって、清水焼の工房が、今でも何軒か点在している。

大と総代がタクシーから降り立った宝春窯も、そのうちの一軒。陶工である三越《みつこし》慎太郎《しんたろう》さんの三階建ての自宅と、平屋の工房とが隣接していた。

車もあれば自転車も停めてある自宅の方は普通の住宅だが、平屋の方は、白壁に小さな看板、そして小窓だけという、明らかに生活用ではない家屋《かおく》。

清水焼という伝統工芸と、普通の生活とが共存し、「手仕事の町」という京都の一面を垣間見《かいまみ》る事が出来る。

今熊野では、これが普通の光景だとしても、大達の目にはとても新鮮に映った。

「まるで、ドラマの世界みたいやね」

「凄いよね」

わくわくしながら、総代が宝春窯のインターホンを押す。

「はいー」

「すみません。今日、予約していた総代ですけど……」

「あっ。はーい。どうぞー」

明らかにドラマや漫画の影響だが、大の中で、陶芸家というもの、ひいては陶芸という世界は、高貴で気難しいものとばかり思っていた。

しかし実際に、インターホンから聞こえてきた声に誘われて、ガラスの古い引き戸を開けると、

「こんにちは。よう来てくれはりました。汚い場所ですけど、どうぞー」

と、穏やかな笑みで迎えてくれた三越さんと、つい今し方まで作業していた事が分かる、活《い》き活《い》きとした土の匂いと物作りの世界が、そこに広がっていた。

お邪魔します、と、大や総代が敷居《しきい》を跨《また》いだその左手からして既に、まるで玄関の靴箱《くつばこ》のような、使い古された木の棚がある。そこに、素焼《すや》きしたものと思われる

何種類もの白い器《うつわ》が、沢山積まれて保管されていた。

工房の中は土間《どま》であり、右端にある轆轤《ろくろ》のスペースや、中央の小さな作業机、丸椅子、資材の入っているらしい段ボール、見ただけでは用途の分からない緑の大型の機械など、興味を引くものが至る所に置かれている。

総代が奥の棚を凝視していたので大も視線を移すと、「トルコ青」「紅柄《べんがら》」「酸化銅」等の名前のシールが貼《は》られた粉末の箱が沢山あって、これは、彩色で使うものらしかった。

見るもの全て、清水焼を生み出す陶工の、大切な仕事道具である。天井《てんじょう》を見ると、そこにも木の板を渡した吊《つ》り下げ式の棚が設《しつら》えられており、玄関の棚と同じように、白い器《うつわ》や着色された鮮やかな器が、ずらっと並べて置かれていた。

棚に保管されている器は全て、完成すれば全国に出荷される、宝春窯の商品だという。大達が圧倒されながら、血の通った陶芸の現場をいつまでも見回していると、三越さんが照れ笑いした。

「すいませんねえ、汚いとこで。うちとこの清水焼体験は、僕らも普通に仕事してる場所で、一緒にやってもらうんです。そこしかないもんで……。なので、ほんまの事言うと、ちょっと恥ずかしいんですけどね」

「そんな事ないですよ！　めちゃくちゃ素敵です！」

大は思わず声に出し、もう一度、工房全体を見回した。

「私、清水焼は知ってましたけど、実際の、作らはる現場に来たのは初めてなんです。ここで、喫茶店や料亭《りょうてい》で使う器が作られてるんですね」

言葉にするとより実感が湧き、三越さんごと、京都の文化の原点めいたものを感じ取っていた。

総代も、体験に来た一青年から、輝く芸術家の顔になっており、

「実は僕、絵を描いてまして……。あの棚にある箱って、もしかして岩絵具《いわえのぐ》ですか？　日本画と同じ材料で彩色するんですか」

と、早速、三越さんに訊いていた。

体験の開始前にもかかわらず、三越さんは、気さくに総代に答えてくれる。

「いや、岩絵具ではないんですよ。釉薬《ゆうやく》……まぁ、横着《おうちゃく》な言い方をすると、土を成形したものに薄く塗る、色ガラスみたいなものですね。日本画は、溶剤に膠《にかわ》を使わはるんですよね？　こっちはふのりなんです。膠を使わない事もないですけど、メインはふのりですね」

「なるほど。どっちも、鉱物とか灰とか、天然の材料を使って塗るけど、固着材が違うって事ですかね」

「あぁ、そんな感じですね。お兄さん、日本画描かはるんですか？」

「描きます。といっても、普段は墨だったり、コピックだったり、デジタルだったり、割と色んな物を使ってます。僕の家族も絵を描く人間でして、祖父は日本画を描きます。だから、よく岩絵具を買ったりしてて……。家にも、ずっと昔から伝わる、古い岩絵具の原料があったんですよ。今はもうないんですけど……」

「へえ！　凄いじゃないですか！　僕は、祖父と父親が陶工をやってて、それを継いだ人間なんですけど、母方の親戚に、日本画が趣味という人がいるんですよ」

「そうなんですか⁉　じゃあ、三越さんも絵を？」

「いや、僕は全然描かないですよ。焼き物だけです。なので、その縁で日本画の岩絵具を貰って、陶芸の彩色に使ってみた事があるんですよ。でも、駄目でしたねー。日本画の岩絵具は、うちでは使えませんでした」

「剥落《はくらく》したって事ですか？」

「塗ったはいいんですけど、焼いた時に熱で分解されてしまって、色がなくなったんです。全部、透明になっちゃったんですよ」

「あぁ、なるほど！　日本画も、湿気とかでポロッと剝がれたりしますし、陶芸も『自然相手』に苦労されるんですね」

「します、します。土と火の世界ですから。焼く温度が違うと、使う釉薬の種類とかも、全部変えないといけないですしね」

いつの間にか、陶工と画家の会話になっていた。

大はこの時、二人の会話が陶芸における着色について、それも、日本画の着色と比較しての話だと分かったが、奥深いので、とてもその会話に入る事が出来ない。京都駅での栗山のように、一人取り残されてしまった。

しかし、決して不快ではない。総代が、ふとしたタイミングで大の事を思い出し、

「ごめん！　うっかり話し込んじゃった。暇だった？」

と大の顔を窺《うかが》ったので、大は考える前に、素直に総代を褒めた。

「ううん。カッコよかった」

その瞬間、総代が驚いたように固まって、頬をわずかに赤らめる。

「僕が？　……カッコいい？」

「うん。私には到底出来ひん、プロの世界やなって思ったもん。さすがは総代先生やね。悔しいぐらいに尊敬する。ほんま、凄い」

大の純粋な称賛が、総代はよほど嬉しかったらしい。大からふっと顔を背けたかと思えば、口元を緩ませ、幸せそうに頭を掻《か》いた。

「……ありがとう。古賀さんから、そんな言葉を貰えるとは思わなかったな。嬉しい。けど……。ここではちょっと、恥ずかしいかな？　本当のプロの陶工の先生

と、そのアトリエの中にいるのに」

照れる総代を見て、大は微笑む。三越さんも、大笑いで手を振っていた。

「アトリエなんて、そんなカッコええもんちゃいますよ！　僕らからしたら、毎日毎日、座って何やかんやしてる作業場ですわ。なので、体験は肩の力を抜いて、気楽にやって下さいね。——ほな、そろそろ準備してもらいましょか」

三越さんの案内に従って、大と総代は、用意されていた籠《かご》の中に荷物を置く。

すると三越さんが、

「実はお二人の他に、もう一人、予約してくれた方がいるんです。後出しで申し訳ないんですけど、今日はその方も一緒に、体験をしてもらっていいでしょうか」

と言ったので大達は快諾《かいだく》し、その新たな参加者が来るのを待っていると、やがて、外から気配がした。

「こんにちはー。体験に来たんですけど……」

宝春窯の引き戸を開ける、明るい声。

それを聞いたと同時に、その声の主と、付き添いらしきもう一人を見た瞬間、大と総代は飛び上がるほど驚いた。

「えっ⁉　琴子さん⁉　と……朝光さん⁉」

「おっ、お疲れ様です！　伏見《ふしみ》稲荷事務所の総代です！」

「あれーっ⁉　大ちゃんと総代くん⁉　二人の体験って、今日やったんや⁉　ジョー君、知ってた？」

「いや、知らなかったです。古賀さんに総代くん、お久し振り。何か、凄い偶然が起こったみたいやねぇ」

大、総代、琴子が三者三様に目を見開く中、ジョーだけが驚きつつも、のんびり微笑んでいる。

大達の関係を知らない三越さんが、

「あれ。皆、ジョー君の知り合いなん？」

と、身内のようにジョーに訊き、ジョーも家族と同じような気軽さで、

「そう。いてる事務所は違うけど。何度か一緒に仕事してる」

と、答えていた。

大は驚きつつも、プライベートで琴子に会えた嬉しさを、手を握り合って共有する。

「確かに、ちとせのシフトでは、琴子さんも今日お休みでしたけど……」

「まさかお互い、一緒のとこに来るなんてなー！」

「はい！　私も嬉しいです！」

三越さんから詳しく聞くと、今日の体験は、予約していた総代が大の分も追加

し、二人だけの予定だったという。

しかし後日、新規の申し込みが入り、三越さんは仕事の都合上、その新規の申込者に大達と一緒の日時にしてもらったという。

その新規の申込者が、琴子だったのである。

「大ちゃんの話を聞いて、私も、今度行ってみよっかなって思ってん。それで、ジョー君に頼んで三越さんを紹介してもらって、予約を入れてん。それをジョー君に伝えたら、『今熊野は道に迷いやすいですよ』って言われて……」

「僕もちょうど、今日の仕事は夜勤からやし、地元民として案内役を引き受けたっていう訳やね。実は、三越さんの家と、僕とケンの実家が、同じ町内やねん。それで、三越さんには昔からよくしてもらってて……。小学校の頃は、学校帰りにいつもここに寄ってたわ」

ジョーが語るのに合わせて三越さんも懐かしそうに、

「あぁ、せやったなぁー。いっつもそこに座って、宿題してたり、粘土《ねんど》こねてたな。ケン君は粘土で、グリフォンや何や言うて、訳分からん動物を作ったりしてな」

と、畳《たたみ》敷きで座れるようになっている轆轤のスペースを指さした。

事情が分かればそれぞれ納得し、知り合い同士なら作業もしやすいと、三越さんは轆轤のスペースの傍に人数分の丸椅子を置く。成形して乾燥させただけの、平たい丸型の皿も三枚出して、体験の準備を進めてくれた。

ジョーは、あくまで琴子の付き添いで来たらしく、体験の人数には入っていないらしい。三越さんの頼みで、奥の部屋から椅子を移動させたりといった手伝いをしていた。

ジョーもケンも、今では実家を出て、違うマンションで一人暮らしだという。それゆえ、地元といっても、今熊野に来るのは少し久し振りらしい。ジョー本人も三越さんも、大達の体験の準備をしながら、互いの再会を喜んでいた。

「おっちゃん、他、何か手伝う事ある？」

「いや、ええよ。久々に顔出してくれたんやし、ジョー君も一緒に体験やるか」

「体験て。僕、小さい頃からここ知ってるやん。粘土、死ぬほどこねてたやん。もう土は見飽きてますわー」

「まぁー、せやろなぁー。今日、ケン君は？」

「仕事。終わったら、こっち来いって言うた方がいい？」

「いや、どっちでもええよ。だいぶ顔見てへんし、どうしてんのかなぁ、とは思うけど」

「ほな、呼んどく。ケンも元気やで」

「あの子、結婚するとか言うてへんかった？」

「あ、それはもう過去の話。とっくに別れてる」

「あー、そう。そらしゃあないな」

会話だけで、三越さんと朝光兄弟が、付き合い三十年近くの「町内のおっちゃんと近所の子供」なのが分かる。

総代が大に、

「ああいう関係って、いいよね。古賀さんにもいるの？　町内の知り合いとか」

と訊いたので、大は、毎朝の出勤時に見かける人の事を話した。

「いつも朝、町内のお地蔵さんのお水を替えたはるお婆ちゃんがいて、小学校の頃から、ずっと挨拶してんねん」

お婆ちゃんの「おはようさん」と言う声や、曲がった腰、ワインレッドのチョッキ姿を思い出す。

しかし改めて考えてみると、そのお婆ちゃんとはそこでしか接点がなく、名前はおろか、自宅が近所だという事以外は知らないし、さらに言えば、服装すら、チョッキとズボンの姿以外見た事がなかった。

そして極めつきは、大にとっては、子供の頃からずっと『お婆ちゃん』なのである。

（あのお婆ちゃん、私が小っちゃい頃から、あのまんま変わってへんけど……。今、いくつなんやろ……？）

あやかしではなく人間なのに、お婆ちゃんの存在を不思議に思ってしまう。

京都では、そこかしこにそういう人がおり、琴子の地元の宇治《うじ》にもいるらしかった。

「大ちゃんの言う事、分かるわー。昔っから何となく、よう見かけたり、挨拶するだけの人な。でも、あの人らって、こっちが大人になっても全然変わってへんのよね」

「そう！　そうなんですよ！　多分、実際は、昔は六十代ぐらいで若くて、こっちが小学生やからお年寄りに見えただけやと思うんです。でも、こっちからすれば、ずっと町内のお爺《じい》ちゃんお婆ちゃんなんですよね」

「そうそう、そう！　ほんまそれ」

「総代くんにもいる？　そういう人」

「僕は、そうだな……。町内の誰か、っていう特定の人は思い浮かばないけど、学生の頃はよく皇居のお濠端《ほりばた》で写生してて、ランニングしてる人は、毎日沢山見てたよ。僕が子供の頃から、ずっと皇居のランニングを続けてる人って、実は結構いるんじゃないかな。だから逆に、僕が知らなくてもその人が案外、僕の事を知ってたりするかもね。結構同じ場所で写生してたから」

総代が話してくれた東京の風景に、大はふんふんと耳を傾ける。

今度、総代と一緒に行く東京行きの参考にしようと思っていたところへ、三越さんが、円錐《えんすい》形の口金がついたチューブのようなものを三つ持ってきてくれた。

「お待たせしましたー。ほな、体験を始めましょか。普通、陶芸の体験っていうたら、轆轤になると思うんですけど……。うちの清水焼体験は、それじゃなくて『いっちん』っていう作業をしてもらうんです」

「いっちん？」

「いっちん描きっていう、陶芸の技法の事なんですけど、ケーキのデコレーションみたいに、粘土を泥《どろ》にしたものを口金つきのスポイトや袋に入れて、絞《しぼ》り出しながら、器に模様や絵を描いて、立体的な線画の装飾を付ける事です」

その瞬間、大は絵を描くという事に反応し、

「総代くん、もしかしてそれで、三越さんとこに予約入れてたん？」

と訊くと、総代は嬉しそうに頷いた。

いっちん描きというのは、手描き友禅の技法「糊置き」と同じような道具を使い、素焼き前の器に鉛筆で下描きをして、それに沿って、細い泥を絞り出す作業である。いっちんという名前も、一珍糊《いっちんのり》という防染《ぼうせん》の糊に由来していた。

いっちん描きを施《ほどこ》して焼くと、その完成品は、様々な模様や絵の輪郭線《りんかくせん》がぷっくり盛り上がった焼き物になる。その可愛らしさや表現性の高さから、現在では国内のみならず、海外でも支持を得ているという陶芸だった。

三越さんが営む宝春窯では、このいっちん描きの施された清水焼が、主要商品だという。最近では、シンガポールの高級レストランからも、いっちん描きの皿やカップの注文があったらしい。

外国の名前が出たので大達は驚き、

「ほな、三越さんの作らはった清水焼が、今、外国のレストランでも使われてるんですか⁉」

と、大が訊くと、三越さんが照れたように頷いた横で、ジョーが天井の吊り棚にある、いっちん描きによる七宝柄《しっぽうがら》の丼《どんぶり》を指さした。

「これと同じ物を、前にイギリスの、チチェスターの僕のおばあちゃんにプレゼントしたんやけど、めっちゃ喜んでくれてん。京都は昔から、海外でも凄く注目されてるみたいやから、向こうのお店で清水焼が使われてる事も、割とようあるみたいやね」

これから大達が体験するのは、まさにその、清水焼における宝春窯の代名詞とも言える技術である。陶芸が、土をこねて形を作り、焼くだけのものではないと分かると、大の中で清水焼がより奥深く、面白いものになっていた。

体験そのものの流れは、用意してもらった丸皿に、まず鉛筆で下描きをするところから始まる。描くものは、連続模様でも好きなキャラクターの絵でも何でもいいらしく、そう言われると、大や琴子はもちろん、総代さえも、かえって迷ってしまった。

「琴子さん、何描かはります？　私、お花にしようかなと思うんですけど、宝春窯さんの器をそのまま真似て、七宝柄を縁に描いてもいいのかなーとか、色々考えちゃって……」

「うーん。私もめっちゃ悩む。この丸皿、大きさが色んな用途に使えそうやし……」

悩みながら、色んな固定観念に捉《とら》われそうになると、

「体験される方は、みんな何描こうって、あれこれ考えはりますね。他府県から、修学旅行の子らもよう来てくれますけど、その時は皆でスマホを出して調べたり、僕の商品の文様を見本にして、ワイワイやったはります。別にこうでないと駄目、ってものはないですから、ほんまに何を描いてもいいですよ。自由です。そもそも清水焼が、そういうもんですしね」

と、三越さんが優しくアドバイスしてくれた。

「総代くんは？」

大が訊くと、総代は皿を見つめたまま、目を離さず答える。

「最後は線画じゃなくて、その線に泥を置いて描くものになるから……。写生みたいな細かい絵は、避けた方がいいのかも。陶工の人や友禅の職人さんだと、きっと細かい絵も出来るんだろうけど、僕は、チューブの泥で描くのは初めてだしね。輪郭線が立体的になる訳だから、それを計算に入れて……。水墨画みたいにしようかな。それかいっそ、印象派みたいな感じに……？　でも素材が土だから、それを活かして……」

はじめこそ大への返事だったが、いつしか独《ひと》り言《ごと》になっている。絵描きとしての矜持《きょうじ》を胸に、本気で、自分のセンスと技量を、いっちん描きに込めたいようだった。

同期が没頭すると、大も引っ張られるように意欲が湧く。

（よし……！　私もアイデアを探そう）

スマートフォンで画像を検索し、自分にも描けそうなフリーイラスト等を見て参考にする。そうして悩んだ結果、最終的に大が鉛筆で描いたのは、円状に散らした桜だった。

桜は単に、自分の好きな花という事で選んだが、大はただ桜の絵の皿を作ったのではなく、丸皿の形そのものにも、大きな意味を持たせてみた。

　それを、横から覗《のぞ》き込んだ琴子が、

「あ！　可愛い！」

と、褒めてくれた。

「桜の花びらと、ちょっと曲がった枝の線とか、大ちゃんらしくていいね。真ん中の、細長いその楕円形《だえんけい》は何？」

「中心穴《なかごあな》です。刀の鍔《つば》の……。丸いお皿なので、お皿全体を桜の鍔にしてみました」

その瞬間、琴子が「あーっ、なるほど！」と合点《がてん》がいったように声を上げ、

「めっちゃええやん！　大ちゃんの刀の鍔も、丸いやつやもんな。ほんで、大ちゃんは、桜の季節の四月生まれやし、全部当てはまるやん！」

と、作品の要素全てが、大を象徴している事に気づいてくれた。

　鉛筆で、桜と中心穴を描く事で、丸皿でありながら鍔のようにも見えてくる。まさに、皿の形さえも絵となる構図になっており、これには、三越さんもジョーも、よいアイデアだと感心していた。

「おー。いいですねぇ」

「古賀さん、凄いなぁ」

「ありがとうございます！　上手く出来てよかったです。総代くんはどう？　これ、ええと思う？」

実は大自身も、我ながらよい作品が出来たと思っており、それに対して一番聞きたかったのが、総代からの評価だった。

優れた絵描きの総代は、大の作品に対して一体どんな感想を抱くのだろうか。

素人は素人の作品として褒めるのか、それとも、絵描きの厳しい目で、デッサンがおかしい等の欠点を見つけるのか。

今にして思えば、大は、総代の絵の助手を務めてはいても、大が絵を描き、それを総代が評価したという事は、一度もなかった。

それだけに大は興味が湧き、自分の下描きを手にした総代の顔をわくわくと見つめ、答えを待った。

「総代くん。……どう？」

やがて、皿から顔を上げた総代は、大が思わずどきりとするほど、愛に満ちた目をしており、

「凄く、いいと思う。——古賀さん。僕、これ、完成したら貰っていい？」

と、大に求めた。

「えっ？　でも、まだ下描きで、いっちん描きをしたら変になるかもやし……！」

「構わないよ。この後、変になったって、お皿を鍔に見立てた古賀さんの感性の素晴らしさは、絶対に変わらないから」

「……ほんまに、欲しいの？」

「このお皿を見てると、描く事や想像する事の楽しさを、純粋に思い出せる。芸術家として、とても勇気を貰える作品だと思う。それを僕は、手元に置きたいんだ」

「芸術家として？」

大が訊くと、総代ははっきり頷いた。

総代のその気持ちは、ジャンルは違えど、芸術に携わる三越さんにもよく理解出来るらしい。

「確かに、僕なんかは商売でやってる部分がありますけど……。体験に来られる方は、純粋に、物作りや芸術を楽しんだはるんですよね。そういう方の作品って、こっちが元気を貰うぐらいの、創る事の楽しさに満ちてるんですよ。とても綺麗なパワーがあるんです。だから正直言うと、僕も、体験の予約を頂いた方と接する度《たび》に、『自分も頑張ろう』って、意欲を貰ってますよ」

そのパワーを、総代は、大の作品に見出《みいだ》したらしい。

大は、自分が総代に力を与えられたのが嬉しく、

「ほな、完成したら、このお皿は総代くんにあげるな。適当に使って割らんといてや？」

と、微笑むと、総代は大人びた端整な笑みで、

「ありがとう。ちゃんと大事にするからね」

と、この時だけは冗談を交えず、喜んでくれた。

大は早くに下描きを終えたが、大の作品に感化されたのか、総代も琴子も「世界に一枚だけの手作り」を意識して、依然、下描きの構図に悩んでいる。

その間、三越さんはあえて大達の相手をせず、三越さん自身も、自分の椅子に座って作業をしていた。大達に、自分のペースで好きなように、体験をしてもらうためだった。

下描きを終えた大は、三越さんの指導で泥を絞り出す作業に挑み、口金の先から、にゅるにゅると出てくる泥を下描きの上に置き、桜や中心穴を描いていく。鉛筆で描くのとは、また違った力の入れ方が必要で、何度も失敗しそうになりながら、大は頑張って作業を進めた。

その間、三越さんの手も動いている。納期が近いという四角い器の、三越さんによる七宝柄のいっちん描きは、連続模様の下描きが縦線しか引かれていないのに、大達と同じ道具とは思えないほど、綺麗で正確で速かった。

さらに、そこが熟練の陶工というものなのか、作業しながらジョーとも話している。

「うわ、あの郵便受け、まだあったん」

ジョーが工房の、入り口の戸の傍の壁を指すと、三越さんは、いっちん描きの手を止めないまま、「そらあるよ。工房が昔のままなんやし」と、答えていた。

「ジョー君やケン君が小学校の頃は、そこの郵便受けに、毎日葉っぱを入れてたんやってな？　親父《おやじ》が生前、よう話してたわ」

「それ、僕じゃない。ケン。僕も一緒に下校してたけど、葉っぱを入れてたんはケンだけやった」

「そうなん？　へー。今知ったわ。毎日二枚入ってたし、二人で入れてるもんやとばっかり思ってた。親父がその葉っぱ見て、『あぁ、また入れとるわ。今日も無事に帰ってきた』『ほな、もうすぐここへ、遊びやら宿題しに来よるわ』って、タイミング計ってたみたいやで」

「えー。それこそ僕、今知った。そんな時計みたいな使い方してたん？」

「みたいやで？　僕も聞いた話やし、よう知らんけど」

大がこっそり郵便受けを見ると、工房の玄関の壁は確かに、京都でよくある昔ながらのもの。そこに、家の中へ差し込む形の、金属製の郵便受けが取り付けられていた。

その郵便受けの高さは、ちょうど小学生の目線に近い。昼下がりにコトンと音がして、目を向けると、下に葉っぱが落ちている。そこで初めて、近所の子供の息災《そくさい》を知るという光景は、想像するだけで心が温かくなった。

ふと気づくと、その二人の会話に、いつの間にか琴子も入っている。三越さんによると、ケンは活発で、ジョーは大人しい子だったそうで、

「へぇ。ジョー君、昔はそんな子やったん？　でも、今でも、優しい感じは一緒かな」

と、ジョーに興味を示していた。

三越さんがいるとはいえ、琴子とジョーという珍しい二人組に、大は新鮮さを感じる。

その時一瞬、もしや二人は付き合っているのではという疑問が頭に浮かんだが、

「ジョー君、お皿に何描いたらいいと思う？」

「らくだで」

「何でよ」

「適当に言いました」

「えー？　ジョー君、ほんま天然やな。とりあえず、クロワッサン描くわ」

「クロワッサンって、らくだと形が似てますよね」

「そう？　茶色とコブが？」

と、気軽に笑い合う二人は単なる仲間とも見えるので、何とも言えない。あまり

気にすると本人達に悪いと思った大は、ひとまず作業に専念した。

やがて、総代も琴子も下描きを終えて、鉛筆を置く。琴子は、美味しそうなクロワッサンの絵を描き、総代は、皿の中央から少しずらしたところに、ロダンの有名な彫刻「考える人」を描き上げていた。

三越さんやジョーは、総代の絵を見てすぐ、京都国立博物館も所蔵し、現在は敷地内の噴水のあるエリアに野外展示されている像だと気づく。

「なるほど！　すぐそこの京博《きょうはく》にありますしね」

「やっぱり、総代くんは絵ぇ上手いなぁ。本物そっくりやん」

銅像一つ描くだけで、今熊野の清水焼と東山七条の芸術作品とを結び付け、今熊野の体験で作ったものだと分かる絵を生み出したセンスは、さすがは絵描きだと大は思う。

二人が下描きを終えたあたりでひと休みし、大達は、三越さんと朝光兄弟が初めて出会った時の、約三十年前の思い出話を聞く事が出来た。

当時、幼少のケンが、ジョーを連れて三越さんの工房を覗き込み、三越さんの亡き父親がそれに気づいたのが、付き合いの始まりだという。

「何や坊《ぼん》、近所の子か？」

「うん、うちすぐそこ」

「お名前、何ちゅうの?」

「俺、朝光ケン。こっちがジョー」

その会話をきっかけに、朝光兄弟は工房で遊ぶようになり、やがて、家族ぐるみで付き合うようになったという。

さらに、今熊野の地蔵盆《じぞうぼん》では、町内の地蔵盆だけではなく、大きい窯元が私財で、

「仕事で火ぃ使《つ》こて、町内の皆さんにご迷惑かけてるから」

と、会社主催で地蔵盆を執《と》り行った事もあるという、今熊野ならではの話も聞く事が出来た。

大きい窯元の地蔵盆を、三越さんは今でも覚えているという。

「子供の頃の僕も、『隣の町内でも構へん。みな来い!』って事で、お菓子を貰ってました。ほんで、それを知った母親が、慌てて会社のお地蔵さんへのお供《そな》えを持って、お礼を言いに行きましたね。会社の中に、町内とは別の、会社のお地蔵さんがあったんですよ」

一つの会社が、町内会を挟まずに地蔵盆を行うというのは、大も初めて聞く話である。

驚くと同時に、その窯元の地蔵盆には、火を使っている事への、地域への恩返しの意味も感じられる。今熊野の窯元が昔からいかに賑わっているか、またそれが、

いかに地域の理解のもと、共存し続けているかを実感した。

その流れで、やがて、三越さんが霊力持ちなうえに、ジョー達の職業も知っている事が判明する。大、総代、琴子もあやかし課隊員だと明かすと、三越さんは「へえ」と目を丸くした。

「そうやったん？　すいませんでしたねえ、何も知らんで。皆さん、普通の一般方やと思ってました。僕自身は、ジョー君やケン君がいるから、そういう仕事があるのは知ってましたけど、警察な訳やし、知らん人にペラペラ喋ったらあかんなぁと思って、黙ってたんですよ。まさかジョー君だけやなしに、皆さん全員が『あやかし課』の隊員さんやったとはねぇ」

新たな偶然に、三越さんは、最初は感心していただけだったが、

「ほんなら……。もしよかったらなんやけど、ちょっと相談って、さしてもらってもいいんですか？　体験をしてもらってる時やのに、申し訳ないですけど」

と、神妙《しんみょう》な顔で言ったので、大達は顔を見合わせた。

「何かあったん？」

ジョーが訊くと、

「いや、僕じゃなくて、娘の方」

と三越さんがいい、ジョーがすぐに、

と、女性の名前を口にした瞬間、琴子が明らかに反応していた。

大も、琴子の様子が気になりながらも、あやかし課隊員として、三越さんに確認する。

「弥生さんという方が、三越さんの娘さんで、何かに悩まれてるんですね」

「そうなんですよ。娘は、ジョー君とケン君の、三歳ぐらい下です。もうすぐ、出先から帰ってくると思います。相談の内容は、本人から聞いてもらった方がええかなと思うんですけど、どうでしょう。体験が終わられたら少し待って頂く事になるかもしれませんが、大丈夫ですか？」

「分かりました」

三越さんの一人娘・三越弥生は、現在は父親のもとで宝春窯を手伝っており、やがては父の跡を継ぎ、立派な宝春窯の四代目になる事を目指して日夜頑張っている、健気《けなげ》な女性だという。

ジョーやケンとは、歳《とし》も性別も違うため、子供の頃は、ジョー達と弥生が一緒に遊ぶ事はほとんどなかったらしい。

それでも、仲良く話すぐらいには顔見知りであり、ジョー達と弥生は、今でもスマートフォン等を通して連絡を取り合い、交流があるとの事だった。

「弥生《やよい》？」

弥生という名前の由来は弥生土器であり、ジョー達が小学生だった頃、当時の三越さんが、

「ほんなら、ジョー君は縄文《じょうもん》土器かな」

と言った事を、ジョーは今でも覚えていた。

「僕とケンの通ってた小学校は、ここからすぐそこの今熊野小学校で、中学校は、今は統合してもうないねんけど、月輪《つきのわ》中学校っていうて、お寺の境内《けいだい》の中にある学校やねん。そこの、泉涌寺の境内。さっき言うた今熊野小学校も月輪中学校も、今は統合して東山泉小中学校になってるわ。もちろん弥生も、一緒の小学校・中学校やで。まぁ、そういう場所ゆえかもしれんけど、昔は結構いてん。学校に居ついた幽霊とか、あやかしが。でも、お寺さんの中やし、怨霊《おんりょう》とか悪いもんは出えへんし、出たとしても、呪《のろ》うとかは、しいひんねんけどね」

霊力持ちというのにも色々あって、大達あやかし課隊員のように、接触したり戦う事が出来る者もいれば、気配を感じる程度や、気配の影響だけで体調を崩してしまう人もいるという。

当然、ケンやジョー、大達は前者であり、後者にあたるのが、三越さんや弥生だった。

「僕は体調を崩すとか、そんなんはなかったけど、娘は、中学校の時なんかは、よ

う体調を崩してたんですよ。思春期っていうのもあったんですかね。それで、ケン君やジョー君に、よう助けてもらってたみたいですよ。娘から聞いた話ですけど」

「僕やケンが助けてたっていうか、弥生が『私、あそこ通れへんし、ついてきて』って頼んできて、一緒についてっただけやけどね。ケンなんかは、ああいう性格やから、地縛霊にも天狗《てんぐ》にも、何にでもバンバン話しかけていくし、豆や水晶《すいしょう》を投げたりして喧嘩してたから、弥生だけじゃなくて、色んな子から頼りにされてたよ。まぁ、そういう経験から、僕らはあやかし課隊員になったんやけどね。弥生も、大人になったら体調崩す事もなくなったみたいやし、そこは安心してたけど……。相談って何？　心配やなぁ」

ジョーが語る弥生の話を、琴子は熱心に聞いている。大はそっと、琴子の表情を盗み見たが、話を聞くのに熱心なだけで、特に変わった様子は見られなかった。

三十分ほど経《た》って、いっちん描きを終えた頃、入り口の引き戸を開けて、肩掛け鞄と町内会の回覧板を持った細身の女性が入ってくる。

「ただいまー。お父さん、これ回覧板……あれっ⁉　ジョー⁉」

と、目を丸くしたその若い女性こそが、三越さんの娘で、朝光兄弟の幼馴染《おさななじみ》・三越弥生だった。

大達は体験に来た者として、弥生に挨拶する。最後に残ったジョーは、大達の挨拶が終わるのを待ってから、幼馴染に声をかけていた。

「弥生、久し振りやな。髪の毛染めたん？　前より茶色くなってるやん」

「うん。明るいやつにしてん。でも、髪が前より傷《いた》んでる気がするし、多分、元に戻す」

「ふーん。そうなん」

ジョーの弥生への態度は、大達に対するそれより適当で、それがかえって、幼馴染として心が通じ合っているように見える。そんな二人の様子を琴子がじっと見つめており、その意味を大は考えそうになって、咄嗟《とっさ》にやめた。

やがて、ジョーが相談の内容を聞き出そうとする。

「なぁ弥生。さっき、おっちゃんから聞いたんやけど、何か、被害を受けてんのやって？」

「あ……。お父さんから全部聞いた？」

「いや、まだ。内容は本人から聞いた方がええやろうって、皆で弥生を待ってた」

「えっ、そうなん⁉　すいません、皆さん！　お待たせしてたみたいで……！」

素直に大達へ謝る弥生は、擦《す》れたところがなくて好感が持てる。

彼女の相談内容を要約すれば、「最近誰かに見られている気がする」というもので、

「ストーカーって事？」
と、ジョーが訊くと、弥生は困ったように首を傾げた。
「うーん……。四六時中、視線を感じるだけで、それ以外はほんまに何もないね
ん。変な手紙や電話がかかってきた訳でもないし……。ここの工房とか、家や、家
族にも、近所でも何かがあった訳でもないし……」
警察に相談しようにも、自分の勘違《かんちが》いだったら迷惑をかけると思い、仕事もある
ので後回しになり、今日に至っているのだという。
ただ、視線そのものは、弥生だけでなく三越さんも時折感じるそうで、あやかし
課隊員が複数集まっている今なら心強いと思った三越さんが、親心から相談してみ
た、という訳だった。
「そんなん、僕に相談してくれたらよかったのに。男やし嫌や言うんやったら、女
性の隊員の人も紹介出来たんやで。山上さんみたいに優秀な人を」
ジョーが琴子を掌《てのひら》で示すと、琴子は照れたような、あるいは嬉しそうな笑みで
弥生に会釈《えしゃく》する。弥生も安心したような瞳で、琴子に頭を下げた。
大達は、弥生と三越さんから、さらに詳細を聞き、ここ宝春窯の工房が、最も視
線を感じる場所だと知る。
「でも今は、視線も何も感じひんけど……」

大が工房を見回すと、総代もしゃがんで机の下などを見ながら、
「自分で動ける式神《しきがみ》だったら、今は、見張らずに隠れているかもしれないね」
と仮説を立てたので、三越さん達の立ち合いのもと、工房の中を捜査する事になった。

工房は、外から見れば平屋で狭そうに思われたが、実際は、窯も置かれた仕事場であり、隣接する自宅とは反対方向や奥に伸びる形で増改築が行われたようで、意外に広かった。

さらに、奥に設置してある梯子《はしご》を上ると、別棟の一軒家へベランダ伝いに、二階から入れるようになっている。三越さん達の自宅や、工房の陰に隠れて見えなかったその家は、器に彩色を施すための、勉強机や電子レンジの置かれた部屋や、膨大《ぼうだい》な資料や本が保管された書斎、パソコンが置いてある事務室、応接室等、土や火を使う以外の作業をするための、もう一つの工房だった。

一軒家の中も物が多く、カメラであれ、式神であれ、隠れやすく、見つからずに弥生や三越さんを監視する事は簡単そうである。

大達はどこから手を付けようか迷ったが、この場所をよく知るジョーの、
「監視するって事は、ターゲットである弥生がよく見える場所でないと駄目やろうし……。実際に焼き物を作る順番に沿って工房の中を探すんが、一番早いんちゃう

かな」

という提案によって、まずは轆轤のスペースの近くにある、業者から仕入れた粘土の段ボールから捜査開始となった。

仕入れた粘土は硬い筒状であり、それを、土練機《どれんき》という大きな緑の機械に入れて、成形用の粘土にするらしい。

大と総代は、工房に入った時すぐに目に入り、今、調べているその緑の機械の用途がようやく分かり、

「これ、土を練る機械やったんですね！」

と大が驚くと、弥生が「そうなんですよ」と小さく微笑み、簡単に説明してくれた。

「業者さんから買った粘土はそのままでも使えるんですけど、届いた後で、硬さを調整したり、ブレンドする事が必要な時もあって、その時に使うのが、この土練機ですね。中は泥がめっちゃついてますし、何ていうか、工事現場の機械みたいですよね」

中が空洞《くうどう》になっている土練機はもちろん、その後も仕事の流れに沿って、「鋳込《いこみ》成形」で使う粘土を泥状にする攪拌機《かくはんき》や、石膏《せっこう》型の置いてある棚、轆轤、いっちんの道具が置いてあるスペース、素焼き用と本焼き用の、大小それぞれの窯、所狭し

と置いてある作りかけの焼き物の棚に至るまで、隅から隅まで捜査した。

その後、大達は一軒家に移り、彩色を施す部屋や書斎、応接室まで探してみたが、結局何も見つからなかった。

皆で探しても見つからないという事は、大達から逃げるように移動している式神の類《たぐい》か、実は全て、三越さん達の気のせいだったかの、どちらかが濃厚になってくる。

大達は前者を疑ったが、三越さんと弥生は相談した側であり、後者ではないかと気にしているらしい。

特に、弥生が申し訳なさそうにしていたので、大は弥生の気持ちを楽にしてあげようと、色々話しかけてみた。

「将来は、弥生さんがここを継がはる予定なんですか？」

「はい。最近、ようやく自分の商品も出荷出来るようになったんですけど、自分の中では、まだまだ半人前と思ってて……。日々修業ですね。清水焼は、ほんまに奥が深いんで」

「その事で気になってたんですけど……。京都の焼き物って、京焼とか清水焼って呼びますよね。それって、何か決まりがあるんですか？　あとは、京焼と清水焼って、どう違うんですか？」

「ああ、それは……」

弥生は、父が話した方がよいと考えたらしく、師匠でもある三越さんをちらっと見たが、三越さんは三越さんで、勉強のためやという厳しい眼差《まなざ》しで、弥生自身が話せと促《うなが》す。

それを見た弥生は、若き一職人の顔で小さく三越さんに頷き、大に向き直って教えてくれた。

「まず、京焼や清水焼という呼び方なんですけど……。簡単に言うと、その名の通り、清水寺《きよみずでら》に続く清水坂や五条坂界隈で焼かれた物を『清水焼』と言いまして、江戸時代の京都では、そこ以外の場所で作られた焼き物もあって、それぞれ別の名称で呼ばれていたんです。八坂焼《やさかやき》とか、粟田口焼《あわたぐちやき》とか、御菩薩焼《みぞろやき》とか、御室焼《おむろやき》とか……。それらは、個別の呼び方の他に、一括《いっかつ》で『京焼』と呼ばれていました」

ただ、今も昔も、清水焼は京都で最大規模であり、明治時代から大正時代にかけては、清水坂周辺だけでは手狭という事で、今熊野をはじめ、山科《やましな》や宇治へ、陶工達の集団移転まであったという。

それもあって基本的に、現在では、清水坂発祥《はっしょう》を受け継いでいるという意思さえあれば、京都のどこで焼いたものでも、どんな陶器でも「清水焼」だと名乗れるらしい。

昭和の頃、京都府の伝統的工芸品として通商産業省（現在の経済産業省）の指定を受ける際、京都の業界団体が清水焼も京焼の一つとして「京焼」で登録申請《しんせい》しようとしたところ、強い反対意見があったという。

「山科に、清水焼団地《きよみずやきだんち》っていう場所がありますよね？　あれは、清水焼の陶工さん達が山科に移って団地を作らはったのが始まりなんですけど、今は陶工さん以外の方も住んでますから、今ではもう京都の一地名なんです。『そういう地名になるほどの、清水焼という名を無視するとは何事か』という意見が凄くあったそうで……。それで最終的に、清水焼だけを別格扱いにして『京焼・清水焼』として申請し、通商産業省も指定したという訳です」

二つの名が並ぶこの正式名称は、京都府のウェブサイトをはじめ、公式な資料では必ず「京焼・清水焼」と記載されているという。初心者にとっては紛《まぎ》らわしいが、経緯さえ分かれば面白い名称だと弥生は言い、

「私、そういう深い歴史があって、やのに、自由に作れる清水焼が物凄く面白いと思うし、大好きなんですよね」

と笑顔を見せた後、三越さんに振り向いていた。

私の説明、大丈夫でしたか？　という眼差しに、三越さんは父として師匠として、小さな頷きだけで答える。

師匠が何も言わない代わりに、幼馴染のジョーが土練機を再捜査する手を止めて、嬉しそうに弥生を褒めた。

「もう、おっちゃんについて何年も仕事してねんから、弥生は自信を持つべきやで。先月、自分の器が東京の料亭のコンペで採用されたーって、大喜びのメッセージ送ってきたやん」

「だって私、普通に今回も落ちるやろなって、めっちゃ思ってて、その時は既に『セルフ立ち直り期間』してたんやもん。そんな時に採用の連絡を貰ったら、喜ぶ以外ないやん？　まさか、自分の作品が最終二つに残って、ほんで、さらに選ばれるとは……。しかも、東京の有名店やで？」

「やから、弥生自身は悩んでても、弥生の実力はちゃんとあるんやから、胸張ったらええねんて。出品した器のいっちんの模様も、弥生が一人で考案した、完全なオリジナルなんやろ？」

「でも、前のバイヤーさんに断られた時は、その私のオリジナルが微妙やからって言われたし、その前のオリジナルも、全然売れへんかったし……。今回も、お店がいいと思って仕入れてくれても、肝心《かんじん》のお客さんに不評やったら、何も意味ない。あぁー、そうなったらどうしよう？　採用決定と同時に、お店のウェブサイトに私と宝春窯の名前と器が載ってんねん。やし、もう後戻り出来ひん……っ！」

「今からそんなん言うて、どうすんの？　ビクビクしてたら、いつまで経ってもおっちゃんの跡は継げへんで。しっかりせな」

どうやら、弥生の陶工としての欠点は、過去の挫折《ざせつ》からくる自信のなさらしい。それを、ジョーが一生懸命励ましている。

そんな二人のやり取りは微笑ましく、大が焼き物の棚を捜査しつつ琴子をちらっと見ると、琴子もまた、棚の下や後ろの隙間《すきま》を確認しながら、幼馴染の二人を見守っていた。

その後も大達は、工房も一軒家も三周するほど確認し、次の捜査で、一旦最後にしようという事になる。

「すいませんねぇ、ご迷惑かけて」

「ほんまに私らの気のせいというだけで、何もなかったらどうしましょう。お時間を取らしてしまって、ほんまにごめんなさい」

三越さんと弥生が、心から頭を下げる。大達からすれば、相談者の勘違いで何もない方がむしろよいのだが、いくらそう話しても、二人は警察に骨を折らせた事を気にしていた。

大達も、捜査に進展がない事で、何だか申し訳なくなってくる。犯人の手掛かりか、あるいは、結局は三越さん達の気のせいだったにせよ、その保証だけでも見つけてあげて、二人を安心させてあげたい。

そんな大達の願いが通じたのか、事態が動いたのは、総代が弥生に尋ねながら、棚の一番上の、作業途中の香炉《こうろ》を捜査のために持ち上げた時。

「自由に作れる清水焼、かぁ。そういえば、さっき三越さんも、清水焼は自由って言ってました。それってどういう意味なんですか？」

「言葉通りの意味なんです。これは、私の考えというか、うちの窯全体の方針でもあるんですけど……」

弥生が説明しかけた時、総代が香炉を動かした事で、見つかってしまった茶色いハムスターと、総代の驚いた瞳とが、ばっちり合う。

「チュッ……⁉」

「え？」

可愛いと鳴き声と、総代の呆《ほう》けた声が重なった。

ハムスターの額《ひたい》には、明らかにレンズ用の大きな水晶が付いており、

「あっ⁉」

と、総代や大達が声を上げた時には、ハムスターは鳴き声を上げて逃げていた。

ハムスターが素早く動いたので周囲の焼き物がなぎ倒され、大達は、焼き物が落ちて割れないよう、慌てて受け止めたり押さえたりした。

その結果、宝春窯の焼き物は全て守れたものの、ハムスターの捕獲《ほかく》は後手《ごて》に回ってしまった。

「あれだよね!?　絶対あれだよね!?」

「多分！」

「大ちゃん、総代くん！　追跡開始！　ジョー君は、三越さんと娘さんを守っといて！」

琴子の素早い指示に、ジョーは落ち着いて「了解」と言って二人の傍を離れず、大と総代は、置かれた焼き物を蹴飛《けと》ばさないよう飛び越えて、ハムスターを追いかけた。

茶色いハムスターは、その毛色が示すように土で作られた式神なのか、土間を疾走《しっそう》するにつれて砂が落ち、工房の入り口まで続く、砂の線の跡が出来ている。

大達が追いつく前に工房の外に出てしまい、やがて外で、ハムスターの帰りを待っていたらしい、女の子達の声と足音が聞こえた。

「ハムちゃん、早く！　私の懐《ふところ》に入って下さい！」

「馬鹿《ばか》っ！　うちらまで捕まっちゃうよ！　安珠《あんじゅ》はとろいんだから走れっ！」

これで、犯人がはっきりした。

どうやら、霊力持ちらしい女の子達が、ハムスターの姿をした式神を駆使《くし》し、ハムスターの額のレンズを通して、工房の弥生達を見ていたらしい。

大、総代、琴子の三人が半透明になって表へ走り出ると、雲が切れて晴れた空の下、和服姿の女の子二人が道路を走っていくところであり、片方の、眼鏡《めがね》をかけて絣《かすり》の着物を着たおかっぱの子が、半泣きになって大達を指した。

「いやーっ！　雲母《きらら》、雲母っ！　相手が来ました！　どうしましょう⁉」

「逃げるしかないじゃん！　泣くな安珠っ！」

眼鏡の子の袖を引くのは、髪を三つ編みにして、上等な着物にもんぺを穿いた、気の強そうな女の子。

眼鏡の安珠と三つ編みの雲母、どちらも小学生ぐらいだが、人間ではない気配がはっきり分かる。正体は化け物かもしれないが、それを見極める前に、とにかく二人を確保するのが先だった。

大はすぐに判断し、迷わず頭の簪《かんざし》を抜いた。

「私が行きます！　彼ならすぐに追いつけます！」

大の体が光明《こうみょう》を発し、身《み》の丈六尺《たけろくしゃく》（約百八十センチメートル）の美丈夫《びじょうぶ》となる。

それが、大の分身とも言える、もう一人の魔除けの子・まさるだと、総代も琴子も知っていた。しかし、安珠と雲母は初めて見るものらしく、まさるの出現に衝撃を受けていた。

「ふえっ⁉　雲母、見て下さい！　女の人が男の人になりました！　もしや狐《きつね》かもしれません！」

「馬鹿っ！　あれは本当は猿《さる》なんだよっ！　猿は速いから、すぐ追いついてくる！　安珠、走れっ！」

身体能力に秀《ひい》でたまさるは身も軽々と道路を走り、あっという間に、足の遅い安珠との距離を詰める。

しかしその前に、安珠を守るように、雲母がまさるの前に立ちはだかる。小石の付いた指輪をはめた両手を広げ、背の高いまさるに届くように、ぱっと斜め上に突き出した。

「悪霊たいさーん！」

甲高《かんだか》く唱《とな》えた雲母の両手から、大きな何かが射出《しゃしゅっ》される。一瞬、まさるは術かと思って止まったが、雲母が出したのは泥団子《どろだんご》だった。

これなら問題ないと、まさるは難なく避《よ》けてやり過ごす。

ところが、まさるの背後には別の民家があり、まさるに回避されて斜め上に飛んでいった泥団子は、二階のベランダに干されていた白い布団《ふとん》、そのど真ん中に命中した。

「イヤァーっ⁉　布団がぁーっ！！」

そう叫んだのは琴子であり、まさるが反応して振り向くと、陽光の下で干されていた布団が、見るも無残《むざん》に泥まみれになっていた。

泥団子の当たった音が聞こえたのか、その民家の住民の女性が、ベランダに出て布団を見た瞬間、琴子と同じ悲鳴を上げる。自分のせいかとまさるが狼狽《うろた》える間に、雲母と安珠は逃げてしまった。

まさしく、住宅街ゆえの災難である。運の悪い事に、雲母もそれに気づいたらしい。

「あれだっ、あれなら逃げられる！　安珠も手伝え！　どこでもいいからお団子を飛ばすんだっ！　あいつらが、この辺の家の人達に叱《しか》られてる間に……。そうだよ、これをあいつらのせいにすればいいんだ！　そうしたら、あいつらはもうおしまいだ！　安珠、やろう！」

「は、はいっ！」

狭い路地を中心に今熊野中を走りつつ、雲母も安珠も、自分の手にはめた指輪を光らせて、民家に向けて泥団子を発射させる。雲母、安珠、そしてまさる達は霊感のない者には見えないが、雲母達の泥団子は実体であり、民家に全て命中していた。

雲母の泥団子は固くて大きく、周囲の民家の洗濯物やベランダ、自転車や車等に当たって砕け、あっという間に泥だらけになる。

厄介《やっかい》だったのは安珠の方で、こちらの飛ばす泥団子は小さいものの、水分を多量に含んで柔《やわ》らかい。洗濯物に当たれば最後、じっとり染《し》み込んで汚れを作り、発射されて山なりに弾着《だんちゃく》する間にも、小雨のような飛沫《ひまつ》を飛ばしていた。

まさる達が追えば追うほど、雲母と安珠は逃げながら泥団子を発射し、まさる達の視界や周辺を汚して攪乱《かくらん》する。

彼女ら二人は、数日にわたって弥生達を監視していたために今熊野の地理に詳しいようで、家と家の間を抜けられる子供ならではの体格や、路地が思わぬところに繋がっていたりする迷路のような今熊野の町並みをうまく利用しながら、逃走と泥団子の発射を繰り返していた。

「やっぱり、ジョー君に追跡してもらえばよかった……！」

琴子が悔しそうに息を切らしながら呟き、まさる達もそう思ったが、既に遅かった。

まさる達が守らねば、今熊野中の民家が大惨事《だいさんじ》である。咄嗟に市民の洗濯物を守ろうとすると、その隙をついて、少女二人は路地に入ったり民家と民家の間を抜けたり、屋根へ飛び移ったり、下に降りたりと、あっという間に逃げてしまう。

挙句《あげく》の果てには、雲母も安珠も、逃走の興奮ゆえか二手に分かれてまで泥団子を打ちまくる始末で、気づけばまさる達は、総代が急いで描いた傘を持つ動物達も含めて、琴子が近所から箒《ほうき》を借りて泥団子を叩き落としたり、まさるが自らの体軀《たいく》を盾《たて》に泥団子を受けたりと、全員、民家を守る事に徹していた。

それでも雲母と安珠は、泥団子の発射をやめようとしない。その必死さにふと一瞬、まさるは二人の目的が逃走以外にもあるのではと思ったが、それを探る余裕は、もはやなかった。

次々と汚される洗濯物や乗り物、家の外壁等を見て、家事の大変さを骨の髄《ずい》まで知っている琴子は、もはや卒倒《そっとう》寸前である。

「何て事、何て事……っ！　こんな時、玉木《たまき》くんがいれば……っ！」

たまたま幼子《おさなご》を二人連れて、散歩に出てきたらしい母親が、大達や雲母達は見えなくても町中の惨状は見えたらしく、

「ヒッ……⁉」

と、短い悲鳴を上げている。

彼女の子供の、見たものは全て真似しそうな幼子二人は、何も分からず泥の花火のように汚れた布団に興奮し、

「すげえーっ！」

と目を輝かせて指さしている。総代は、自分が半透明である事も忘れて、体全体

で遮《さえぎ》っていた。

「駄目だ、見ちゃいけないっ！　君達絶対真似しないでね⁉　お母さん、早く！　早くお子さんを連れて逃げてーっ！」

この惨状の唯一の救いは、雲母も安珠も凶悪犯ではなく、二人の出す泥団子には殺傷性がない事だった。

とはいえ、動き回る二人によって、町内の家は目も当てられないほどの泥まみれとなり、業《ごう》を煮やしたまさるが近くにあったバットを借りて泥団子を豪快に打ち返したりもしたが、これはかえって、泥団子が破裂して周りに飛び散る結果となった。

近所の霊感持ちのお婆ちゃんが、ガラッと家の窓から顔を出し、

「ええ歳したお兄ちゃんが、何してんのアンタ！　バットは泥遊びの道具違うで！」

と、まさるに怒鳴《どな》り、まさるは、泥遊びの犯人だと勘違いされてしまった。

まさるがようやく雲母を捕まえた時には、安珠の方も、民家の屋根の上で琴子が確保しており、一人の怪我人《けがにん》もなく犯人逮捕には至ったものの、その代償は、十数軒分の洗濯物や布団、車、自転車、家の外壁が泥まみれ、まさるの冤罪《えんざい》というひどいもの。

霊力のない人達には、まさる達や雲母達こそ見えないものの、泥の汚れは普通の人にも見えるので、そこかしこで「えーっ⁉　何これーっ⁉」という京都市民の悲鳴が上がっていた。

やがて、犯人確保の連絡を受けて工房から出てきたジョーが、今熊野一帯の惨状を見て目を閉じ、痛ましい表情で、静かに首を横に振る。

おもむろに自分のスマートフォンを出し、双子の片割れに、救援要請を送っていた。

「……もしもし？　ケン？　今、時間ある？　……えーと、今熊野から、藤森神社氏子区域事務所・朝光ケンへ……。今熊野が非常事態につき、可能であれば、至急地元に戻られたし……。いや、実はちょっと事件があって、犯人を確保したんはいいんやけど、そのせいでちょっと……町内中が……泥だらけに……。うん……。門《かど》田《た》さんのところとか……凄いよホンマ……。地元民の僕とケンが皆に謝った方が、多分、町内の怒りも、ちょっとは収まるかなって……。うん……。ありがとう。菓子折り、買えるだけ買ってきて……。お金は後で払うし……。うん……。ありがとう。頼んだー……」

道路では、背中の狐を出すために上着を脱いだ総代が疲れ切ったように、

「……僕達、今日、何しに来たんだっけ……？」

と、呟き、背中の刺青《いれずみ》を見た霊力持ちの子供達に、

「すげーっ！　お兄さんのタトゥーやばい！　まじ芸術」

と、群《むら》がられていた。

雲母達の確保が済むと、総代の連絡によって、新熊野神社氏子区域事務所の隊員が現場に到着する。四十代の男性隊員も含む全員で一旦宝春窯まで戻ると、事件の後処理が開始された。

今回は、負傷者が誰一人いないのに被害は甚大《じんだい》であり、泥だらけになった布団や洗濯物を、乾いたり完全に繊維に染み込んでしまう前に、責任をもって綺麗にしなければならない。

確保した雲母と安珠は、それぞれの指輪を没収したうえで、新熊野神社氏子区域事務所の隊員に任せて工房に置く。元の姿に戻った大や総代、琴子、ジョー、そして急遽《きゅうきょ》駆け付けてくれたケンは、落ち着く暇もなく作業を手分けした。

ケンとジョーが菓子折り持参で今熊野中の住民に謝りに行き、総代が、足軽《あしがる》や二足歩行の動物を描けるだけ描いて実体化させ、自らも一緒に、各家庭の自転車や車、家の外壁等の洗浄を担う。

残った琴子と大は、琴子が三越さんからワゴン車を借り、大はタクシーを呼んだりして、住民達から預かった洗濯物や布団を積み込み、今熊野付近はもちろん、五条通りや京都駅周辺に至るまでのクリーニング店やコインランドリーをはしごして、全てを綺麗に、そしてふかふかにした。

優先すべき作業が全て完了し、大達が宝春窯に帰還《きかん》した時には、日が完全に暮れて真っ暗だった。

ケンが買ってきた菓子折りも含め、クリーニングなどのかかった費用は全て、最終的には京都府警のあやかし課本部の経費から出す事になる。決して安くはない総額に本部の経理が驚き、その苦情が自分の上司達に伝わって後日怒られる流れかと思うと、大達はため息しか出なかった。

「僕、絹川さんに、こんなので呼び出されるとか嫌なんだけど……。古賀さん、一緒に怒られてくれない？」

「何、小学生みたいな事言うてんの。私も今から、深津さんに怒られるんが怖い……」

大や総代が、自分の衣服をぱんぱんと叩くと、乾いた土が落ちていく。特に大は、変身したまさるが体で民家をかばっていたので、外を歩くのも躊躇《ちゆうちよ》するぐらい、服も履物《はきもの》も泥だらけだった。

工房でずっと待機して、大達を出迎えてくれた三越さんと弥生は、事件解決の感謝を何度も述べ、

「ほんまにありがとうございました。ご迷惑をおかけして申し訳ないです。うちの浴室で泥を落とされた後、出前も取らしてもらいますので、自宅の方で食事してって下さいね」

「古賀さんと山上さんは、私のでよかったら、服もお貸しします！　可愛い服とかはないんですけど、好きなのを着て帰って下さい！　お二人の服は、私がクリーニングに出しますんで！」

と、可能な限りの気遣いをしてくれて、犯人である雲母や安珠にも、夜になってお腹が減っただろうからと、二人でおにぎりを作って渡していた。

隊員に取り調べを受けていた雲母と安珠は、轆轤のスペースの畳の縁《へり》に座っている。観念しているのか大人しく、三越さんと弥生の手製のおにぎりを、申し訳なさそうに受け取って頰張《ほおば》っていた。

雲母も安珠も、三越さん達に敵対心は向けておらず、

「……ありがとう」

「ありがとうございます。本当にすみませんでした。私達、ずっと、あなた達を覗き見したり、ひどい事をしたのに……」

と、素直におにぎりのお礼を言い、安珠に至っては、再び涙ぐんで謝罪していた。

その姿に、何か深い事情がありそうだと、大は察する。

やがて、雲母が顔を上げて、

「ねえ。……この町の人達、怒ってた？　布団や洗濯物が泥だらけになったのはこの家の人達のせいだって、怒ってなかった？　……そう仕向けたのは、うちらだけど」

と、弥生を指して、どこか申し訳なさそうに、か細く尋ねた瞬間、琴子が閃《ひらめ》いたように声を上げた。

「あー。そういう事か！　あんたら、逃げる時に『これをあいつらのせいにすればいい』って言うてたけど……。その『あいつら』って、追いかける私らじゃなくって、三越さん達の事やってんな？」

琴子の問いに、雲母達は黙って頷いた。

つまり、逃走手段であると同時に、三越さん達の不祥事にさせるつもりで、町中に泥団子を飛ばしていたらしい。

大が、琴子に続いて、

「泥だらけにしたんを三越さん達のせいにして、三越さん達が皆に怒られたらいいと思ったって事？　何で、そんな事したん？」

と、監視をしていた事も含めて優しく訊くと、意地を張って俯《うつむ》くだけの雲母の代わりに、安珠が全てを話してくれた。

「皆さんは既に、私達が人間ではないと、分かっていると思いますが……。私と雲母は、土の精霊《せいれい》です。ここ京都ではなく、珍しいイワナが棲《す》んでいる綺麗な川……その近くの、山の精霊です」

ある日、その山の麓《ふもと》に、都心部から移ってきた若い男性が、農家を改築して住み始めた。

玲生《れお》という名前のその男性は、趣向を凝《こ》らした陶器を作り、インターネット等で販売して、生計を立てていたという。

つまり玲生も、三越さん達と同じ陶芸家だった。安珠と雲母は、山の精霊として玲生を見守るうちに、玲生の仕事を応援するようになったという。

「玲生さんは霊力がないので、私や雲母を見る事は出来ません。私達も、泥や砂を出す程度の力しか持たない精霊なので、玲生さんへ霊力を送ったり、助けになるようなご利益《りやく》を与える事は出来ません。ですが玲生さんは、目に見えないものさえ愛する心の優しい人で、家に来る鳥達の写真を撮っている時に、見えないはずの私達にも微笑み、何の変哲もない石や木の枝を撫で、自然全てに感謝していました。

私も雲母も、そんな玲生さんが大好きで、そっと玲生さんの家の中に入っては、玲生さんの気持ちや技術が込められたお皿やお茶碗、湯呑を眺めたり、玲生さんの作業を見たり、商品が出荷されていくのを見送るのが、何よりの楽しみでした。優しい玲生さんの心が、陶器を通して皆に届いていくのが、私達も嬉しかったのです。玲生さんに内緒で、出荷前の段ボールに手を合わせて、私達も気持ちを込めていました」

ところが、ここ数年は注文が減って、玲生の生活はどんどん苦しくなったという。そんな折、玲生の精魂込めた作品が、ある店のコンペの最終候補まで残ったが、結果は別の陶芸家の器が採用され、玲生は落選したという。

「玲生さんは、そのお店への出品に、自分の才能を懸《か》けていました。一流の料理人が作る料理と自分の器とが合わさった光景を見てみたい、と……。東京は人口が多いので、そこの料亭で採用されたら、皆に自分の器を見てもらえる。そう言って、採用されるのを夢見ていました。でも先月、『俺の何が駄目なんだ』って、玲生さんが泣いて、お酒を飲んで……」

落胆《らくたん》した玲生の姿を思い出したのか、安珠も俯いて洟《はな》を啜《すす》る。安珠の膝《ひざ》にはハムスターの式神がいて、心配そうに安珠を見上げた後、安珠の心が揺らいだからか、砂になって消えた。

安珠から聞かされたその話に、大は、強いジョーの話を思い出す。

「先月の話で、東京の料亭……。それって、もしかして……」

工房の中にいる全員の視線が、弥生に向いた。

弥生も、驚きに打たれたように安珠達へ歩み寄り、

「私の器が通ったから、その、玲生さんの器は、落ちたって事？」

と訊くと、雲母が鋭く顔を上げ、

「そうだよっ！　それ以外に何があるのさっ！」

と強い口調で言い放ち、弥生を睨《にら》みながら、悔し涙を流していた。

「玲生さんはね、ずっとずっと頑張ってたんだよっ！　夜なべして量産品の作業をしたり、それでも利益が出なくて、もやしばっかり食べてたり、そんな中、陶芸の勉強もして、それを自分の陶芸に生かして、新しい人に見てもらって、ここを直せとか文句を言われても、何度も作り直したりして……！　そんな玲生さんが、頑張って東京の料亭のコンペに出品した器は、凄くよかった！　うちらも絶対採用されると思った！　なのに……。お店が選んだのは、あんたの器。こんなのってないよ！　玲生さんは、一生懸命頑張ったのに！　何も報《むく》われないなんてひどいよっ！」

この雲母の叫びが、落選の通知を受け取った先月の、玲生の気持ちそのままだったらしい。

浴びるように酒を飲み、一晩中泣いた玲生は、その後、数日はぼんやりと家の縁《えん》側《がわ》に座るだけだったが、とうとう半月前、最低限の荷物だけ持って、飛び出すように家を出ていったという。

驚いた精霊二人は、真《ま》っ青《さお》になって山中の生き物に尋ね回ったり、じっと家の中にいて玲生の帰りを待っていたが、玲生は一向に戻らない。

玲生が、陶芸そのものを辞めてしまったのか否《いな》かどころか、生死さえも分からない。二人は玲生の無事を祈る事しか出来ず、その悲しさや悔しさの矛先《ほこさき》が、いつしか弥生に向いたのだった。

二人は、物知りとして知られていた地元の神様に頼んでインターネットを使わせてもらい、まず玲生の消息《しょうそく》を摑もうとし、それが失敗に終わると、玲生が落とされた料亭のウェブページを見て、採用された陶芸家が三越弥生であると知った。

ウェブページをよく読んでみると、弥生の器は、今秋にお披露目《ひろめ》される料理と一緒に出される予定らしく、とすると、何らかの理由で弥生の器が降ろされれば、繰り上げ形式で玲生の器が採用される、その知らせを受けたら玲生が戻ってくるかもしれない、と二人が思ったのは、玲生を愛するがゆえの、人とは違う純粋な精霊達の暴走だった。

不祥事や失言等によって、人が仕事を取り上げられるという事は、玲生の家にあ

ったテレビを通じて雲母も安珠も知っており、

「……その手は、いけるかもしれませんね……」

「いけない事をして、ドラマの役を降ろされたあの女優みたいに、三越弥生の悪さを摑んで料亭に言えば、きっとすぐに、同じようになるよね？」

「はい。そうすれば、代わりに玲生さんの器が採用されて、玲生さんは喜んでくれて、帰ってきてくれますよね……？」

「絶対にそうだよ！　行いの悪さじゃなくても、実は三越弥生の器が壊れやすいとか、完成が遅いとか、そういう事でも教えたら、料亭も絶対に考え直してくれる！　玲生さんも元気を出して、またここでお仕事してくれる！　さぁ行こう、安珠！　京都に行って、敵の弱点を探るんだ！」

「はいっ！」

こうして雲母と安珠は、京都に来て今熊野の宝春窯を見つけ出し、安珠が出したハムスターの式神を工房に潜《もぐ》り込ませて、弥生や三越さんをずっと監視し、弱みを探し続けていた。

しかし、真面目な三越さんや弥生からは、一向に何も見つからない。逆に自分達が見つかって、大達に捕まってしまった……というのが、今回の事件の全貌《ぜんぼう》だった。

「すみません、皆さん。本当にすみませんでした……。三越さん、弥生さん、おにぎり、ありがとうございました……」

話し終えた瞬間、安珠はさめざめと泣いて詫び、雲母は、悔し涙を滝のように流して、大達から顔を背けた。

少女二人の啜り泣きが響く中、真っ先に口を開いたのは意外にもケンであり、

「そんなんで、店の決定が覆《くつがえ》る訳ないやん⁉ しょーもなっ！ いくら玲生さんが好きでも……ってか、そんなんで採用されても、玲生さん可哀想《かわいそう》やん」

と、呆れ気味に言い、両腕を組んで話を聞いていた新熊野神社氏子区域事務所の隊員も、警察官として、毅然《きぜん》とした態度で二人を諭《さと》していた。

「悪い事をした理由は、理解出来なくはないけど……。何も悪くないのに、ずっと探られる三越さん達の気持ちを、君らは考えた事あるか？ おまけに、町内の泥の罪までかぶせようとして。もし、町内の人達が三越さん達の仕業《しわざ》やって思い込んでたら、三越さん達は、ずっと町内の人達から恨まれるかもしれへんかってんで。今回の罪状は、器物損壊ぐらいに留まるやろうけど……。ほんまはそれよりも、ずっと悪い事をしたんやって、反省しいや」

いくら泣いても、犯《おか》した罪は変わらない。雲母も安珠も、それはきちんと理解して反省していたが、背中を丸めて涙する二人の姿があまりにも儚《はかな》く、弥生が、一番の被害者であるにもかかわらず、二人を慰《なぐさ》めようとおろおろしていた。

それを見ていた大も、一隊員として厳正に対応しなければと思うものの、同時に、何とかこの場を、特に雲母と安珠に少しでも元気を出してもらいたいと、かける言葉を探す。

しかし、陶芸の世界を何も知らない大にその手立てはなく、悩んでいると、やがて雲母と安珠の前に優しくしゃがんだのは、三越さんだった。

「今回の、君らのやった事をどうするかっていうのは、警察の人にお任せするとして……。雲母さんと、安珠さん、っていう名前やったかな。君らが応援している玲生さんっていう陶工さんは、どんな作品を作らはんのかな」

三越さんの問いに、雲母と安珠が顔を見合わせる。

「凄く面白いんだよ。縁が少し曲がってる急須《きゆうす》とか、上の方に、穴の空いてるお茶碗とか……」

「ですがそれらは、ただ適当に作っている訳ではありません。玲生さんは、人間の目が映す自然の風景を、陶器で再現したいのだそうです。縁の曲がってる黒い急須で、炭《すみ》から連想する火の気配、そして変化する土の躍動感を再現し、そこから入れるお茶の味と共に木々の四季を感じる事……。穴の空いたお茶碗は、そこにご飯を入れて穴から覗けば、米粒一つ一つの艶《つや》を、じっくり見る事が出来ます。日本人と共に歩んできた、米との対話というのが、そのお茶碗のテーマだそうで……。玲生さんは、それを色んな仕入れ先の人に、話していました」

「なるほど。それは面白いね。現物があったら、僕も手に取って見てみたいな。コンペの最終に残るんも、分かる気がするわ。好きな人はほんまに好きなんちゃうかな、そういうの」

三越さんが純粋に褒めると、雲母と安珠の顔がにわかに明るくなる。しかし、コンペの結果を思い出した雲母が悲しそうな目となり、

「でも、東京のお店は、玲生さんじゃなくて、娘さんの物を選んだんでしょ。どうして？　玲生さんの器がいいなら、どうして落ちたの」

と、認められなかった悔しさをぶつけると、三越さんは何度も頷き、

「そうやね。そういうの、僕も何度もあったよ。弥生もあったよ。あえて落ちた理由を考えるなら、玲生さんの器は芸術的な感じがするから、色んな料理を出さはる料亭には、ちょっと合わへんかったんかもしれへんな。でも、そういうのって、今に始まった事と違うんですよ。お商売をしている陶工なら誰でも経験する事で、玲生さんの作品が悪い訳じゃないんです。そういうのがあるからこそ、今の『京焼・清水焼』があるんですよ」

という丁寧《ていねい》な言葉に、安珠も雲母も驚き、黙って耳を傾けていた。

あくまで宝春窯の一解釈と方針、として話した三越さんによると、「焼き物」そ

のものは縄文時代から存在し、平安時代になると、皿や壺《つぼ》、瓦《かわら》等、今も親しまれている焼き物が沢山作られていた。京都市北区にある神光院《じんこういん》は有名だが、この寺院の前身は「瓦屋寺《かわらや》」と呼ばれ、京都御所《きょうとごしょ》に瓦を納める職人の宿だったという。

そんな京都の焼き物の転機は、やはり千利休《せんのりきゅう》の存在で、彼によって、茶の湯の地位が高くなった結果、同時に、茶器の価値も上がり、需要がかなり増加したという。

「京都は、昔は日本の首都でしたからね。今で言う、人口が一番多い、一大マーケットでした。お金持ちの貴族も沢山いはって、その人達が、普通では手に入らない器が欲しいってなった時、どうするかっていうと……作らせるんですよ。自分達で。地方から陶工を、京都に連れて来て」

つまり、首都であるゆえに富裕層が大勢いて、権力者と同じ物が欲しいとなった時、あちこちからその技術者を呼び寄せて、似たような物を作らせる。

また、京都には帝《みかど》がいたので、帝への献上品のような、一生かけても手に入らない物に憧れた時も、模倣品を作らせる。

そうして、「写し」という文化が生まれたという。

この結果、日本中の技術が、当時の首都にして全ての中心地・京都に集まる事となり、先進的な京焼・清水焼の礎《いしずえ》が出来上がった。

その京焼・清水焼の多彩さが、江戸前期の陶工で鮮やかな色絵陶器の大成者・野々村仁清《ののむらにんせい》や、琳派《りんぱ》を発展させた一人・尾形乾山《おがたけんざん》を生んだのだと、三越さんは言った。

「せやから、京焼・清水焼には、全国のありとあらゆる要素がある。あっていいんですよ。そういう歴史を持った町で、作られるものなんですから。政治も文化も、京都には色んな人が来て、色んな人が住んで、色んな事をしはった。だから、京焼や清水焼も自由になったんです。特徴がない事こそが、清水焼の特徴やと思うんです。

その多彩さ、自由さを忘れない事が、うちの方針なんです。僕も娘も守っている、宝春窯の精神なんです。

陶芸は、千利休の頃からお商売の世界ですから、当然、人気が出て売れる作品も、そうでない作品も出てきます。お客さんに納得される陶工も、直せばっかり言われる陶工も、出てきます。千年前から、ずっとそうやったと思いますよ。でも、その両方があるからこそ、焼き物の世界に多彩さが生まれたし、自由が守られている。陶工は、『駄目やったら次行く!』が、出来るんじゃないですかね。

何が言いたいかっていうと……。玲生さんの器は、二人の話を聞くと、凄くテーマがしっかりしていて、自由だなと思いました。同じ陶工として、凄く頼もしい新世代やと思います。料亭じゃなくて、ボタニカル系のカフェとかやったら、玲生さんの器は映《は》えるかもしれませんね。陶器を販売するカフェも、最近、全国的に増えてますから……。自分の感性を武器に、玲生さんには、また頑張ってほしいなと思うんです。今のスタイルでも構いません。売れるためにスタイルを変えても構いません。それさえも自由です。売れるかどうかは保証出来ませんが、玲生さんが陶工を辞めない限り、未来はあります。焼き物だけじゃなく、『文化の世界』には未来が必要で、未来には、自由が必要なんです。その自由を作るのは誰かっていうと、僕ら一人一人なんですよ。だから、玲生さんには、これからも頑張ってほしいです」

陶工は道具や材料さえあれば、細々《ほそぼそ》とでもやれますしね。

そう穏やかに話す三越さんの真心《まごころ》に、雲母も安珠も心を打たれ、もう一度、顔を見合わせる。

「でも、まだ、玲生さんがどこに行ったのか分からない。もし、玲生さんが陶芸を辞めてたら……」

不安がる雲母の前に、今度は総代がゆっくりしゃがみ、スマートフォンの画面を見せた。

そこには、SNSにアップされた男性二人の写真があり、東京スカイツリーを背景に笑う一人は、まさしく玲生だったらしい。

「えっ、何で⁉」

「いつの間に⁉」

「総代くん、知ってる人やったん⁉」

雲母や安珠はもちろん、大も驚くと、総代は照れ臭そうに笑って説明する。

「話の途中でスマホなんて、申し訳ないと思ったんだけど……。弥生さんに聞いて、SNSで検索して、探してみたんだ。そしたらやっぱり、玲生さんのアカウントがあったよ。仕事用じゃなくて個人アカウントだったから、ちょっと分かりにくかったけど……。今時のクリエイターなら、大抵《たいてい》はSNSをやってると思ったからね。――玲生さんは、もう安心だよ」

雲母達に続いて、大も画面を見せてもらう。表示されているSNSには、「再生旅!」と題名がついており、玲生の現在の状況や、陶芸に対する心情が綴《つづ》られていた。


仕事の傷心から、大学時代の友人と突発的に始めた関東行脚《あんぎゃ》! 陶芸を一旦忘れるために旅に出たはずなのに、旅行中もずっと陶芸の事を考えてました(笑)。やっぱり東京は、沢山の才能ある人が溢れていて、刺激を貰えます。想像力と技術の宝庫!

東京だけでも、こんなにも沢山の才能、そして作品が溢れている。そんな中、僕の陶器を手に取ってくれる人が一人でもいるのは、そして、コンペの最終選考まで残れた事は、やっぱり、とても幸せな事なんだと思います。

書きたい事は色々あるんですが、ひと言でまとめると、もう一度、「夢を追いたい」。人間と自然との縁《えにし》を、「焼き物」という技術を通して繋ぎたい。

心機一転、もう一度頑張ります！　帰りは、信楽《しがらき》や京都、大阪にも寄って我が家へ帰ります！　次の制作に向けて沢山吸収してきます。友人は、僕に同行しながら酒巡りをするそうです（笑）。


挫折から立ち直った潑溂《はつらつ》とした文面に安堵し、二人にスマートフォンを返すと、雲母と安珠が、目を見開いてもう一度その文面を見つめている。

総代が、横からそっと指で画面を動かし、

「あと、君達の事だけど……。玲生さんは、見えなくても分かってたみたいだよ」

と、別の画面を表示させる。

そこには、半年ほど前に投稿された、玲生の撮影による一枚の写真と記事があった。

実は、我が家では、自分以外の気配を感じる事が何度もあって、座敷童《ざしきわらし》かなって思ってます。気配を感じるのは、大体この辺。一人じゃなくて二人……？

座敷童は住民に幸運をもたらすそうなので、僕が健康なのはそのおかげかな？　と、勝手に感謝しています（笑）。

座敷童さん、僕と、僕の焼き物をいつも見守ってくれてありがとう！　見えなくてゴメン！（笑）これからもよろしく！

一緒に投稿された写真は、玲生の作った陶器が沢山置かれただけの、畳敷きの居間。

しかし、霊力を持っている大達がその写真を見ると、置かれている陶器の傍《そば》で、正座して玲生の皿を愛《め》でている雲母と安珠の姿が、薄《う》っすら写っていた。

記事を読み終わった瞬間、雲母が目に涙をいっぱい溜《た》めて、総代にスマートフォンを返す。

「……ありがとう……」

震える声でお礼を言った後、雲母の表情はふっと緩み、肩を上下させ、やがて、大声で泣いた。

よかったよぉ、よかったよぉと繰り返し、濡《ぬ》れた目許《めもと》をこする雲母を、安珠が泣きながら抱き締める。二人は三越さんや弥生に、泣きながら何度も謝罪し、三越さん達も、二人を決して責める事なく、罪を償《つぐな》った後は、玲生さんを見守るよう約束させた。

二人の泣き声が相当大きかったのか、隣近所まで聞こえていたらしい。町内の人と思われる男性が、工房の玄関の引き戸をそーっと開けて、顔を差し入れていた。

「こんばんはー。門田ですー……。すんませんねえ、お取り込み中に。いやね、子供さんの凄い泣き声が聞こえるから、大丈夫かなぁと思って……」

心配して、様子を見に来てくれたらしい。三越さんが慌てて「いやぁー、何でもないです！　すいません！」と笑い、大も、隣に立っていた総代や琴子、ジョー達と顔を合わせて、にっこり笑う。

玄関の外は、今熊野の人達の心と同じように、過ごしやすそうな秋の夜だった。

幕間　一

秋の夜は、風が吹いても過ごしやすく、鴨川《かもがわ》の水が、月や街灯《がいとう》の光を反射させ、さらさらと静かに流れている。七条大橋《しちじょうおおはし》の傍《そば》の柳《やなぎ》の木が、月光浴《げっこうよく》を楽しむかのように、しっとり枝葉を揺らしていた。

運よく、今日は雨が降らなかったせいもあるのか、すれ違う人は皆、微笑《ほほえ》んでいる。宝春窯《ほうしゅんがま》を辞した今、事件解決はもちろん、自分の心の中だけにあった琴子《ことこ》への疑問も解《と》けた大《まさる》は、遠くに見える月まで飛んで行けそうなほど、心軽《かろ》やかだった。

「古賀《こが》さん、その格好で寒くない？」

「大丈夫！　私と弥生《やよい》さんの身長、ほぼ一緒やったから、サイズがちょうどぴったしやねん。動きやすいし快適！」

「確かに。借りた服とは思えないぐらい、体に馴染《なじ》んでるね。古賀さんに黒いジャージって、何か新鮮だな」

「そう？　私、高校の体操服が、これと似たような色やってん。そやし今、ちょっと懐かしいなーって思ってる。暖かいし、このまま鴨川べりを走って、家まで帰ろつかな。総代《そうしろ》くんも走る？」

「僕、ジャージじゃないし……。というか、何で走る流れになってるの？　古賀さん、本当に走って帰るの？」

「ううん。言うてみただけ。このまま京都駅まで歩いて、地下鉄で帰る。でも一瞬、ほんまに走ろっかなー、とは、思ってた」

大が、両腕を伸ばしてストレッチの真似《まね》をすると、総代も一緒に両腕を伸ばす。真似するなと大が笑うと、総代も悪戯《いたずら》っぽく笑い返した。

雲母《きらら》と安珠《あんじゅ》が、新熊野神社氏子《いまくまのじんじゃうじこ》区域事務所の隊員に伴われて、事務所に移った後、三越《みつこし》さんが、事件解決のお礼として、近所の「水無月《みなづき》」という店に出前を頼み、大達を自宅に招いてくれた。

弥生や朝光《あさみつ》兄弟から服を借りられる事になり、泥《どろ》で汚《よご》れた大達は、順番に三越さん宅の浴室を借りる。

大が心の中で、わずかに疑問に思っていた、琴子、ジョー、そして弥生の関係性がはっきり判明したのはこの時で、お風呂《ふろ》を使い、弥生に借りたジャージに着替えた大が脱衣所から出ようとした時、廊下にいるらしい弥生とジョーの会話を聞いてしまった。

「ジョー。今日はほんまにありがとう。犯人が逃げて工房で待機してた時、ジョーが肩を抱《だ》いてくれたん……凄《すご》く、嬉《うれ》しかった」

弥生の、熱を帯びた小声が聞こえた瞬間、大は体が硬直《こうちょく》する。少しの物音を立てるのさえ、何だかいけない事のような気がして、息を殺したまま動けなくなった。

浴室から、出るに出られない大に気づかず、ジョーも、弥生の言葉を嬉しく受け止めたらしい。

「えっ？　あ……。あれは、外の悲鳴に弥生がびっくりしてたから、その、僕も、何か起こったら弥生が危ないと思って、職業柄というか、まぁ……。とにかく、弥生の身に、何も起こらんでよかったわ。すぐ、肩から手は放したけど、やっぱ嫌やったん？」

「嬉しかったって、今、言うたやん……」

「あぁ、そうか……」

それきり、二人は無言になる。しかしそれは、部外者の大が聞いても明らかな、甘酸《あまず》っぱい静けさだった。

大達が雲母達を追っている間、霊力はあっても一般人の弥生はさぞかし怖かっただろうと思われ、工房の中で、ジョーは恐怖に耐える弥生の傍にしっかりとつき、外から物音や悲鳴が聞こえた瞬間、警戒したジョーが咄嗟《とっさ》に、愛する人をその腕に抱き込んで庇《かば》った姿を、大は想像した。

その後二人は、それ以上互いの気持ちを告げる事なく元の幼馴染《おさななじみ》に戻り、そのまま、弥生は二階へ行ったらしい。

大は、残ったジョーが立ち去るの待っていたが、廊下では再び誰かの気配がした。今度はリビングから出てきたらしい琴子だった。

「ジョー君」

「うわっ。びっくりした。山上《やまがみ》さんでしたか」

「でしたかって何よ、でしたかって。一応、謝っとくんやけど、さっきの会話、私聞いてもうたで」

「えっ⁉ 弥生と僕の？」

「うん。トイレに行こうとしたら、廊下から聞こえてきたんやもん。出るに出られへんかったー」

「す、すいません……。でも、山上さんでよかったです。山上さんは、全部知ってる人ですから」

「何回も、君から相談受けたもんなー。私」

またしても聞こえてしまったその後の会話を要約すると、ジョーは、弥生の事が好きで、しかし、ケンと違って恋愛経験が乏《とぼ》しいためか、なかなか進展しなかったらしい。

そこで、武道センターでの稽古《けいこ》の休憩時間等を通して、同年代の女性である琴子に相談し、琴子も女性の視点から、ジョーに色々アドバイスをしていた。

しかし、ジョーの話だけでは、意中の女性・弥生がどんな人であるか想像しか出来ず、これでは的確なアドバイスが出来ないと思っていたところ、大達が、宝春窯の清水焼《きよみずやき》体験に行くという。客としてそこに行けば、そこで働いている実際の弥生を見る事が出来、琴子自身も陶器に興味があったので一石二鳥《いっせきにちょう》、という事で、琴子も清水焼体験を予約したというのが、事の真相だったらしい。

琴子は、弥生の人となりを見たうえで、今後、ジョーに恋愛のアドバイスをするつもりだったらしいが、大も先の会話で気づいたように、琴子も、アドバイスはもはや不要と察したらしい。

「多分、ジョー君と弥生さんは上手《うま》くいくと思うし、自分らのペースで、ゆっくりいったらええんちゃう？　何やったら、もう告白してもいいと思うけど」

「で、でも、もしあかんかったら……」

「あんた、自分で弥生さんに自信持てって言うてたやん！　その言葉、そっくりそのまま返すで⁉　弥生さんが嫌がる言動さえしいひんかったら、絶対大丈夫やから！」

リビングに聞こえないような小声でも、琴子の励ましは、元気があって心地いい。

姉御肌《あねごはだ》の琴子に背中を押され、ジョーは安心したように笑い、

「山上さん、ありがとうございます。今まで相談に乗って下さって、ほんまに感謝します。結婚式には来て下さいね。場所はイギリスです」

と、強気の冗談を言うと、琴子も「遠い！」と突っ込みつつ、楽しそうに笑っていた。

琴子はトイレに向かい、ジョーもリビングに戻った後、大は一人気が抜けたようにしばらく脱衣所に留《とど》まり、火照《ほて》った体でリビングに入ると、

「古賀さん、長かったね。大丈夫？」

と、総代に心配されてしまった。

その後、ケンと、三越さんの奥さんも加わって皆で食卓を囲んだ。

つかの間の談笑の後、夜勤に出るというジョーが立ち上がったのを機に解散となり、大、総代、琴子は、外まで出てきてくれた三越さんと弥生に見送られて、タクシーに乗った。

七条大橋の東詰めでタクシーを降り、琴子は自宅のある宇治《うじ》に帰るため、大と総代に手を振って別れ、京阪《けいはん》電車の七条駅の改札へ向かうべく、地下への階段を下りていく。

残された大と総代は、並んで七条大橋を歩く。それなりに時間が経《た》っているはずなのに、様々な事がありすぎて、その反動か、今はまるで時が止まったかのように、辺りの空気はゆっくり流れていた。

「今日は何だか、凄い一日だったよね」

「うん……。ほんまにな……」

総代が口にしたように、今日は本当に目まぐるしかった、と、大は笑顔でため息をつく。

大が知った今熊野《いまくまの》の恋を、総代が知ったらどんなに驚くだろうかと大は思ったが、さすがにそれを言う事はせず、心の奥底にしまい込んだ。

本来ならば、総代と二人で宝春窯の体験をして、その後どこかの喫茶店で、ゆっくり店長候補としての勉強をしているはずだったのに、予想外だらけの一日になってしまった。

しかし、大にとっても、総代にとっても、今日の出来事で得たものは沢山あり、まず二人が話題にしたのは、いっちん描きを完成させて、三越さんに預《あず》けた清水焼だった。

「作ったお皿、焼き上がって送られてくるのが楽しみだね」

「うん。届いたら、私のは総代くんに渡すしな」

「それ、覚えてくれたんだ。ありがとう」

「当然やん！　焼くのはプロの三越さんやけど、いっちん描きは素人《しろうと》の出来やし、ちょっと恥ずかしいけど……」

「そんな事ないよ。桜の鍔《つば》のお皿、上手く出来てたよ」

「ほんまに？　ありがとう」

それぞれの皿は概《おおむ》ね一ヶ月後に配送されるらしく、まだ、素焼《すや》きに泥の線で描いた皿しか見ていない大は、窯で焼かれて、出来上がった皿がどんな風になるのか、今から楽しみだった。

その気持ちの中には、自分の作った物に対する達成感の他に、清水焼という伝統工芸に触れた嬉しさ、貴重な見聞を得たという充実感も含まれる。

三越さんや弥生はもとより、清水焼の陶工ではないとはいえ、玲生《れお》の存在や、それを心から応援する雲母と安珠を思い出すと、清水焼という伝統工芸に集約された、果てしない何か、その一端を見た気がした。

これは、大以上に、総代の方が強く思ったらしく、

「今日、三越さんが、雲母ちゃん達に話していた京都の焼き物の歴史だけど……。僕は何だか、今の東京の話を聞いてるみたいだったよ」

と、現在の日本の首都・東京を結び付けた事に、大は驚いて総代を見た。

「東京？　ずっと京都の話やったのに？」

「うん。東京も、色んな人がいて、色んな事をしていて、本当に何でもあり！　みたいな自由さがあるんだ。特徴がない事が特徴っていうのも、一緒だね。もちろん東京にも、江戸っ子のイメージのような、東京ならではの文化もあるんだけど……。それ以上に、物凄く沢山の人が集まってくるから、そこで生まれ育った僕にはかえって、『これが東京！』っていうのは、分からない。それぐらい、東京は色んなものがあって、自由なんだ。京都の文化に、東京と同じ一面があるというのを三越さんから聞かされた時、凄く意外で、面白かった。でも、よく考えたら……。京都は昔の『首都』で、東京も、今の『首都』なんだもんね。共通点があるはずだよね」

総代の言葉に、大も目から鱗《うろこ》が落ちたように、はっとした。

京都と東京は、一見すれば正反対のように感じるが、その実、人が集まる日本の中心地という同じ役割を持つ町同士であるために、実は、色濃く通ずるものがあるらしい。

東京で生まれ、東京で育ち、警視庁にも霊力持ちの部署があるにもかかわらず、京都府警のあやかし課隊員の道を選んだのは、人の紹介による偶然だと総代は言うが、

「でも、それももしかしたら、東京と京都が、実は繋《つな》がっているという、強い縁《えにし》に導かれた結果なのかもね」

と、自身のこれまでに想いを馳《は》せる総代の言葉に、大は温かくも強い、不思議な力を感じていた。

「ほな、私と総代くんも、その縁によって、出会えたんやろね」

「そうだと、僕も嬉しいな。……そういう話になると、何だか、僕と古賀さんが、前世から繋がってたみたいだよね」

「確かに、そうかもしれへんなぁ。昔の首都の、京都で生まれた私と、今の首都の、東京で生まれた総代くんが、こうして同期として、京都の町を一緒に歩いてる……。もしかしたら前世は、一人の女性を取り合った平安貴族の友人同士やったとか、私の前世が平氏《へいし》で、総代くんが源氏《げんじ》やったとか……。そんなんやったら、面白いね」

どう？　と、愉快に話した大が総代を見ると、総代は、一瞬驚いたように、楽しく想像を膨《ふく》らませる大の顔を、まじまじと見つめている。

「……僕と古賀さんが取り合うのなら、その相手は誰なのかな」

総代が、微笑みながら尋ねたので大は考えたが、それより早く、

「もしかしたら……明るくて童顔で、清涼感のある声で、戦えば強い人かもね」

と、総代が挙げると、それに合致する人を思い出した大は秘《ひそ》かに頬《ほお》に熱を持ちながら、笑い声を上げた。

「私、一人思い浮かんだけど、その人、男性やわ」

「坂本《さかもと》さん？」

「そう。今、総代くんが挙げてくれた要素に加えて、優しくて、まっすぐで、でも、実は知的なところもあって、かと思えば、のんびりというか、何か可愛《かわい》いところもあって……。というか、私と総代くんが取り合うの？　塔太郎《とうたろう》さんを？」

想像して、大はいつまでも笑ってしまう。

それを、総代はしばらく何も言わず見ていたが、やがて、何かを認めたようにふっと笑い、

「……前世は友人同士で、今世も、同期で友人同士……か……。……悪くないね。うん、それでいい。それぐらいが、ちょうどいいかもね」

と、言った後、遠くの柳を眺《なが》めている。

やがて、いつものように、悪戯《いらずら》っぽい笑《え》みを浮かべていた。

「でもどうせなら、前世は共に戦った戦友の武将同士で、生まれ変わって再び友となって出会い、宿敵《しゆくてき》を討つ！　っていう設定の方が、面白くない？」

「何それ⁉　宿敵って誰⁉」

「栗山《くりやま》さん？」

「栗山さんなん⁉　私と総代くんで、栗山さん討つの⁉」

爆笑した大に、「笑いすぎだよ」と、総代もまた笑いながら、その手を大の頭に乗せる。

ひとしきり笑うと、大と総代は、二人で予定している「ある事」の話題に移り、

「今日の事があって、私、ますます東京に行きたくなった。ほんまの目的は観光じゃないから、ちょっと緊張するけど……。東京の街を見るのが、凄い楽しみ。恋人役も、頑張って務めるしな！」

と、大が大袈裟《おおげさ》にガッツポーズをすると、総代も深く頷《うなず》いた。

「ありがとう。古賀さんは本当に、どんな事でも前向きに捉《とら》えてくれるから、安心出来るね。そんな古賀さんだからこそ、僕は、今回の東京行きをお願い出来たんだよ。よろしくね。……というか、そもそも僕が咄嗟に、家族に君の名前を出しちゃったから、こうなったんだけどね……。ごめんね、古賀さん。その代わり当日は、目いっぱい東京観光させてあげる。だから、楽しみにしててね。今日行けなかった代わりに、東京のよさそうなカフェも、探しとく」

「うん！　ありがとう！　私の方こそ、よろしくお願いします！」

「頼んだよ。前世からの、頼れる同期さん」

はまた笑う。同期であり、助手であり、前世からの友という要素まで加わった盛り具合に、大

京都駅で総代と別れて、地下鉄に乗っている間、大は、今日の経験や店長候補という目標を思い出しながら、今度の東京行きがどんな風になるだろうと、楽しみで仕方なかった。

＊＊＊

総代から、自分と一緒に東京へ行って、自分の祖父と会ってほしいと頼まれたのは、八月の中旬、五山の送り火の翌日だった。

驚いた大が事情を訊《き》くと、事の発端は祖父の入院にあるのだと、総代は話し始めた。

「何ていうか、凄く気落ちしてて、がっくりしてたんだ。命に別状はなくて、転んで骨折しただけだったんだけど、それが、おじいちゃんにしてみれば凄くショックだったらしい。昔気質《むかしかたぎ》の男らしい人だからね」

総代自身も、そんな祖父を見て、些《いささ》か衝撃を受けたらしい。

さらに祖父は、入院をきっかけに色々と思うところがあったのか、帰省して顔を見せた総代に、京都での生活について色々訊《き》くようになり、しばらく考え込んだ後、ついに、「東京に帰ってきてほしい」と言ってきたという。

「そ、総代くん、あやかし課を辞めんの⁉」

「辞めないよ！　そんな気は全くないよ！　職場は好きだし、京都《ここ》で学びたい事や、描きたいものは沢山あるんだ。でも、そう伝えたんだけど、それは東京でも出来るだろう、警視庁にも、人外特別警戒隊はあるだろうって、反論されたんだ」

総代の祖父がここまで迫る背景には、性格が変わるほどに気落ちし、そのせいで体力も徐々に落ちている事への不安があり、また、それに伴って孫の人生を案じ、出来るだけ孫の幸せを見届けたいという、肉親としての強い気持ちがあるという。祖父も画家であり、自分の技術を孫の総代に伝えたいという、一芸術家としての使命感もあるようだった。

総代は祖父を傷つけないように、何度もやんわり断ったが、大事な孫に東京に帰ってきてほしいという祖父の思いはとても強く、頑《がん》として譲《ゆず》らなかった。

その結果、総代はうっかり、奥の手を使ってしまったという。

それが、自分には、恋人がいるという嘘《うそ》。恋人とは大変仲が良く、だから今は、とても京都から離れられないと、総代は祖父に説明したのである。

するとお祖父は、その子に会わせてくれと、頼んだという。

「その子の東京旅行の費用は全部出す。だから、数時間でいいから、時間を取ってくれ」

とまで言ってきたので、総代も今更《いまさら》嘘だとは言えなくなり、結局、押し切られてしまったらしい。

「それで、私に恋人の振りをして、東京へ来てって事やねんな」

「本っ当にごめん！　古賀さんは、何もかも無料の、豪華な東京旅行の感覚で来てくれたらいいし、終わったら別れた事にして、向こうには上手く言っとくから……！」

必死に頼む総代を見て、大は怒ってこそいなかったものの、数秒の間迷ってしまい、すぐに返事をする事が出来なかった。

事情そのものに驚いたという事もあるが、何より自分は塔太郎を男性として好きであり、それは決して、揺らがないもの。片思いとはいえそんな恋をしている自分が、恋人の振りをして総代の家族に会うとなると、大はほんの少しだけ、良心が痛むのである。

しかしこの話は、総代の仕事に関《かか》わる事でもあり、それを抜きにしても、総代からは、祖父を思う純粋な気持ちが伝わってくる。

本人いわく、あんな無茶な頼みをされても、総代は決して祖父の事が嫌いではなく、昔からずっと〝おじいちゃん子〟だったという。

「僕がよく、皇居のお濠端《ほりばた》で写生してたって話した事、覚えてる？　それは元を辿《たど》れば、おじいちゃんがきっかけなんだ。僕がまだ小学生にもならない小さい頃、おじいちゃんが皇居に連れていってくれた。それが僕にとって初めての、皇居との出会いだったんだ。そこで写生するおじいちゃんを横で見て、自分も真似事で写生するようになって、おじいちゃんが、描き方について色々教えてくれた」

人をよく見なさい、骨格や動きをよく見なさい、アタリから入れば描きやすい、両親をはじめ、他人の作品もよく見て勉強するんだ、絵を描くには、純粋な目が一番だ……。

晴れた空の下、低い声で短く孫に教えて、筆を動かしていく祖父の若き日の皇居での姿を、総代は今でも思い出せるという。

「今の僕があるのは、おじいちゃんのお陰なんだ」

その言葉を聞いた大は、先月送り火のボランティアで出会った、祖父の言葉で塾講師になったという女性の事を思い出し、さらに、五山の送り火から、盆に迎えて再びあの世へと送った、自分の祖母の事を思い出す。

（もし、おばあちゃんが生きていて、私に何かをお願いしてきたら……）

やはり、出来るだけ、応《こた》えてあげたいと思う。

（……たとえその時だけ、塔太郎さんが好きな自分を隠してでも、恋人の振りをして、それで、総代くんにとっても、おじいさんにとっても、いい結果になるんやったら……）

今までの恩返しも兼ねて、総代の力になりたいと素直に思う。

決断した大は、ゆっくり頷いた。

「分かった。私でよかったら、東京へ行く」

「……本当に？　ありがとう！　本当に嬉しいよ！」

「どういたしまして。でも、私、東京へ行くんは初めてやし、何にも分からへんで？」

「大丈夫！　そこは僕がしっかりエスコートするから。お昼はリハビリがあるかもしれないから、多分、おじいちゃんと会うのは夕方以降になると思う。だから、昼間は東京観光が出来るだろうし、行きたいところがあったら教えてね」

「了解です！」

こうして、大と総代は東京へ行く事になり、総代の祖父会うその時だけは、仮初《かりそ》めの恋人同士になると、約束したのだった。

＊＊＊

古賀さんが、坂本さんの事を好きだと気づいたのは、いつからだろう。

もしかしたら、ずっと前から気づいていたのに、僕は気づかないようにしていたのかもしれない。

でも、七月の京都信奉会《きょうとしんぼうかい》との天上《てんじょう》決戦を通して、僕は、確信を持つしかなくなった。

坂本さんを見る古賀さんの表情は、いつだって、僕が見た事のない表情で。

鴨川で、主祭神《しゅさいじん》の力によって生還《せいかん》した坂本さんを抱き締め、泣きじゃくって喜ぶ古賀さんの姿を千里眼《せんりがん》で見た時、もう、気づかない振りは出来なかった。

僕の恋は、ここまでだろうと。

どんなに好きでも、僕の想いは、決して報《むく》われないのだろうと。

認めるしかなかった。

でも……。いや、だからこそ、おじいちゃんに、恋人がいると咄嗟に嘘をついた時、古賀さんを思い浮かべてしまった。

嘘でも、古賀さんと恋人でいたいと思っていたからこそ、きっと僕は、あんな嘘をついてしまったんだろう。

そんな事を知らずに、僕を助けるためだと、頼みを引き受けてくれた古賀さんに対して、申し訳ないと思っているし、何より坂本さんにも、申し訳ないと思っている。

でも……それでも。

やっぱり僕は、古賀さんが好きだから。

最後にもう一度だけ、同期ではなく、男としての思い出が欲しいと思った。

だから古賀さんを、東京へ連れていくんだ。

まだ誰のものでもない古賀さんの笑顔を、この目に焼き付けたい。

坂本さんのいない、僕の生まれ育った、東京で。

第二話　新京極《しんきようごく》の鬼ごっこ

九月も中旬にさしかかり、どことなく町の雰囲気は洗練され、秋らしさが増す中。

二条城《にじょうじょう》の東大手門《ひがしおおてもん》は、溢《あふ》れんばかりの観光客で賑《にぎ》わっている。

この名城の、堀川《ほりかわ》通りを挟《はさ》んで東向かい、近隣では「全日空《ぜんにっくう》」と呼ばれるANAクラウンプラザホテルの正面ロータリーから、橙《だいだい》色のハンドスピーカーを持った竹男《ちくお》の声が、伸びやかに響いていた。

「マリーちゃーん。無駄《むだ》な抵抗はやめて、大人しく降りてきなさーい。君の飼い主さんはー、悲しんだはるよー。マリーィちゃぁーん……」

竹男と並んで、大《まさる》と塔太郎《とうたろう》、そして、スキンヘッドの「マリーちゃん」の飼い主である外国人男性も、一ヶ所に集まってホテルの八階辺りを見上げている。

傍《かたわ》らには、飼い主の通訳をしてくれるホテルの従業員もいて、この人は霊感を持ち、なおかつ、英語も堪能《たんのう》な人だった。

「大ちゃん。俺《おれ》らが現着（現場到着）して、何分ぐらい経《た》った？」

塔太郎が、標的の「マリーちゃん」から目を離さず、大に尋ねる。

大が懐《ふところ》から、最近買ったばかりの小さな懐中《かいちゅう》時計を出し、時間を検《あらた》め、

「だいたい、一時間半です」

と、答えると、塔太郎は「そうか。ありがとう」と言って、小さくため息をつい

た。

「マリーちゃん……。もうそろそろ、捕《つか》まえないと駄目《だめ》ですよね」

「せやなぁ。何回か取り逃がしてるし……。っていうか、去年も似たような事あったよな……？　飼い主さん。マリーちゃんはほんまに、人への害はないんですよね？」

塔太郎が確認し、それを従業員が飼い主に通訳すると、飼い主は返事を突き付けるかのように「イェス！」と断言する。

「分かりました、ありがとうございます。……って、絶対嘘《うそ》やろ。既に、大ちゃんが噛《か》まれてんねんけど。……ほっぺ、大丈夫か？」

塔太郎が困ったように両腕を組み、大の頬《ほお》を気にしている。大の頬を撫《な》でようとして、申し訳なさそうにすぐ引っ込めた。

「すまん。無暗《むやみ》に触ったら、あかんやんな」

「い、いえ！　大丈夫です！」

あかんどころか触ってほしかった、と思いつつ、大は、約十分前に噛まれた右頬を指でなぞり、心配かけまいと明るく答えた。

「ちょっと赤くなってるだけで、傷はないです。私も無理に捕まえようとしましたから、それが悪かったんやと思います。マリーちゃんに歯が生えてへんのは、私が体を張って証明しました！」

「そんな、芸人みたいな事言わんとき。……という事は、顎《あご》の力がまぁまぁ強いんやろなぁ。やっぱり、ホテルの敷地内から出さんように、早く捕まえなあかんな」

「そうですね」

この間もずっと、竹男が「マリーぃーちゃぁーん。お菓子もあるよぉー。早《は》よおいでぇー」と棒読みで呼び掛けており、飼い主は、澄《す》んだ青い目を瞑《つむ》ったり開いたりして、「アァ、マリィ」だとか「オゥ、マリィ」と、寂しげな顔で指を組んでいた。

その「マリーちゃん」とは、今、ホテルの壁にぺたりと張り付いている葡萄《ぶどう》色の、蜥蜴《とかげ》のような化け物である。遠くから見れば小さいようにも思えたが、ホテルに到着した大達が近づいてみると、実際は小学生ぐらいの大きさだった。

ぽってりとした腹に、肉付きのよい手足。そのくせ尻尾《しっぽ》だけはやたらに細くて長く、摑《つか》もうとすれば荒波の如《ごと》く上下に動いて、大達の手を叩《たた》いたりもする。しかし、本来は愛玩《あいがん》動物なだけに、黒い両目はうるうるとして可愛《かわい》らしい。

聞けば、「ヨーロッパの現代魔法使い」だと名乗る飼い主が、交配と魔術の儀式で大切に育てた生き物らしく、蜥蜴なのかオオサンショウウオなのか、顎の力から察するに口は亀《かめ》の要素でも入っているのか、何とも微妙な生き物だった。

しかし、飼い主にしてみれば「マリーちゃんはマリーちゃん」であり、分類など必要のない善《よ》き友人であるらしい。事実、外国語に疎《うと》い塔太郎がうっかり「ミス・

マリー、レアモンスター?」と言ってしまい、飼い主に烈火《れっか》の如く怒られている。

マリーちゃんは、昨日までは飼い主と一緒に京都観光を楽しんでいたというのに、今日はやたらに機嫌が悪く、とうとう部屋から逃げ出してしまったので、ホテルから、喫茶ちとせに通報が入ったのだった。

常時のマリーちゃんは葡萄色だが、体の色を周りに合わせて変える力を持っており、そのうえ、かなりすばしこい。飼い主やホテルの従業員はもとより、大達の包囲網さえも、擬態《ぎたい》と関節の少ない体、俊敏《しゅんびん》な足を駆使して、もう何度も潜《くぐ》り抜けていた。大が、マリーちゃんに頰を嚙まれたのはその時である。

今や最強のエースと囁《ささや》かれる塔太郎だけでなく、配属二年目の大でさえも、幾多の戦いをくぐり抜けた、立派なあやかし課の精鋭である。本気を出せば、マリーちゃん一匹の捕獲《ほかく》など容易《たやす》いが、マリーちゃんはあくまで、一般人のペット。そのため、傷付けずに捕獲する必要があり、それがかえって、任務難航に繫《つな》がっていた。

マリーちゃんの丁寧《ていねい》な捕獲に何度も失敗し、何度も見失い、どこやどこやと探しているうちに、ホテルの外壁に張り付いているマリーちゃんを見つけて今に至る……という訳だった。

そんな事件が、日本のホテルで起これればちょっとした騒ぎにもなろうが、マリーちゃんは魔術で育った外国の「あやかし」であり、大達同様、意図的に半透明の霊体になる事が出来るので、霊力《れいりょく》のない人には見えなかった。

何も知らないタクシーが一台、大達の一団やマリーちゃんを無視するかのように、悠々《ゆうゆう》とロータリーからホテルの玄関へ入っていく。

やがて、飼い主が従業員に英語で何かを訴えた。それを聞いた従業員が、

「あの、うちのマリーちゃんはいつ帰ってくるんだ、とおっしゃってますけど……」

と、申し訳なさそうに言う。竹男は、ぴぃ、とハウリングしたスピーカーを顔から離し、困った顔を見せた。

「いやいや、おたくのペットでしょうが。そっちも協力して下さいよ。っていうか、魔法使いやったら、こっちに引き寄せる魔法とか、何かないんですか？」

飼い主は堂々と「ノン！」と鼻を鳴らし、それに竹男がげんなりしているうちに、マリーちゃんは再び壁と同化して姿を消してしまう。

それを見て全員が「あっ」と声を出し、飼い主はまた、「アハァ、マリィ！」と悲しげな表情をする。そしてやはり、従業員に何かを言い、よせばいいのに竹男が、

「その人、今、ニンジャとか言いました？　何て言うたはります？」

と従業員に通訳を促《うなが》した。

竹男は、霊力を使用した感知が得意である。だからという訳ではないが、英語がちゃんと分からずとも、飼い主の雰囲気と「ニンジャ」という単語で、嫌みを言われ

たと気づいたらしい。従業員は、これもよせばいいのに気まずそうに俯《うつむ》き加減で、

「あの……。日本のニンジャとオンミョージが凄《すご》いのは、アニメだけかよと……。漫画では、どんなにやられても敵に食らいついたりする。そこの女の子も、嚙まれても離さず、ニンジャみたいにチャクラを全開にすればよかったんだ……だそうです……」

　と、ありのままを通訳した。

　大は、暗に役立たずと言われて少しへこんでしまったが、この道が長い竹男は傷つく様子など微塵《みじん》もなく、

「あぁ、そうですかぁ。すんませんねぇ、お役に立てへんで。僕らは、霊力はあってもチャクラはないもんで。今後、勉強さしてもらいます。もうちょっとで、お宅のもとへ帰しますんで……」

　と、わざと腰を低くし、その後すぐ、「ちょっと作戦会議を……」と言って大と塔太郎を呼んで飼い主に背を向けた瞬間、眉間《みけん》も唇《くちびる》も、中央に寄せて酸《す》っぱい顔をした。

　大と塔太郎それぞれの肩を、スクラムのようにがしっと寄せる。

「おい、お前ら、作戦変更や。可愛い可愛いマリーちゃんや思って大事にしてたけど、ちょっと強引にいったれ。チャクラ全開や。塔太郎は、場合によっては雷を出

してもええぞ」

「れ、霊力じゃなくて、チャクラですか？」

「俺の雷もいいんですか？」

「かまへん。魔法使いの旦那《だんな》様が早よせいとお望みなんや。それに現に、大ちゃんが嚙まれて実害も出とるし、一般人が怪我《けが》するぐらいやったら、雷でも何でも出して早めに終わらした方が、この際ええ。俺が感知能力《チャクラ》を全開にして居場所を指示するから、男二人で追っかけて……。よし。結界担当の玉木《たまき》も呼んだろ。その方がより捕まえやすい。……三次元の忍者《にんじゃ》と陰陽師《オンミヨウジ》の実力、見せたろやないかい！」

名誉挽回《ばんかい》、とばかりに、竹男はスピーカーを脇《わき》へ置き、玉木に連絡を取り始める。

竹男の個人的な感情が見え隠れしていたものの、大に加えて怪我人がまた出る前に、強引にでも捕獲をという方針に関しては、大も塔太郎も異論はなかった。

作戦を立て、塔太郎がホテルの裏口に当たる油小路《あぶらのこうじ》通りへ走ってゆく。残った大は、自分の黒髪を括《くく》っている簪《かんざし》に手をやって、それを抜いた。

するり、と髪が解《ほど》けると同時に、大の体が光明《こうみよう》に包まれ、やがて、服装は同じでも、身《み》の丈六尺《たけろくしやく》（約百八十センチメートル）の美丈夫《びじようぶ》に変わる。

檜皮《ひわだ》色の短い髪に、愛嬌《あいきよう》のある顔立ち。けれども猿《さる》並みの身体能力を持つ青年・まさる。

元の姿である犬と共に、まさるもあやかし課隊員として二年目であり、落ち着いた目で、竹男に小さく敬礼した。

「まさる君！　頼んまーす！　いってらっしゃーい」

竹男の送り出しを受けて、まさるは元気に頷《うなず》く。刀を背中にしょい込むように回し、意気揚々《いきようよう》と、植木や窓べりを使って外壁をよじ登った。

その後、多少の本気を出したまさる達は、あっという間にマリーちゃんの捕獲に成功する。

マリーちゃんが色を変えて姿を消しても、竹男が気配を追跡し、

「北の方行っとるー。そっち追い込んでー」

と指示を出す。それを受けたまさるが、外壁の凹凸《おうとつ》や窓べりなどに手足を置いて身軽に接近し、待ち構える塔太郎の方に追い込む。マリーちゃんが開いている窓から客室に逃げ込もうとしても、後から到着した玉木が八坂神社《やさかじんじゃ》のお札を貼った扇子《せんす》を出し、

「洛東《らくとう》を守護する祇園社《ぎおんしゃ》よ、何卒《なにとぞ》、おん力を我に与えたまえ」

と唱《とな》えて扇《あお》げば、透明な結界《けっかい》が、客室の窓を塞《ふさ》いでいた。いくらマリーちゃんがすばしこくても、逃げ道が失《な》くなってはどうにもならない。

最終的に、マリーちゃんは追い込まれるようにして油小路通りへ降り、そこで待

ち受けていた塔太郎と、追いついたまさるによって捕獲された。

捕獲までの時間は、おそらく十分もかかっていない。これが、天上《てんじょう》決戦を経た、まさる達の実力だった。

まさると塔太郎に担《かつ》がれ、飼い主のもとに戻ったマリーちゃんは、ゲロゲロと鳴き声を上げて、飼い主の胸へ戻っていく。飼い主とマリーちゃんは無事再会を果たし、飼い主は、マリーちゃんに頬を擂《す》り寄せて喜んだ後、後で喫茶ちとせの二階の、八坂神社氏子区域事務所《やさかじんじゃうじこ》まで行くと約束した。

マリーちゃんを間近で見た玉木が、珍しそうに眼鏡《めがね》の縁《ふち》を上げる。

「あの鳴き声……。マリーちゃんって、蛙《かえる》なんですか？」

その問いに、竹男は「マリーちゃんはマリーちゃんや」と笑い、こうして無事、小さな事件は解決となったのだった。

「よし。まさる！　帰るか！」

塔太郎の言葉に、まさるは元気に頷く。

「マリーちゃんを追い込むん、頑張ってくれてありがとうな。お陰で俺、だいぶやりやすかったわ」

塔太郎に褒《ほ》められると、まさるの顔がぱっと輝いて、ちとせへ帰る足取りも、一段と軽くなるのだった。

近頃の塔太郎は忙しく、大が今熊野《いまくまの》の清水焼《きよみずやき》体験に行った日以降、ずっと、ちとせには出勤せず、府警本部や特練に出かけて直帰する日が続いている。

ゆえに、一緒に仕事をするのも、少しだけ久々。まさるは数日ぶりに、兄のような存在の塔太郎と一緒に仕事が出来たのが嬉《うれ》しく、今は交代して心の奥底にいる元の大も、いや、大はそれよりも、塔太郎の姿や顔を間近で見られる事が、嬉しくてたまらなかった。

ちとせへの帰り道である押小路《おしこうじ》通りを、四人で歩く。竹男と玉木が前を歩き、まさると塔太郎は、その後ろを並んで歩いていた。

「どや、まさる、最近は？　俺、全然まさる部に顔出してへんけど、皆との修行、頑張ってるか？」

塔太郎に訊《き》かれて、まさるはすぐに懐から紙とペンを出し、返事を書く。

（毎日ではないですが、つる田さんや北条《ほうじょう》さん、総代《そうしろ》さん達と、ずっともぎ試合をしています。猿ヶ辻《さるがつじ》さんもお元気です。猿ヶ辻さんとつる田さんからは、霊力の使い方を教えてもらったり、北条さんとは、筋トレをどっちが多く出来るか、よく勝負します）

「へえー？　その筋トレ対決って、どっちが勝つの？」

（いつも俺です。でも、北条さんは、あきらめずにいつも俺にちょうせんします。

猿ヶ辻さんが、『そのガッツはえらい！』と、よく褒めています）

「なるほどなぁ。確かに、あの子は根性ありそうやもんなぁ」

塔太郎が感心し、北条の事を思い出している。

その時、まさると交代して心の奥底にいる大が、ほんの少しだけ羨《うらや》ましそうな気配を出したので、

（大も、こんじょう、ありますよね？）

と、まさるなりのフォローを入れて塔太郎に訊くと、

「もちろん！　大ちゃんも、ガッツ溢れるええ子やで」

と、塔太郎が即答し、嬉しそうに笑ってくれた。

求めていた答えが返ってきてまさるも満足していると、心の奥底にいる大が、今度は恥ずかしそうにする。

（もう、まさる！　塔太郎さんに変な事訊かんといてよー……）

そんな事を、心を通して伝えてくる。それを受けたまさるも、心の中で口を尖《とが》らせながら、

（だって、大が、北条さんが塔太郎さんに褒められていいなって、そういう気持ちを出してたから）

と伝えると、大は少しむくれつつも、

（もう！　人の気持ちを、何でもかんでも、先回りせんでもええの！　……でも、ありがとう）

と、まさるに伝えてくれた。

その後、まさると塔太郎の会話が再開され、

「他にはどうや？　まさる部の他に、何か変わった事とかあったか？」

と、塔太郎がまさるに訊いたので、まさるが思わず、大と総代の東京行きの話をしかけると、

（そっ、それは一番、話したらあかんやつ！）

と大が心の奥底から叫び、気づけばまさるは交代して、元の大に戻っていた。

「い、いきなり戻ったなぁ」

「す、すみません。仕事が一段落したからか、つい、気が緩《ゆる》んじゃいまして……。えへへ……」

驚く塔太郎達に、大は何とか取り繕《つくろ》った。

後処理を終えてちとせに帰ると客はおらず、深津《ふかづ》が、テーブルに着いて遅めの昼食を取っている。

「みんなお疲れー。俺、ちょっと、先よばれてる（食べてる）わ」

深津が美味《おい》しそうにすすっているのは、琴子《ことこ》特製のうどん。帰還《きかん》してきた大達の声が聞こえたのか、厨房《ちゆうぼう》にいた琴子も、

「お帰りー！　皆の分も作ってあるよ！」

と、顔を出してくれた。水道の蛇口《じやぐち》を閉めて、濡《ぬ》れた手をタオルで拭《ふ》いた後、テーブルに出汁《だし》の風味と湯気《ゆげ》の立つうどんを、慣れた手つきで並べていた。

深津が座っている四人掛けのテーブルに塔太郎、玉木、竹男が座り、残った大は、琴子に誘われて、厨房の中にある小さなテーブルに着いた。

今は、男四人と女二人に分かれてはいるが、ひと仕事終えた後は、琴子や竹男の賄《まかな》いを全員で囲んで食べる日が大抵で、こんな風に分かれるのは珍しい。

客のいない間を縫《ぬ》っての、六人の食事。男四人の方は、深津と竹男が、

「全日空の件、どうやった？　途中から玉木まで呼んで。大変やったみたいやん」

「おう。行ったん、俺でよかったわ。お前やったら、絶対飼い主とケンカしてた」

「えっ、そんなに？　俺だめ？」

「うん。怒る怒る」

という他愛《たあい》ない会話をする横で、塔太郎と玉木が美味しそうにうどんをすすっている。

大は、厨房で琴子と食べながら塔太郎をそっと眺《なが》めて、また、視線をうどんに戻す。しばらく会えていなかったせいもあって、大はまだ、総代と東京へ行く事を塔太郎に話していなかった。

恋人の振りをして総代の家族に会う事はもちろん、東京行きの事とて、必ずしも塔太郎に話す必要はないのだが、大は、塔太郎の事が好きなのに、多少は恋愛が絡《から》んだ秘密を持つ事が、何となく後ろめたい。

（塔太郎さんには、何も、包み隠さへん自分でいたいのにな……）

想いを伝える事や、東京行きについて話す事さえも、色んなタイミングの悪さや自分の臆病《おくびょう》さが出てしまって、上手《うま》くいかない。

恋愛とは何と難しいもの、と大が思いに耽《ふけ》っている間に、やがて男性陣が完食する。

塔太郎が、

「竹男さん……！」

と、意味ありげに竹男を呼ぶと、その瞬間、竹男も待ってましたと言わんばかりに、

「何も言うな塔太郎！　俺らは、ついに出会ったんや……！　これぞ、探し求めていた悲願の昼飯……。『うどんオブ琴子』！　バージョン・ゴールデン！」

と、台詞《せりふ》を言う。

自分の料理におかしな名前を付けられて、琴子が「何それ？」と変な表情を見せていた。

この流れ、前にもあったなと大が思っていると、案《あん》の定《じょう》玉木の声がする。

「ぐあはぁっ！　美味しすぎて僕の体が金に！　変わってしまうぅ！」

「玉木ぃーっ！」

という、三人の絶叫が響いていた。

「竹男さん、塔太郎さん。僕はやはり、ここまでのようです……」

「馬鹿野郎、玉木！　生き返れ玉木！　俺はお前を信じてる！」

「俺ら三人で！　必ずや故郷の村に！　このうどんを持ち帰ると誓ったやないけー！」

塔太郎と竹男が、玉木を揺さぶりながら励ましているのを、大は「村……？」と笑いをこらえながら眺める。琴子も、

「南山城村《みなみやましろ》の事やったりしてな」

と呆《あき》れつつ、同じように笑いをこらえていた。

南山城村とは、京都府の最南端・最東端に位置する京都府唯一の「村」である。

しかし、竹男の出身は洛北《らくほく》の修学院《しゅうがくいん》、塔太郎の実家は中京区《なかぎょう》の三条会《さんじょうかい》商店街

の揚げ物屋、玉木の故郷に至っては、山梨県山梨市である。誰も南山城村とは関係がない。

「南山城村ってな、私の親戚《しんせき》がそこにいるから、たまに行くねん。あそこ、宇治茶《うじちゃ》の産地で、山がめっちゃ綺麗《きれい》なとこなんよ。親戚もお茶農家やし」

「宇治で作るお茶だけが宇治茶、じゃないんですか？」

大が訊くと、「そう思うやろ？」と言った琴子が、自分の箸《はし》を器《うつわ》の上に置く。いつの間にか、彼女も食べ終わっていたらしい。

「正確には、京都・奈良・滋賀・三重の四つの府県のどっかで栽培されて、京都府内の業者が製造加工したお茶が、『宇治茶』らしいで。やし、宇治だけやなしに、結構色んなとこで作ったはるよ？　京都の南は『お茶の京都』って、ようここらでも宣伝してるけど、見た事ない？」

「そう言えば、ポスターもありますね。北の丹後《たんご》が『海の京都』、真ん中の、美山《みやま》とかの丹波《たんば》が『森の京都』で……」

「そうそう。ほんで、南が『お茶の京都』やね」

琴子の話によると、京都の南部には、城陽《じょうよう》市の碾《てん》茶、京田辺《きょうたなべ》市の玉露《ぎょくろ》の他、木津川《きづがわ》市の上狛《かみこま》茶問屋街《とんやがい》などもあり、笠置《かさぎ》町、和束《わづか》町、精華《せいか》町、そして南山城村等で、お茶づくりが盛んだという。

現在、それらの各地が手を組み、「お茶の京都」というキャッチフレーズでブランド化を図《はか》っていると琴子は言い、大も、京都市の各所でポスターを見た事を思い出した。

（紅茶やコーヒーだけでなく、緑茶も奥深いんやね。京都とお茶は、切っても切れへん間柄《あいだがら》やろうし、最近は、緑茶を売りにしてる喫茶店もあるはず……）

大は早速、頭の中を店長修業に切り替えて、今後は緑茶も勉強しようと考える。

そういう琴子との会話の間も、観客のいない男達の寸劇は続いており、

「どうか、僕を換金して、村の祭の、足し、に……。がくっ」

「玉木ぃーっ！」

という、塔太郎と竹男の叫びで締めくくられていた。ノリを楽しむ三人をよそに、残った深津はというと、空気の如く、ひたすらお茶を啜《すす》っていた。

大がそれを微笑《ほほえ》ましく眺めていると、琴子が、冷蔵庫からロールケーキを出している。

「大ちゃん、おバカさん達はほっといて、これ食べよう？　そこのお菓子屋さんで買ったんやけど、実は二つしかなかってん。それで、男性陣を向こうに固めてん」

「いいんですか？　ありがとうございます！」

フォークを刺して、ひと口食べる。食後のデザートならではの、甘さととろける

ような美味しさに、大は思わず、先の玉木の真似《まね》をした。

「うっ！　琴子さん！　美味しすぎて体が……っ！」

「きゃー、大ちゃーん！」

わざとらしく、前かがみになって倒れる真似をし、琴子もそれに乗る。

こちらもこちらで楽しくやっていると、

「何やねん、お前らもバカやっとるやんけ！」

「あーっ！　大ちゃん、ずるい！　それ何食べてんの⁉」

と、竹男と塔太郎が、カウンター越しに顔を覗《のぞ》かせる。

先ほど、思いに耽っていた事もあって、思わず大は、塔太郎から目を逸《そ》らしてしまった。

「大ちゃん？」

微《かす》かに名前を呼んで、塔太郎が首を傾《かし》げる。

塔太郎を困らせてしまったと大は反省し、

「す、すみません！　何でもないです！　勝手にロールケーキを食べたんが、申し訳なくて……！」

と、取り繕うと、塔太郎は何も気にする事なく、

「冗談やって。いっぱい食べたらええで」

と笑ってくれたので、大はその優しさを嬉しく思いつつ、ますます、後ろめたい気持ちが膨《ふく》らむのだった。

京都市の最北端、左京区《さきょう》糸姫町《いとひめ》に鎮座《ちんざ》する氏神《うじがみ》、糸姫神社の神使《しんし》であるカンちゃんが、何の前触れもなく大達のもとを訪ねてきたのは、六人で昼食を取った日の午後の事だった。

「ご無沙汰《ぶさた》じゃ！　皆、元気かの⁉」

入り口のドアを、ばーんと開けて元気に入ってきたのは、水干《すいかん》を着た子供姿のカンちゃんだった。その姿を見た大や塔太郎はもちろん、厨房にいた竹男や琴子、二階にいた深津や玉木も下りてきて歓迎する。

カンちゃんは、まずは塔太郎へ、

「塔太郎！　久々に、遊びに来てやったぞっ！」

と、タックルするようにその胸に飛び込むと、塔太郎も息をぴったり合わせて、コアラのようにしがみつくカンちゃんを抱《だ》き上げた。

「カンちゃん！　元気やったか⁉」

「もちろんじゃ！　塔太郎は何じゃ、体つきがまた一段とようなったのう。前よりも、さらにがっしりしておるぞ」

カンちゃんはそう言いながら、塔太郎の肩によじ登って、早速、肩車をしてもらう。

「今年の四月よりも、今はもっともっと鍛《きた》えてるからなぁ。そら、俺も筋肉が増える訳やわ」

「うむ。わしもずっと文博《ぶんぱく》に住み込んでおるから、今年の祇園祭《ぎおんまつり》での、塔太郎達の活躍は知っておるぞ。まさにあっぱれ、まことに大儀《たいぎ》であった。お電話で、ではあるが、糸姫大明神《だいみようじん》様も、皆の事を称賛《しようさん》しておられた。文博も、山鉾《やまほこ》町とは祇園祭の山鉾の懸装品《けそうひん》の展示を頻繁《ひんぱん》に行う間柄で昵懇《じつこん》じゃから、山鉾が守られた事を、館長達も心から喜んでおった」

「光栄やな。俺も、山鉾を守れてほんまによかったと思ってるわ」

七月の事を思い出し、嬉しそうな塔太郎の頭を、カンちゃんが肩車の上から「そぉーか、そぉーか」と可愛らしく撫でる。

カンちゃんは、今度は大に飛びつき、

「大も、元気そうで何よりじゃ。そなたは、何というか、ちょっと美人になったのう？　いや、初めから可愛い女子じゃが」

と言って、幼子《おさなご》から黒い子猫の姿になったので、大も笑顔になって、きゅっとカンちゃんを抱き締めながら言った。

「美人なんて、そんな……。何かめっちゃ嬉しい！　ありがとうな、カンちゃん。カンちゃんも、相変わらず無邪気《むじゃき》で、可愛いで！　奉納品《ほうのうひん》の調査はどう？　進んでる？」

「もちろんじゃ！　館長や学芸員達が、日夜頑張っておるぞ」

糸姫大明神に仕える狛猫《こまねこ》・かんか丸ことカンちゃんは、今年の春、喫茶ちとせにお忍《しの》びで滞在していたが、文博の名で親しまれる京都文化財博物館での籠城戦《ろうじょうせん》を経て、今は文博に逗留《とうりゅう》中だった。

糸姫神社では、国宝級の奉納品が近年新たに見つかり、文博が寄託《きたく》を受けていた。その奉納品を狙《ねら》ったのが、芸術集団・可憐座《かれんざ》の一味であり、大達京都府警あやかし課のメンバーが文博に布陣して籠城戦を繰り広げ、奉納品を守り切った事は、まだ大の記憶にも新しかった。

事件が解決した現在は、文博の館長をはじめ、学芸員達が、学術調査や奉納品の一般公開に向けての準備を進めているという。

普段のカンちゃんは、糸姫神社側の責任者として文博に住み込んで奉納品を守り、館長達と日々を過ごしているが、時折、休みの日には館長達と外に出て、京都の町を散策しているらしい。

「そう言えばこの前、山梨県の太刀《たち》を展示したよしみで、所蔵者から文博に、山梨の桃《もも》が送られてきたのじゃ。わしも食べさせてもらったが、さすがは信玄《しんげん》公の国・甲斐《かい》の特産品じゃな！　巷《ちまた》のパフェに載っとる桃より、千倍は美味かったぞ！」

カンちゃんがこの話を向けたのは、山梨県出身の玉木であり、地元が褒められた玉木は誇らしげに、大袈裟《おおげさ》に、眼鏡の縁をくいっと上げた。

「ほほぅ……。君もいよいよ、山梨に目覚める時が来ましたか……。これからの時代は山梨ですよ、山梨」

「そうなのか⁉」

玉木が面白おかしく凄んだので、カンちゃんが手を叩いて笑っていた。

「まぁ、冗談はともかくとして……。カンちゃんは、ホームシックが治ったようでよかったですね。美味しい物も沢山食べてるみたいだし、僕も安心したよ」

「うむ！　この前も、館長と一緒に美味しい汁物《しるもの》を飲んだのだぞ！　ミケストローネ！」

「ミネストローネね」

玉木が訂正《ていせい》するも、カンちゃんは「違う！　ミケストローネじゃ！」と言って譲《ゆず》らない。詳《くわ》しく聞くと、新京極商店街に新しいカフェが出来たらしく、その店のミネストローネのメニューの名前が、「ミケストローネ」との事だった。

「猫型の器に、猫の形をした具が入っておるのじゃ！　店そのものが、猫と戯《たわむ》れる店の、姉妹店とかで……」

「あぁ、なるほど。猫カフェって事ね。面白いですね、それ。じゃあ他のメニューも、猫をイメージしてるの？」

「そうじゃ！　もし暇があるのなら、皆で行ってみるか？」

カンちゃんの提案は魅力的だったが、今の大達は勤務中のため、頷く事が出来ない。

しかし、それを見た深津と竹男があっさり、

「せっかく神使が来てくれたんや。パトロールも兼ねてという事で、玉木と塔太郎と古賀さんの三人で、カンちゃんと一緒に行ってくるか？」

「大ちゃんは、ちとせの店長候補の勉強として、その店に行ってきたらええやん。腕章《わんしょう》を取って半透明も解いたうえで、皆でそのミケストローネを食べるんやったら、経費で出したるわ。その代わり、帰った後で、ちゃんと感想を聞かしてや」

と、言ってくれたので、大達三人は大喜びで、カンちゃんと一緒に、新京極商店街へ赴《おもむ》いたのだった。

カンちゃんが急にやってきた事に加えて、竹男はもとより深津さえも、こうも簡単に外出を許可してくれる事を、大は新京極商店街へ向かいながら珍しく思う。

一瞬、まだ深津達しか知らない、カンちゃんが絡む何らかの事件が発生したのかと大は予感し、敵からカンちゃんを離して、護衛させるために、自分達をカンちゃんに同行させたのだろうかと推測した。

（でも、それは、いくら何でも遠回しすぎやろうし……。何かの事件やったら、私はともかく、塔太郎さんや、特に巡査部長の玉木さんは、絶対に知ってるはずやしなぁ）

しかし当の玉木は、観光シーズンゆえに山のように増えている、事件や通報の書類作成から解放されたのが心から嬉しいらしい。

明らかに、何の心配事も抱《かか》えていない晴れ晴れとした表情で、イレギュラーな外出を楽しんでいた。

「カンちゃん、ナイス提案でした！　ミケストローネを浴びるように食べましょう！」

「うむ！　玉木！　共に食べようぞ！」

いつもよりテンションが上がっている玉木と、塔太郎に、再び肩車してもらっているカンちゃんが、笑顔でハイタッチしていた。

新京極商店街は、鴨川より西、河原町通りと烏丸通りの間にあり、寺町通り、三条通り、四条《しじょう》通りと並んで、栄える京都のアーケード街の一つである。

修学旅行生や観光客はもちろん、地元の人達も沢山訪れて、いつ何時でも、皆、それぞれの買い物を楽しんでいた。

昔からの繁華街で、土産物《みやげもの》店や飲食店だけでなく、今の時代に合わせてゲームセンターがあったり、雑貨店があったり、近年では、まさしくカンちゃんが話したような、動物と触れ合える施設やコンセプトカフェ等も出来ている。

この新京極商店街の中に鎮座しているのが、菅原道真《すがわらのみちざね》を祀《まつ》る錦天満宮《にしきてんまんぐう》である。

同じ菅原道真を祀る天神社《てんじんしゃ》の総本社・北野天満宮《きたのてんまんぐう》で以前お世話になったお礼の挨拶《あいさつ》を、大達とカンちゃんの四人は、この錦天満宮で行った。

直衣《のうし》姿で出迎えてくれた祭神《さいじん》・菅原道真は、カンちゃんの事もよく知っており、あやかしの世界で呼ばれる「菅原先生」という呼び名に相応《ふさわ》しく、威厳《いげん》があっても穏《おだ》やかに、カンちゃんの頭を撫でていた。

「かんか丸君。ご無沙汰してますね。文博が預かっているという糸姫大明神様のお召《め》し物《もの》は、もうすぐ、一般の方へお披露目《ひろめ》だそうですね。私も楽しみにしていますよ」

「菅原先生がお望みでしたら、いつでもお招き致しまする！　そういえば今度、糸

姫町の隣の、久多《くた》の子が受験をするとかで、先生のお社《やしろ》へお参りに行くと申してお
りました」
「あぁ、そうですか。それは、私もその子を、よく見てあげないといけないですね」
「ありがとうございます。我々からも、よく勉強するようにと申しつけておきま
す。どうぞ先生、よろしくお願い致します」
はじめは、カンちゃんと近況報告をしていた菅原先生だったが、やがて、大達に
も話しかけ、特に今では、雷の指導をしているという塔太郎に、師としての顔を見
せる。
「坂本《さかもと》くん。最近は、私とお稽古《けいこ》出来ていませんが、雷の応用は順調かな」
「ありがとうございます。近頃は、先生のご指導を頂くお時間を作れなくて、本当
に申し訳なく思っております。修行自体は、他の方々にもお目をかけて頂いており
まして、有難い事にとても順調です」
「なるほど、それはよかったですね。まぁ、私との修行は、いつも私の都合で駄目
になってる訳ですから、あんまり気に病《や》まなくていいですからね。でも時間が空《あ》い
たら、またやろうな」
「はい！　ありがとうございます！」
この時、塔太郎の表情は、尊敬する先生に指導してもらうスポーツ少年のよう

で、その爽《さわ》やかさを、カンちゃんも感じていたらしい。

カンちゃんが首を傾げ、大の腕をちょんちょんとつついていた。

「塔太郎の奴《やつ》……。何だか、以前に会った時と比べて、だいぶ雰囲気が変わったのう？　いや、決して悪い意味ではないが、あんなに明るい奴だったか？　いや、確かに以前も明るい奴ではあったが……。こう、何じゃろうな。人間的に軽《かろ》やかに、輝いておる」

カンちゃんは知らないが、大は、今の塔太郎が、自身を縛《しば》っていたほぼ全《すべ》てのものから解放され、存分に自分の人生を生きている事を知っている。

「ほんまにね。……塔太郎さん、ほんまに明るくならはったよね」

と、大もカンちゃんに相槌《あいづち》を打ち、

「私も、今の塔太郎さんが、一番格好いいと思ってる」

と言って微笑んで、菅原先生と話している塔太郎を、愛《いと》おしく秘《ひそ》かに眺め続けた。

それを見た玉木とカンちゃんが、

「誰も、格好いいとは言ってませんけど？」

「わしは、明るくなったと言うただけじゃが」

と、同時に言い、大は、自分の迂闊《うかつ》さに気づいて頰を赤らめ、両手で顔を覆《おお》ってしまった。

錦天満宮を辞した後で、大達は目的のカフェに行ったものの、残念ながら満席であり、待ち時間もかなり長いとの事。

人気店ゆえに仕方ないと、大達もカンちゃんも納得し、さて、これからどうすると手持ち無沙汰になったところで、玉木の持っている、業務用のスマートフォンが鳴った。

玉木が、画面で相手を確認して、歩道の端に寄る。

「すみません、皆さん。ちょっと電話に出ますね。……お世話になっております。御宮《みや》です。……ええ。旦那様も、先日はどうも……」

てっきり、深津かと思った大だったが、玉木の電話の相手は、どうやら辰巳大《たつみだい》明神《みょうじん》らしい。

やがて、玉木が辰巳大明神に、カンちゃんの来訪を話したらしく、

「カンちゃん。辰巳の旦那様が代わってって」

と言って、玉木がスマートフォンを差し出して、カンちゃんは両手でそれを受け取った。

「もしもし。カンちゃんじゃ！　うむ、わしは元気じゃぞ！　旦那様にも、その節はほんに色々、お世話になったのう。我が糸姫神社の奉納品も、近いうちに皆様にお披露目じゃ！　楽しみに待っていて下され」

カンちゃんが嬉しそうに話しているのを、大達は微笑ましく眺めながら、カンちゃんも一緒に促して、皆で歩道の端に寄る。

やがて、カンちゃんが電話を切り、

「すまぬ、三人とも。これから四条河原町《かわらまち》へ連れていってくれぬか。辰巳大明神様に、来いと言われたのじゃ」

と、頼んだので、塔太郎の口から「ふうん?」と間抜けな声が出た。

「四条河原町って、そこの? 祇園じゃなしに?」

塔太郎が確認したが、カンちゃんは四条河原町で間違いないという。

「今、向こうも、お連れの方々とおるらしく、場所が近いから顔を見せろという事じゃった」

「なるほど。そらぁ、旦那様が来いって言うんやったら、馳せ参じなあかんわな」

という事で、大達は、蛸薬師《たこやくし》通りを河原町通りに向かって進み、南へ折れて四条河原町へと向かう。

その道中、玉木が深津に報告しようと電話をしたが、繋がらない。

神仏の呼び出しなら、事後承諾でも大丈夫と判断した玉木は、連絡するのをやめて、業務用のスマートフォンを懐にしまっていた。

指定された四条河原町、その北西の角の歩道に着くと、ハーネスを持った若い女性と、そのハーネスを体に付けて、楽しそうにペットを演じている、狸《たぬき》に化《ば》けた辰巳大明神がいる。若い女性の方は、かつて、祇園の事件で被害者となった鬼の娘・藪内綾《やぶうちあや》だった。

辰巳大明神は、ペットに化ければ町の人から可愛がられるという事で、狸の姿で出歩く事が多く、今回も、飼い主役を綾に頼み、信号待ちの人と戯《たわむ》れている。

その合間に大達一行を見つけ、

「おっ！　来よったな。こっちやこっち」

と、前足を上げて一時的に二本足となり、バタ足するように手招きしていた。

その仕草《しぐさ》に、周辺の女子高生のグループが、「えー⁉　やばい、めっちゃ可愛い」と声を上げ、途端に辰巳大明神は、大達を忘れてそっちへ向く。

大達も久々に、辰巳大明神だけでなく藪内綾にも会えた事が嬉しく、大が笑顔で、

「綾さーん！　お久し振りで……す……？」

と、綾に手を振った瞬間、その後ろにいる者達も、辰巳大明神の付き添いでここにいると知って、驚いてしまった。

狸に化けている辰巳大明神や、町の散策を楽しむ綾だけならば、祇園でたまに見かける光景であり、さして珍しくない。

しかし、大と玉木、そして、誰よりも塔太郎が驚いたのは、その二人の後ろに、

若い男性が二人いる事だった。

袴《はかま》姿の人間に化けた、鴻恩《こうおん》と魏然《ぎぜん》である。

「鴻恩さん、魏然さん⁉　えっ、何でここに？」

戸惑《とまど》う塔太郎に、鴻恩が軽く手を上げて、

「やぁ塔太郎。昨日の修行で会ったばかりなのに、今日もまた会うとはなぁー。今日はどうしたんだ？　かんか丸様の付き添いか？　御宮くんと古賀《こが》さんも、久し振りだな。七月は本当に、ご苦労様だった」

と、のんびり言って、塔太郎の肩を叩いている。

微笑む鴻恩に続いて、魏然が言葉短く、

「思ったよりも、来るのが早かったな」

と、塔太郎に呟《つぶや》き、不機嫌ではないが仏頂面《ぶっちょうづら》で、腕を組んでいた。

大達は、挨拶を飛ばしてしまった事にはっと気づいて謝罪し、鴻恩と魏然、和装の人間の姿となった辰巳大明神、そして、綾にもきちんと頭を下げる。

ご無沙汰しておりますと丁寧に挨拶すると、綾が元気に笑ってくれた。

「私にまで、そんなに畏《かしこ》まらなくったって……！　こちらこそ、皆さんお久し振りです。去年の祇園の事件では、本っ当にありがとうございました！　特に古賀さんには、本当に頭が上がらないって父も言ってますし、私もそう思ってますよ。お元気でした？　変身した時の、彼も含めて……」

「はい。まさる共々、毎日、仕事で頑張ってます！　綾さんもお元気そうで嬉しいです。今は、辰巳の旦那様と仲良しなんですね？」

「そうなのー！　私、あの事件に巻き込まれてから、夜にはちゃんと家に帰るようにしてたんだけど、一度だけ深夜に、祇園を歩いてた事があって……。あ、別に、遊んでたんじゃないからね？　友達の家からの、帰り道だからね？　で、その時、旦那様とばったり会って、怒られちゃったの。『また、夜に出歩いとる！　懲《こ》りんやっちゃなー。これも何かの縁《えん》や、お昼のええ店紹介したるし、ちょっとした護身術も教えたろ！』って言われて、それ以来、美味しいランチを探す同盟になったわけ！　歳《とし》は、めっちゃ離れてるけどね」

　にっと歯を見せる綾の隣で、辰巳大明神は、相変わらず飄々《ひょうひょう》としている。

「綾ちゃんは食いしん坊やさけなぁ。わしの財布《さいふ》も、もうほれ、すっからかんやわ。お目付け役のあいつに『また無駄遣いして！』って、わしがいっつも怒られんねんで」

　おどけてみせるその話から、大が、祇園の置屋《おきや》で住み込みの捜査をしていた時に、郵便物を届ける役目をしてくれた烏《からす》・節子《せつこ》も元気だと察せられる。

　遊び好きの辰巳大明神が、お店探しが趣味の綾と交流を持つのは理解出来ても、そこに、鴻恩と魏然が八坂神社を離れてまで、二人に同行しているのは珍しい。

聞けば、辰巳大明神が、塔太郎達をここへ呼び出した後に、鴻恩と魏然にも連絡をして、ここまで呼んだという。鴻恩達は塔太郎の師匠筋であり、本当の兄のような存在である。

「せっかく、師匠《ししょう》も弟子《でし》も近くにおんにゃったら、ちょっと会わせたろーと思ってな」

と、辰巳大明神は言い、それを聞いた鴻恩が、

「俺達と塔太郎は、昨日も会ったばかりですけどね」

と小さく言って笑い、塔太郎と魏然も、昨日の修行を思い出したのか微笑んでいた。

昨日も会った、という言葉を聞いて、大は、ほんの少し、鴻恩達を羨ましく思ってしまう。

（塔太郎さんは、昨日も一昨日《おととい》も、その前も、鴻恩さん達との修行やったり、深津さんとの新技の練習やったり、府警本部での陰陽師隊員の捜査の協力に行ったりしてて、私は、近頃は全然、塔太郎さんに、会えてへんかったなぁ……）

仕事や修行だからと割り切るしかないが、塔太郎が好きな身としては、声すら聞けない日が多くなると、やはり少しだけ寂しくなる。

塔太郎の、後輩以上の存在になれれば、気軽に電話して、声を聞く事ぐらいは出来るのだろうか。

そんな考えが頭に浮かぶと、大は、(今は一応仕事中!)と、自《みず》らを律して、微《かす》かに頭を横に振る。

その間に辰巳大明神が、カンちゃんの前にしゃがんでいる。上機嫌で、カンちゃんの両肩をぱんぱんと叩き、

「おぅ、カンちゃん! ちょっとだけ久し振りやな。さっきの電話でも聞いたけど、文博で楽しくやってるそうやないか」

と尋ねると、カンちゃんも元気に頷いていた。

「うむ! 館長や学芸員、職員の人達は皆優しいし、洛中《らくちゅう》の町も楽しいぞ!」

「そうかぁ。そら、ええこっちゃ。これも、喫茶ちとせのお陰やな。ちとせに金一封や」

辰巳大明神とカンちゃんは、楽しそうに近況を報告し合っている。

辰巳大明神が、なぜ、大達をわざわざ四条河原町にまで呼び出したかは分からないが、カンちゃんと久々の再会ついでに、綾もいるので皆も呼んで、わいわい井戸《いど》端《ばた》会議をしようという、そんな程度の気持ちで今に至っている可能性は、十分考えられた。

何にせよ、事件が起こらない事が一番である。トラブルが多くなる秋に、今日のようなのんびりした日は貴重である。

四条通りのビルの間を縫って射し込んでくる、ぽかぽかとした日光を浴びながら、大達はのんびりと四条河原町の横断歩道や、人の出入りで賑わう髙島屋《たかしまや》を眺めていた。

——ところが。

辰巳大明神が、一瞬、カンちゃんに明らかに何かの目配《めくば》せをして、カンちゃんはさらに分かりやすく、にっこりと笑って頷いている。

遊び好きで、楽しい事が好きであると同時に、悪戯《いたずら》好きでもある「辰巳の旦那様」の事である。目配せの意味を知っているのか、鴻恩と魏然までもが頷き合っていた。

この時既に、これは何かが起こるという胸騒《むなさわ》ぎを玉木は感じたらしく、大も、新京極商店街へ行く時に感じていた違和感等が、少しずつ現実味を帯びて頭をもたげてくる。

塔太郎に至っては、一層楽しそうに微笑んでいる鴻恩を前に、

「……来《こ》ん方がよかったかもしれん……」

と、観念したように目を閉じ、天を仰《あお》いでいた。

やがて、二人の内緒話《ないしょばなし》が終わったかと思うと、辰巳大明神が意味ありげにニヤリと笑って、カンちゃんに尋ねる。

「――ほなたら、カンちゃん。君は、目の前におる三人が、七月の戦いでどれだけ強くなったかを、その目で見てみたい訳やな？」

「そうじゃ！　わしは本気のあいつらを、特に塔太郎の戦いを、もう一度見てみたいのじゃ！　先の春の、上七軒《かみしちけん》での三人の戦いぶりは、それは見事じゃったからのぅ」

カンちゃんが満面の笑《え》みで答えた瞬間、辰巳大明神が、自らの膝《ひざ》をばしんと叩いた。

「おーっしゃ、分かった！　その願い、わしが叶《かな》えたろ！」

言うが早いか、辰巳大明神が、カンちゃんをひょいと抱き上げる。

突然の事に、大も塔太郎も玉木も、ぽかんとするばかりだった。

「え？」

「はい？」

「カンちゃん、何してるの？」

思わず、カンちゃんを止めようとした塔太郎の肩を、鴻恩が「まあまあ」と叩いて止める。大も間に入ろうとしたが、こちらも綾が、「まあまあ」と笑顔で押し留《とど》め、後ろに数歩下げられてしまった。

その時、綾がそっと大に身を寄せて、耳打ちしてくれる。

「大丈夫。これ、坂本さんの修行なんだって。深津さんにも連絡したって、辰巳の旦那様が言ってたよ」

「えっ？　修行？　塔太郎さんの……⁉」

大が詳しく訊こうとしても、綾は楽しそうに微笑んで離れ、辰巳大明神とカンちゃんの傍に身を寄せる。

鴻恩や魏然も同じように大達から離れて、あれよあれよという間に、鴻恩と魏然、そして綾の三人に守られるようにして、カンちゃんを抱き上げた辰巳大明神が、大声で宣言した。

「ええか、お前ら！　聞いたやろ⁉　天下の糸姫神社の狛猫様・かんか丸様のご所《しょ》望《もう》や！　今からこの繁華街で、戦いもござれ、何でもござれの！　楽しい最強鬼ごっこを開催しまーす！」

叫ぶやいなや、辰巳大明神はカンちゃんを抱き上げたまま、四条通りのガードレールに足をかけて、ひょいと車道に飛び出してしまう。辰巳大明神やカンちゃんは、神仏や神使なので霊感のある人以外にぶつかる事はなく、車もすり抜けていくが、突然の行為に大達は仰天《ぎょうてん》してしまった。

一方の辰巳大明神は、大達には一瞥《いちべつ》もくれず、四条通りの車道から南西へ高く跳躍《ちょうやく》し、抱き上げているカンちゃんごと、四条通りのアーケードの上に飛び乗る。

「え、ちょっと待って、何……」

大のか細い呟きは、あっという間に雑踏に紛《まぎ》れてしまった。

困惑する大達を目下に、辰巳大明神は、カンちゃんを稚児《ちご》のように扱って自身の肩に座らせ、声を投げ落とす。

「ええか⁉　今から、わしらがカンちゃんを連れて逃げるさかい、それをお前らが、見事取り返してみぃ！　わしだけやないぞ、そこの鴻恩や魏然、綾ちゃんも含めたドリームチームが、今回のお前らの敵や！　範囲は、鴨川より西の繁華街。ルールは無用！　お前らの本気、見してもらおか！　……あ、すまん！　一個だけ訂正や。塔太郎は、今回は龍《りゅう》になったらあかんぞ！　それやと修行にならへんからな！　お前がルールを破って龍になった瞬間、わしも龍になって、永遠に逃げたるさかいなっ！」

大達が歩道に目を戻すと、鴻恩と魏然が、それぞれ狛犬《こまいぬ》と狛獅子《こまじし》に戻っている。

鬼の血を引く綾も、俄《にわ》かに鬼の気配を見せており、

「実は私、旦那様から少しだけ教えてもらって、半透明になる事や、鬼の怪力ぐらいは使えるようになってるんだよ。凄いでしょ⁉　だから私も、一応は戦力って事で、よろしくね！　あ、でも。私には手加減してね？　あくまで一般人だから！」

と、参戦する旨《むね》を大達に告げて、鴻恩の背中にさっと跨《また》がった。

塔太郎が大慌《おおあわ》てで、鴻恩と魏然に訴える。

「まっ……⁉ まままま待って下さい！ えっ何、どういう事ですか⁉ 鴻恩さん、魏然さん！ せめて、もうちょっと説明を……！」

しかしやはり、鴻恩と魏然は平然としており、塔太郎をあっさり退《しりぞ》ける。

「まぁまぁ、そう焦《あせ》るなってー。俺らは今回、この鬼ごっこの、旦那様達のボディーガード役って事なんだよ。お前らが捕まえようとするのを阻止《そし》するから、頑張って戦うんだぞー」

「そうやって、すぐ俺達に訊《たず》ねようとする癖《くせ》を、この修行で改める事だな、塔太郎。昨日の修行で指摘した欠点も、直ってるかどうか、この鬼ごっこでじっくり見てやる」

「え？ これ……俺の修行なんですか……⁉」

「半分正解、半分外《はず》れだな。辰巳大明神様は鬼ごっことおっしゃったが、俺達は真剣に取り組むから、お前達も真剣に、かんか丸様を取り返すよう努めるんだ。一応言っておくが、真剣にやっても、怪我には気をつけろよ。ただし塔太郎、お前は別だ。お前が怪我したら、お前が悪い」

「こーら魏然。塔太郎にも優しくしてやれよー」

「そういうお前が、一番やる気まんまんじゃないか。いつもの道場じゃなくて、こういう市街地でのチーム戦の修行を、楽しみにしてたんだろ？」

「うん。本当にな。たまには変わった修行をしないと、塔太郎のためにならないと思って企画したのに……まさか、こういう鬼ごっこになるとは思わなかったよ。まぁ何にせよ、今回の修行をセッティングして下さった辰巳大明神様や深津さん、かんか丸様には、感謝だな！　うん。楽しみだ！　――じゃあな、塔太郎！　皆！　健闘を祈る！」

爆弾発言のようなそれを最後に、神獣《しんじゅう》姿の魏然と綾を乗せた鴻恩は、辰巳大明神と同じように車道に飛び出て跳躍し、アーケードの上に乗ってしまった。

魏然の背中に、辰巳大明神とカンちゃんが堂々と跨がる。それを以《もっ》て向こうの準備が整ったらしく、カンちゃんが大きく手を振った。

「玉木！　大！　それに塔太郎！　ちゃんと、わしを取り返すんじゃぞー！」

「ほな、行くでぇ……。よーい、ドーンっ！」

辰巳大明神の号令を以て、鴻恩と魏然が走り出す。

四条通りのアーケードを西に走る二匹は、全力疾走《しっそう》でなくとも相当速い。あっという間に、辰巳大明神やカンちゃん、綾を乗せた後ろ姿は小さくなって北側のビルへと跳び、見えなくなってしまった。

向こうも大達も全員、先ほどから半透明になっているので普通の人には見えないが、見える人にはちゃんと見えている。

幼いゆえに、霊力を持っているらしい少女が、

「あ、見てー！　お母さん見てー⁉　狛犬さんが走ったはる！」

と言って、母親の服を引っ張っていた。

唖然《あぜん》としたのは大達である。平和に新京極商店街を歩いていたのに、気がつけば、カンちゃんを含む四人が結託《けったく》し、大達を鬼にして、「最強鬼ごっこ」が始まってしまった。

「何……？　これ……？」

大は、もはやそれしか言葉が出なかった。

カンちゃんが突然ちとせに来訪し、深津達が突然大達に外出を許可したという点と線が、一気に繋がって真実が見えてくる。新京極商店街へ向かう途中で大が感じた違和感は、事件ではないにせよ、見事に的中《てきちゅう》してしまった。

塔太郎も、目が点になった後は、指を折って状況を整理する。

「え、これつまり……？　カンちゃんと旦那様が結託して、鬼ごっこを提案して……。今、鴻恩さんらを含めた旦那様チームに、カンちゃんを持っていかれたって事で……。それを……取り返すんか⁉　俺らが⁉　えっ、嘘やろ⁉　これそういう

話⁉　町中使ってこんな遊びある⁉　ってか、これ、俺の修行なん⁉」

塔太郎の顔が真っ青《まさお》になった瞬間、隣の玉木が「アハハハハ」と笑い出し、頭を抱える。

「今日だけは……、今日だけは！　書類地獄から解放されると思ってたのにぃー っ！　もうやだ山梨に帰りたい！　眼鏡を叩き割って猫になりたいっ！　塔太郎さんっ！　責任取って下さいねコレっ⁉」

「落ち着け玉木！　ってか、俺も被害者やっちゅうねん！　すまんと思ってっけどな⁉　……とっ、とりあえず！　あの人らを追うんや！　カンちゃんは俺らが引率《いんそつ》してる形になってるから、奪還《だっかん》に失敗とかなってみろ。俺ら全員、深津さんに撃たれて死ぬぞ⁉　っていうか、これ、俺の修行やから、俺の身が一番やばいんちゃうん……？　大ちゃん！　とりあえず変身してくれ！　修行といっても相手は旦那様やし、カンちゃんの身は最後まで安全やと思うけど、とにかく全力で行かなあかん。何せ向こうの面子《メンツ》がヤバいんやから！」

「は、はいっ！　えっと、その前に、深津さんに電話しますね！」

「あっ。おう！　頼む！」

塔太郎まで、若干《じやっかん》のパニック状態である。もはや何もかもが、訳が分からなかった。

正確に言えば、ある程度は既に判明しており、唐突《とうとつ》に始まったこの鬼ごっこは、どうも、鴻恩と魏然が塔太郎のために発案し、企画した修行の一環らしい。

二人はおそらく水面下で、深津や辰巳大明神にこの修行への協力を依頼して、その結果塔太郎だけでなく、大達をも対象とした、大規模な修行になったのだろう。

脱力した玉木に代わって、大が深津に電話してその事を確かめると、

「おっ。始まったかー。こっちは承知してるし、ドッキリみたいで悪いけど頑張ってや。要はそれ、実地訓練やねん。塔太郎に、いつもとは違う修行をさせようっていう企画から始まったやつ。発案して、俺や本部に協力を依頼したんこそ、鴻恩さんと魏然さんやけど、事前通達なしの、極限まで現実に近い訓練を導入しようかって最近考えてた、あやかし課本部の意向もがっちり合わさって意見が一致したから、こうなった訳。やから、この件は本部も承諾《しようだく》してるよ。鬼ごっこになってんのは、何で？　って思うけど……。まぁ、今回の申請者《しんせい》が鴻恩さんと魏然さんやったし、そら本部は、ほぼ百パー通すわなぁ。鬼ごっこの発案が辰巳の旦那様なんやったら、それで頑張ってー」

と、言われてしまい、その深津から正式に、実地訓練であるという通達を受けた。

「あの……。この、始まった鬼ごっこ、塔太郎さんの修行兼、私達……、つまり、あやかし課隊員の実地訓練だそうです……」

通話を切った大が告げると、玉木が再び「アハハハハ」と笑い、塔太郎も苦笑《にがわら》いで、

「あー、そうなんや……。うん……。修行も訓練も、ありがたいけども……。何かごめん、二人とも。何か巻き込んだ感じで、ごめん……」

と言って、頭を抱えていた。

実際の町中で修行するというのは、考えようによっては確かに有効な実戦訓練であり、人が密集し、予想外の事が起こりやすい繁華街での訓練は確かに必要だった。現に昨年の春、大達は、まさしく新京極商店街で蜘蛛《くも》の生霊《いきりよう》と戦い、人質《ひとじち》を取られて塔太郎が負傷したという、苦い過去を持っている。

そんな場所での修行や訓練でも、相手が鴻恩と魏然、さらには辰巳大明神までいるのなら、被害の心配はほとんどない。もし、深津やあやかし課本部が今回の事を承認したとするならば、そこに理由があるのだろう。

それを、遊び好きの辰巳大明神が鬼ごっこ形式にアレンジし、大達は見事に、ドッキリ番組のように嵌《は》められたという訳だった。

今にして思えば、深津が喫茶ちとせで、ああもあっさり大達に外出の許可を出したのもおそらくはこのためであり、もっと言えばカンちゃんとて、鴻恩の発言から察するに、この修行の協力者の一人らしい。カンちゃんが喫茶ちとせに来た時点

で、全ては始まっていたと考えて、間違いなかった。

午前中のマリーちゃん騒動も合わせて、何という日だと嘆《なげ》いていても仕方がない。

とにもかくにも、大は簪を抜いて変身し、全身を包んだ光明の後、身の丈六尺の美丈夫・まさるとなった。

塔太郎が、玉木の背中をばんと叩き、

「ほれ行くぞ玉木！　巻き込んでほんま悪いけど、援護《えんご》してくれ！　とりあえず、追っかけながら作戦会議や！」

と言って走り出し、道行く人々の間をすり抜けていった。

「りょ、了解でーす……」

口元を引きつらせていた玉木は、自らの両頰を叩いて真剣な表情に戻る。まさるも、刀をしっかりと差し直して先輩二人に続き、辰巳大明神率いる敵チームの追跡を開始した。


綾は鬼の娘であり、鴻恩と魏然は、八坂神社の狛犬や狛獅子。辰巳大明神に至っては、立派な京都の神仏である。

カンちゃんを連れ去ったこの敵チームには人間が一人もおらず、とどのつまり、相手としては、厄介《やっかい》すぎる存在だった。

おまけに、全員地元の者なだけに、四条河原町周辺の地理には滅法《めっぽう》明るい。

狛犬・狛獅子に乗った辰巳大明神達を追う「鬼ごっこ」は難儀《なんぎ》に難儀を極め、まさる達は、あるだけの霊力を体に巡らせて体を強化して跳躍し、高所から飛び降り、それこそ事件でもないのに、町中を走り回る羽目《はめ》になってしまった。

辰巳大明神の言っていた鬼ごっこの範囲、「鴨川より西の繁華街」というのはひどく曖昧《あいまい》で、塔太郎と玉木が相談した結果、とりあえず、南は四条通り、西は烏丸《からすま》通り、北は御池《おいけ》通りだろうという事になり、実際、逃げ続ける辰巳大明神の考えはその通りであるらしい。

鴻恩と魏然は、辰巳大明神の指揮の下でその範囲を走り回り、時折、ビルの間に建っている低い町家《まちや》の瓦《かわら》屋根の裏や、背の低いビルの非常階段に隠れて追っ手のまさる達をやり過ごす。

時には、標的《ひょうてき》であるカンちゃんを乗せていない鴻恩と、その背に乗っている綾が、カンちゃん達に接近する塔太郎達を妨害する事があり、戦況は逐一《ちくいち》乱れていた。

塔太郎は、この鬼ごっこが自分の修行であると知らされたためか、初めから雷の力を使っており、足から雷を発しての俊足《しゅんそく》や跳躍を行い、玉木の結界の助けを借り、まさると共に、鴻恩や魏然を追いかける。

しかし、場所が繁華街なうえに、令状が出ている訳でもないので、雷による被害を懸念した塔太郎は、どうしても雷の威力そのものを抑えなければならない。

加えて、相手チームには鴻恩と魏然がおり、この二人は、さすがは長年の師匠筋というべきか、塔太郎の雷の気配を完全に掌握《しょうあく》していた。

塔太郎が、体内で少しでも雷を起こすと鴻恩や魏然がそれを察知して、先手《せんて》を打って遠くへ逃げてしまう。そうなると、そもそも敵チームを見つける事すら困難になるのだった。

それに気づいた玉木が、

「塔太郎さん。相手が見えるまでは、その雷は完全に電源オフにして下さい。戦う時だけ全開で！　逆ソナー状態になっています」

と、塔太郎に進言すると、塔太郎は即座に頷いた。

「あぁ、そういえば昨日の修行で、『雷の出し入れが緩い』って魏然さんに指摘されてたわ……。そうか、これ、そういう修行かぁ……」

遠い目をして、微笑んでいた。

しかし、そんな塔太郎自身も、修行で高みを目指す心はもちろんあり、

「そうと分かったら、改めて、死ぬ気でこの修行に臨《のぞ》まなあかんな！　おっしゃ

あ！　行くぞっ！」

と、すぐに気合を入れて、心から楽しそうな笑みを見せる。拳《こぶし》と掌《てのひら》をばちんと凛々《りり》しく合わせて走り出していた。

どんなに相手が厄介でも、こちら側とて、振り回されっぱなしでは終わらない。

純粋に身体能力が高いまさるはもちろん、塔太郎も、雷の力に頼らず自らの体力ひとつで、鴻恩達や魏然に乗った辰巳大明神達に何とか食らいつく。何度取り逃がしても諦《あきら》めず、時に、まさる・塔太郎・玉木による三方からの挟み撃ちも目論《もくろ》んで、ひたすらカンちゃん奪還を目指していた。

目標であるカンちゃんだけに狙《ねら》いを絞《しぼ》り、玉木の結界が、鴻恩や魏然をかろうじて足止めしたり、跳躍の足場を作った後、まさると塔太郎が二方向から、カンちゃんを乗せる魏然にタックルするように飛びかかる。距離が詰まると、まさるも塔太郎も、背の上のカンちゃんを取り返そうと手を伸ばした。

玉木、塔太郎、そしてまさるのコンビネーションは完璧《かんぺき》であり、午前中のマリーちゃんの捕獲のように、普通のあやかしならばこの時点で、標的を捕まえて鬼ごっこはあっさり終わるはずだった。

しかし、今回は相手が神仏達である。そういう時、大抵はカンちゃんと一緒に魏然の背に乗っている辰巳大明神が自身の手を巨大化させ、まさる達を、まるでハエ叩きのように「ふんっ！」と叩き落とす。あるいは、背中から綾を下ろした鴻恩が、牙《きば》を剝《む》いて体当たりを仕掛けたりして、まさる達を遠ざけてしまうのだった。

その隙《すき》に、辰巳大明神達を乗せた魏然が逃げて、奪還作戦は失敗に終わる。

これを何回も繰り返し、去りゆく辰巳大明神の、

「ほれほれ、もっと気張らんかい！」

という余裕綽《しゃく》々《しゃく》の大声や、

「わしはここじゃ！　あーれー」

というカンちゃんのふざけた言葉に、まさるは息を切らして苦い顔をし、もうやめたいと何度思っただろうか。

一度、本当に嫌になってしまい、ビルの屋上《おくじょう》で仰向けになって、拗《す》ねたように秋の空をぼーっと見上げた時もあったが、直後に塔太郎が、

「頑張れっ！　お前まで修行に巻き込んでほんまごめんやけど、頼りにしてんねん！」

と言って、まさるの腹をぽんと叩いて、励ましてくれた。

いつもならば、心の奥底で自分を叱咤《しった》してくれる大も、今回ばかりは不憫《ふびん》だと思ったらしい。

（ごめんな、まさる。頑張れ……。しんどくなったら、いつでも私が代わるから

……）

と、言って、しゅんとしていた。

不貞腐《ふてくさ》れた自分を恥じたまさるは、両足を振り上げて勢い付け、ぱっと起き上がって塔太郎や玉木の後についてゆく。

こういう追跡の場合、離れた場所から結界を出せる玉木が心強い存在で、

「洛東を守護する祇園社よ、何卒、おん力を我に与えたまえ！」

と、早口でもじっくり呪文《じゆもん》を唱えて扇子を振れば、辰巳大明神とカンちゃんを乗せた魏然の眼前、あるいは、魏然を包むようにして、箱状の結界が出現する。

もちろん、向こうも神仏や神使なので、玉木の結界にまんまと囚《とら》われるわけではない。鴻恩や魏然は、体当たりで玉木の結界を壊したり嚙み砕《くだ》いたりし、時には辰巳大明神が、

「こんなもん、こうや！」

と言って、腕を金槌《かなづち》に変化させ、ガンガン叩いて割ってしまう。

ただ、それでも一瞬、あるいは数秒の足止めにはなり、それこそが、まさる達が彼らに追いつく重要な一手となっていた。

その甲斐あって、まさる達は苦労に苦労を重ねて、ついに辰巳大明神達を四条河原町へと戻し、髙島屋の屋上へと降り立たせる。

鴻恩と魏然が着地した瞬間、玉木が地上から渾身《こんしん》の結界を出し、今度は、鴻恩と魏然の間に、大きな結界を出現させた。

二匹の間には箱状の結界が出来る形となり、また、鴻恩や魏然自身も、結界に囚われる事を見越して双方逆方向に大きく離れたため、鴻恩と魏然を分断させる事に成功する。

玉木は一旦それで力を使い果たし、がくんと膝をついたが、

「ようやった玉木！」

という塔太郎の声に一瞬、満足そうに微笑んでいた。

「いくぞ、まさる！　俺らの出番や！」

塔太郎の清涼感ある声に引っ張られるように、まさるも意気揚々と足に霊力を込め、力一杯隣のビルのへりを蹴《け》る。

まさると塔太郎は、髙島屋の屋上へ一直線に跳躍し、それぞれ別の場所に着地した。離れた二匹が寄ってしまわぬうちに塔太郎は鴻恩に挑んで足止めし、その隙に、まさるは魏然へ突進して、カンちゃんを奪取する作戦に出た。

任務でもない戦いで、しかも自身の修行であり、さらに相手が自分の師匠筋であるためか、塔太郎が潑溂《はつらつ》と、鴻恩達に宣告する。

「鴻恩さん、魏然さん！　お覚悟を！」

「おっ。勇ましいなぁ」

「生意気を言うな塔太郎！　それは鴻恩に勝ってからにしろ！」

それまで、狛犬や狛獅子の姿だった鴻恩と魏然が、背に乗っている辰巳大明神達を下ろして、袴を穿《は》いた人間の姿になる。

それぞれ、塔太郎やまさるを迎え撃ち、まさるにとっては初めて目にする、神使の戦いを見せてくれた。

塔太郎の相手となった鴻恩は、普段の穏やかさが嘘のように、突き出される塔太郎の雷の拳を冷静に、ギリギリで避《よ》けては塔太郎の手首を弾《はじ》く。

それとほぼ同時に、鴻恩は自身の体を入れるようにして塔太郎の懐へ入り、空いた方の手で、塔太郎の腹を激しく突き返そうとした。

その鴻恩の反撃を、塔太郎は全く怯《ひる》まず冷静に、自身の前腕で、鴻恩の拳を外側へ弾く。その勢いを利用して体全体を反転させ、鴻恩のうなじに、自らの拳を打ち下ろそうとするも、鴻恩があえてもう一度塔太郎の懐に飛び込み、突進で塔太郎を倒そうとするなど、戦いは極めて野性的に、それも光のような速さで、繰り広げられていた。

一方、まさるの相手となった魏然も、右手から太刀を出現させたかと思えば、無駄な動きもなく踏み込んで水平に横薙《よこな》ぎし、まさるの眼前をかすって空《くう》を切る。

危《あや》うくのけ反《ぞ》って避けたまさるは、その鋭い刃音と美しい刹那《せつな》の刃筋に驚くばかりで、しかし負けじと、まさるも一気に懐へ飛び込んで刀を振り下ろし、魏然の面を果敢《かかん》に狙った。

魏然も、それに真正面から挑《いど》み、まさるの刀が自分に届く前に自らも太刀を振り下ろして止める。じりじりと互いに腰を落とし、鍔迫《つばぜ》り合《あ》いとなった。

高島屋の屋上で格闘と剣戟《けんげき》が続き、玉木が到着するまでと言わんばかりに、辰巳大明神にカンちゃん、それに綾は、塔太郎達の戦いを観戦している。

「す、凄いのう……！　見ているわしも、体がびりびりくるようじゃ！　塔太郎と魏然の戦いは、速すぎてよく見えん！　何をしとるか、たまに分からん！」

「せやろ？　あいつら、凄いやろ？　塔太郎の奴、また一段と速なりよったのう。体を焦《こ》がすなよって注意せなあかんな。まぁ、それはもう、魏然さんらが言うたはるやろけどな」

「私も、あやかし課隊員になろっかなーって、何度か思った事あるけど……。やっぱり無理かも」

その三人の優雅さを嘆く余裕は、もはや、まさるにも塔太郎にもなかった。

塔太郎が鴻恩に、上段突きを繰り出した瞬間、鴻恩は自ら背中を地面に付けるように素早く倒れ、ほぼ同時に、狛犬の姿へと戻る。人間ではなく神獣となった鴻恩は、柔軟性と低さを活かして転がって避けた直後に、塔太郎の足首へ噛みつこうとした。

際《きわ》どい足元を狙われた塔太郎は距離を取るしかなく、足に雷を溜めて跳躍し、着地した瞬間に再び走り出して、鴻恩に挑んでいた。

「そら、また距離を取った！　その癖を直せと言っただろう！　人間の体は、引くだけで体力を使うんだ！　無駄な事をするな！　自分が、体力に限界のある人間だという事を忘れるな！　常に自分の体力を計算して戦え！」

「はいっ！」

格闘しながらの鴻恩の厳しい指導に、塔太郎もまた、戦いながら応《こた》えている。

鴻恩や魏然は、雷の力こそ持っていないらしいが、人間ではなく神使であるためか、雷に近い威力の霊力と体力を、それも無尽蔵《むじんぞう》に使う事が出来るらしかった。

その霊力と体力を使って、塔太郎の雷撃《らいげき》やまさるの剣戟を迎え撃ち、自身の体も、人間や獣の体を自由に使い分ける事が出来るため、戦い方の多彩さが人間の比ではない。

まさるがすっかり疲労し、魏然の巧《たく》みな剣術を前に防戦一方となってしまったのに対し、塔太郎は上手く体力を調節しているのか、息を切らしつつも実に見事に、人間の姿になった鴻恩と渡り合っている。

これが塔太郎とその師匠筋の戦いかと衝撃を受けたまさるは、鍔迫り合いの最中につい、塔太郎達を横目で見てしまう。

その途端、

「何をしてるんだお前は」

と、魏然に言われて刀を横に弾かれ、がら空きとなった頭をぱこんと、左手で叩かれてしまった。

そのうち、塔太郎と激闘を繰り広げていた鴻恩が意表をつくかのように狛犬に戻り、神獣の巨体で塔太郎に覆いかぶさる。塔太郎は避けるのが間に合わず体全体で耐えるしかなく、鴻恩が塔太郎の肩に噛み付いていた。

魏然の剣戟をいなしている最中、またしても横目でそれを見たまさるは、うっかり顔を、塔太郎の方に向けて焦ってしまう。

「大丈夫、甘噛みや！」

と、塔太郎の声がして安心し、同時に、

「どこを見てるんだお前は」

と、対峙《たいじ》していた魏然が呆れ顔をして、まさるの頭に、再び魏然の左手が飛んだ。

これらの戦いの途中で、辰巳大明神は、カンちゃんや綾を連れてエレベーターのボタンを押し、悠々とそこに乗り込もうとする。塔太郎もまさるもそれに気づいてはいたが、鴻恩と魏然に阻《はば》まれてはどうする事も出来ない。

ようやく、体力切れから立ち直った玉木がその場に到着し、エレベーターに結界を張っても、やはり辰巳大明神が壊してしまう。

「ほな、さいならー」

と、結局、エレベーターが下降して逃げられてしまい、それを確認した鴻恩達も、塔太郎やまさるとの戦いをさっと中断して、

「辰巳大明神様や、俺らが相手じゃ仕方ないさ。塔太郎達は人間なのに、よくやってるよ」

「まぁ、塔太郎の修行としては、昨日の欠点が多少は直っているようだから及第点だな。だが……鬼ごっこは継続中だ。諦めずにやれよ」

微妙な励《はげ》ましの言葉を残して、高島屋の屋上から地上へ降りてしまった。

屋上には、またしてもまさる達だけが取り残される。これには、さすがの塔太郎も疲れてしまったのか、

「なぁまさる……。一緒に、京都の空でも愛《め》でるか……」

と、脱力して、冗談を言っていた。

その後、辰巳大明神達は逃げ方を変えて、鴻恩や魏然を半透明の人間のままにし、アーケードの上や屋上ではなく、新京極商店街や寺町京極商店街、その他の路《ろ》

地《じ》を走り、時には適当な店に潜《もぐ》り込むやり方に切り替えて、まさる達を困惑《こんわく》させた。

　繁華街は人が多いだけに、これもまた四条河原町界隈《かいわい》に詳しい辰巳大明神が逃げ回れば、路地という路地を駆使《くし》されて見つからない。

　まさる達が、一生懸命探し回るのをからかうかのように、辰巳大明神やカンちゃん、綾はもちろん、鴻恩や魏然までもが、チェーン店のカフェでのんびりとお茶を飲んでいたりする。

　さすがに店内では捕まえられないと、まさる達が店の入り口にじっと立って待ち伏せしていると、辰巳大明神は店員にお願いし、店の裏口から逃げてしまった。

　その後、辰巳大明神達は、カンちゃんを含めた五人で固まったり二手三手に分かれて逃げ続け、まさるがやっと、綾とカンちゃんに追いついたかと思えば、

「そーれっ！」

　と、綾が鬼の怪力でカンちゃんを抱き上げ、向かい側の歩道へ放り投げる。

　そこには、示し合わせたかのように辰巳大明神が待ち構えており、カンちゃんをがっしりとキャッチして、たちまち逃げてしまった。投げられたカンちゃんは大喜びである。

　この時、まさるは、カンちゃんを捕まえ損《そこ》ねた勢いで綾を抱き締めてしまい、綾

に「キャー！」と、頬を染め、笑顔で押し退《の》けられては、

「彼氏でもないのに、お触り禁止ーっ！」

と、怒られてしまう。これは綾の作戦だったらしく、まさるが慌てて身を離した隙に、彼女は四条通りを走り去ってゆく。

まさるが、塔太郎や玉木に泣きそうな表情で訴えると、

「大丈夫！　お前は悪ない！」

「逆に公務執行妨害で……いえ何でもないです」

と、慰《なぐさ》めてくれた事だけが救いだった。

そこへ、鴻恩と魏然が襲いかかってくるため、カンちゃんを取り戻すのはやはり、至難《しなん》の業《わざ》だった。

こうなればまた捜索のし直しとなり、まさるはとうとう疲れ果ててしまい、元の大へと戻ってしまう。

「……すみません……」

と、大は身を縮《ちぢ》こませて謝ったが、

「いや、ええよ。無理もない。ほんまごめん……。俺ら、何でこんな事してるんやっけ……？」

「もうやだ山梨に帰りたい」

さすがの先輩二人も、疲れ切っていた。

とはいえ、実地訓練なので、ここで諦める訳にはいかない。

大達三人は自らを奮《ふる》い立たせたが、極《きわ》めつきは、寺町京極商店街での逃走劇だった。

辰巳大明神が自分の毛を数本抜いてふうと息を吹きかければ、大きな大八車《だいはちぐるま》が出現する。大八車といっても、両側の車輪からは筋肉隆々の人間の足が生《は》えており、台の両側の縁からは、こちらも力のありそうな腕が生えている。

辰巳大明神達がそれに乗り込み、大八車は、車輪を回す代わりに、足をドタドタと動かして走り出した。

その途端、霊力持ちらしい一般人が「ヒィッ⁉」と叫び、玉木が「ハァーッ⁉」と高い声を出して、扇子で大八車を指して注意した。

「旦那様！　寺町は車両通行禁止ですよ⁉　降りて下さい！」

「アホかよう見てみい！　手足生えとるやろが！　この子は車やなしに『大八車くん』っちゅう生き物や！　わしらはこの子に担がれて逃げてる訳で、車両に乗ってんのとちゃうぞ！　よって違反ではない！」

「生き物に乗るのも、法律上は軽車両ですが⁉」

「その法律に、『手足の生えた大八車くん』は書いてあんのか⁉　ないやろ⁉　それにルール無用っつったやろがー！」

ワハハと逃げていく辰巳大明神達に驚いて、幽霊や霊力のある人達や、毛玉のようなあやかし達が、びっくりした顔で道を開ける。

カンちゃんや綾の楽しそうな笑い声だけが、微かに寺町京極商店街に響く中で、大も塔太郎も呆然《ぼうぜん》とした。

もはやどちらも、

「えぇー……」

という言葉しか出ず、その横でとうとう、玉木の堪忍袋《かんにんぶくろ》の緒が切れたのか、扇子をバチンと閉じる音がした。

「訓練とはいえ……散々……僕らを弄《もてあそ》んでぇ……っ！　ようし、そっちがその気なら僕にも考えがある！　何でもアリと言ったのは向こうですからねぇ⁉」

歯ぎしりのように口走っては、ぐわっと眼鏡をかけ直していた。

その形相《ぎょうそう》には、何やら恐ろしい気配が出ている気がして、後輩の大はもとより、塔太郎さえもおののいてしまう。

「うわっ、深津さん二号がおる……」

玉木は、極限の怒りによって何らかの秘策を思いついたらしいが、それを大達へ説明するより前に、指示を飛ばして走り出している。

「塔太郎さん、古賀さん！　すみませんが、旦那様達を広い所へ……四条河原町の交差点へ追い込んで下さい！　出来れば全員を一ヶ所に固めるように！　その間に、僕はこっちへ行きます！」

そう言った玉木は、寺町京極商店街から細い路地を曲がり、新京極商店街の方へと向かう。

「た、玉木さん、一体何をする気なんでしょうか」

「分からん……。とにかく玉木を信じて、俺らは旦那様を追いかけよう。追い込んだら、あとはもう知らん！　深津さん二号に任せる！」

「は、はーい！」

結局、大と塔太郎は二人で協力して、何とか辰巳大明神達を、四条河原町に向かわせる。

幸運にも、辰巳大明神とカンちゃんが、大達から逃れるために交差点の真ん中にひょいと立ち、続いて鴻恩や魏然、綾もそこに駆け付けて、ようやく五人が、一ヶ所に固まる状況となった。

そこまで持っていくのに、大と塔太郎は体力も気力も使い果たして、もはやくたくたである。

「塔太郎さん……これで……いいんですよね……？」

肩で、息をしながら大が訊くと、「多分……」という塔太郎の返事が返ってくる。

その直後、

「二人とも、ありがとうございます！」

という玉木の声がして顔を上げると、交差点の真ん中で固まっていた辰巳大明神達を、大きなドーム状の結界が包んで閉じ込めていた。

塔太郎が、何かに気づいてはっとした表情で後ろを向くと同時に、大の声と、辰巳大明神の声が、交わるように飛ぶ。

「玉木さん⁉　どこ行ったはったんですか⁉」

「何や何や、また結界か⁉　一ヶ所に入れて何すんのか知らんけど、なんぼやっても同じ事やぞ！」

辰巳大明神が今までのように、笑顔で結界を割ろうとしたが、不思議な事に今度はバチンと音がして、辰巳大明神の手が弾かれてしまう。

大はおろか、鴻恩や魏然さえも驚いていると、四条河原町の上空が突然暗くなって雷雲が発生し、ピカッと町全体が照らされた。

「耳を塞いで下さい！」

という玉木の声と同時に、雷が雨のように、結界の上に降り注《そそ》ぐ。世界を切り裂くような轟音《ごうおん》を出して、激しい無数の落雷が、絶え間なく結界を打ち続けた。

神仏の加護《かご》が効《き》いているためか、どれだけ激しい落雷にも、周辺の通行人や車道を走る車はそれに影響を受けず、普段通り交差点を行き交っている。

平和な一般人の世界と、今、落雷の雨が降っているあやかしの世界が四条河原町で交錯《こうさく》しており、その対比に大は思わず身震いする。四条通りや河原町通りの信号待ちをしている、霊力持ちの人間数人も大達と同じように見えているためか、衝撃を受けて呆然としており、霊力のない友人等から、

「ちょっと、信号変わっちゃうよ？」

と、歩くよう促されていた。

四条河原町の車道のど真ん中で、結界に閉じ込められて落雷の雨に打たれる辰巳大明神達は、そこから出るに出られない。この突然の事態に、信じられないといった表情で、落雷の雨を見上げていた。

大も、玉木の指示通り耳を塞ぎながら衝撃を受け、その光景を凝視《ぎょうし》するしかない。敵味方含めて、最も戦いに慣れていない綾が、

「嫌ーっ⁉　何ー⁉」

と頭を抱えるように耳を塞いで目をぎゅっと瞑り、車道に座り込んでいた。

カンちゃんも耳を塞ぎつつ、興奮を抑え切れない様子で落雷の雨に唸《うな》り、鴻恩と魏然も、珍しく心底驚いている。

同時に、神使であるその二人や、神仏である辰巳大明神は、落雷の雨を誰が起こしているのかを察したらしく、時折、感嘆《かんたん》の表情を見せていた。

落雷の雨は、威力も規模も、塔太郎の雷を遥《はる》かに上回っている。辰巳大明神達を閉じ込めている結界とて、雷で壊れない点から察するに、相当強いものだった。

「まさか、これを玉木さんが……？」

大が振り向くと、耳を塞いだ玉木が立っている。扇子は開かず右手に持ったままであり、「間に合いました」と、彼の口の動きが語っていた。

そのうち、雷の威力は衰えずとも、音だけが小さくなって、耳を塞ぐ必要がなくなってくる。そういう微調整も、人間には到底出来ない神業《かみわざ》である。

結界の中から、辰巳大明神の大声が飛んできた。

「玉木ぃ！　そういえばお前、神仏のご利益《りやく》を借りる力を持っとったな⁉　天神様の力を借りるなんちゅう、小癪《こしやく》な真似しおって！」

「小癪ではありませんよ。借りているのではなく、直接、雷を起こして頂いているんです。――その天神様ご本人に」

「えっ⁉」

大が驚いて玉木を見直すと、玉木の横から、ふっと誰かが姿を見せる。

それはまごう事なき菅原道真その人だった。

辰巳大明神達に結界が張られた時から、塔太郎は既に、その神威《しんい》から菅原道真に気づいていたらしく、

「先生、さすがです。御足労《ごそくろう》頂き、ありがとうございます」

と言って静かに頭を下げ、菅原道真の後ろに控えていた。

あやかしの世界で「菅原先生」と慕《した》われる菅原道真は、学問の神であると同時に、日本で最も恐れられる「天神様」。

今、大達の目の前に立っている菅原道真は、つい先刻、錦天満宮で会った時と同じ直衣姿で、

「はい、皆さんこんにちは。菅原です。賑わってますねぇ」

と、微笑んでいた。

辰巳大明神達を捕らえている結界、そして、落雷の雨が、この菅原道真によるものだという事は、誰が見てもすぐ分かる。

今度ばかりは、辰巳大明神達も仰天して、先の玉木のように「ハァー⁉」と素《す》っ頓狂《とんきょう》な声を上げていた。

「菅原先生⁉　まさか、この鬼ごっこに参戦なさる気ですか⁉　しかもそっち側で⁉」

「はい。その通りですよ、旦那様。実は先ほど、御宮くんが錦天満宮《うち》へ駆《か》け込んで

きましてね。力を貸してほしいと頼まれたんですよ。

話を聞けば、何やら旦那様が、凄い鬼ごっこをされているとか……。旦那様の陣営は猛者揃《もさぞろ》いで、追いかける御宮くん達は三人だけ。これはちょっと可哀想《かわいそう》だなぁと思ったので、私がこっち側についてみたんです。旦那様、それなら公平ですよね？」

「んなアホな⁉　そんなん、先生がつかはったら、一発でどんでん返しやないですか！」

辰巳大明神は、困ったように菅原道真に言い返し、今までの自分の事は棚に上げて、玉木に文句を言い始める。

「玉木ぃ⁉　お前、興《きよう》ざめな事すな！　お前らの修行て言うたやろが！　先生を出してくるとか反則やろ！」

「ルール無用って言ったのはそっちじゃないですか！　こうでもしないと無理だと判断したまでです！」

「限度ちゅうもんがあるやろがァ⁉　自分らの力で勝たんでどうすんねん⁉」

「出来る事を全て駆使して突破するのが、僕の力です！」

「アホか他力本願《たりきほんがん》っちゅうんじゃそれはァ！」

落雷の雨が降り続く中で、辰巳大明神と玉木の激論が続く。それを、大と塔太郎

が温かい笑みで眺めていると、祇園の方角の上空から、

「旦那様、もう観念おしやす！」

という声と共に、一羽の烏が飛んできて、玉木の肩に止まった。

それは辰巳大明神のお目付け役の烏・節子であり、辰巳大明神は今度こそ目玉が飛び出さんばかりに、

「げぇーッ、節子⁉」

と、見開いていた。

「何でお前もおんねん⁉　社での留守番《るすばん》はどうした⁉」

「御宮さんから、連絡もろたんどす。旦那様がふざけて大変やさかい、協力してほしいと。留守番は、他の烏に頼みました」

「玉木、まさかお前、節子にまで……⁉」

「はい。辰巳神社にお電話して、来て頂きました」

手段を選ばない玉木が、眼鏡の縁をくいっと上げる。落雷の雨が降り続く結界の中で、鴻恩と魏然が笑いをこらえている。大と塔太郎は、身を寄せてすっかり震え上がり、

「これからは、あいつに逆らったらあかんな……」

と言う塔太郎に、大も真顔《まがお》でうんうんと頷いていた。

そんな大達にお構いなく、菅原道真は、音こそ消しても容赦《ようしゃ》なく落雷の雨を降らせ続け、節子は「旦那様！」と、辰巳大明神に叫んで、烏のひと鳴きをした。

「あてがちょっと目ぇ離した隙に、こんな大層な事を起こさはって……！　あやかし課の本部さんへの協力は、戦いの訓練だけやったはずどす！　御宮さんから聞きましたけど、ルール無用や言うて、好き勝手やってたそうやおへんか！」

「やかましい！　実戦を想定した訓練やったら、好き勝手やった方がええやろが！神様のやる事に口を出すな！」

「いーえ！　あてにだけは、旦那様をお諫《いさ》めする権利があります！『わしだけ好き放題やってもつまらんし、叱《しか》ってくれるお目付け役になってや』言うて、死んだあてを烏にしてくれたんは、旦那様やおへんか！　そやさかい、これは立派な、お目付け役としての仕事どす！　そのお役目を全《まっと》うして言わさしてもらいますけど、さぁ旦那様、引き際を考えとくれやす！　坂本さんら、物凄ぉ、物凄ぉ気張らはって、へとへとやおへんか！　観念して降参《こうさん》おしやす！」

「アホかぁ！　誰がするかい！　わしが負けを認めるまで、鬼ごっこは継続中や！」

辰巳大明神は粘《ねば》りを見せたが、逃げようにも、まず結界が破れないし、よしんば破れたとしても、たちまち天神様の雷に打たれるのは必至である。

菅原道真は相変わらずニコニコ顔で、

「鬼ごっこを続けられても、私は別に構いませんよ。まぁ、出られるならの話ですけどね。旦那様は、何とかしてお出になる事は出来るでしょうけども、他の方は、難しいかもですね。もしお出になられたら、私の結界や雷が破られたという事になりますから、そうなると、私もやられっぱなしではいられませんよ。その時は、私も御宮くん側の陣営として、腰を据えて参加させて頂きますね」

と、さらりと言ってのける。鴻恩や魏然も、さすがの天神様相手では分《ぶ》が悪いと判断したのか、二人とも、苦笑いして諦めていた。綾は既に、完全に白旗を掲げており、

「もうやだーっ！　雷、怖すぎるんだけど！」

と、震えてカンちゃんを抱き締めており、それをカンちゃんが抱き返して、綾の頭をよしよしと撫でていた。

菅原道真の、そのひと言がとどめだったらしい。

観念したらしい辰巳大明神が、

「かーっ！」

と、声を裏返して両手を上げ、体を投げ出すように降参する。

「あーもー、分かったわい！　降参や、降参！　天神様が味方になってもうたチームに、どないして勝て言うねん！　今この場を以て、鬼ごっこは終わりや！　さっ

さと片付けて帰ろっ！」

その瞬間、落雷の雨がぴたっと止み、雷雲が嘘のように消えてゆく。

鴻恩と魏然が、辰巳大明神達を背中に乗せて歩道に戻り、四条河原町の車道は元通りになった。

歩道に着いたカンちゃんが、「おーい」と手を振って魏然の背から降り、塔太郎に抱きつく。

「皆、凄かったぞ！　雷も剣術も扇子も格好よかった！　大儀であった！」

その瞬間、大、塔太郎、玉木は一気に疲れが出て座り込む。

大が、

「これで……訓練は終わりですか……？」

と辰巳大明神に訊けば、

「おぅ。終わりや、終わり！　まぁ何やかんやいうても、お前らよう頑張ったわ！」

と、労《ねぎら》ってくれる。

玉木が、しぼんだ風船のように脱力していると、

「御宮くん。お疲れ様でしたね。いざという時に、有効な手札を躊躇《ちゅうちょ》なく切れるのは、とても大切な能力ですよ。警察官として、また一歩成長されましたね」

と、菅原道真が褒めている。

座り込んだ三人の中で、真っ先に立ち上がった塔太郎が、師匠筋である鴻恩と魏然に頭を下げ、

「今日はありがとうございました。びっくりしましたけど、いつもとは違う修行が出来て楽しかったです。俺の欠点直ってました？」

と、弟子の礼を尽くしながら尋ねると、

「うん！　そう言ってくれて、俺も嬉しいよ。今回の修行を、皆に協力を仰いで企画した甲斐があったな！」

「欠点は……。まぁ、そこそこだな。直っている時もあったし、直っていない時もあった。次にまた直ってなかったら、吊《つ》るすからな。まぁ、今日はよくやっていた。鴻恩にあれだけ食らいつける人間は、お前ぐらいしかいないだろう」

と、二人が褒めたので、塔太郎は嬉しそうに表情を和《やわ》らげ、

「明日からも頑張ります！」

と、答えていた。

こうして、繁華街を舞台にした鬼ごっこは、一応は大達あやかし課の勝利という事で幕を閉じ、玉木の電話の報告で、今回の顚末《てんまつ》を聞いた深津も、実地訓練が最強の鬼ごっこになった事に驚きつつ、

「お前ら三人だけで、よう頑張ったな。次世代が着々と成長してくれて、俺も本部

も、嬉しく思ってるよ」

と、電話口で褒めてくれたのだった。

新京極商店街の鬼ごっこが終わった後、菅原道真は「面白かったですよ」と言って錦天満宮の本殿《ほんでん》へ帰ってゆくのを送っていった大達は、深々と頭を下げてお礼を述べた。

その後、一同は解散となり、鴻恩と魏然は八坂神社へ、辰巳大明神は、節子にやいやい言われて苦笑いしながらも、

「また、皆で遊ぼうや」

と、飄々とした笑顔を見せて、祇園の辰巳神社へ帰ってゆく。

そして、カンちゃんも、

「今日は本当に、本当に楽しかったぞ！　わしが、修行の協力者だと黙っていたのは、すまなかった。しかし、そなたら三人が、春の上七軒の時よりも力を付けておるのがよく分かって、わしも嬉しい。それでは、また会おうぞ！　いつでも文博に遊びに来い！」

と言って大達に手を振り、笑顔で元気に、館長達の待つ文博へと帰っていった。

玉木は、今日の報告も兼ねて、新京極商店街から直接府警本部へ行く事になり、残った大と塔太郎は、二人共くたくたの体で、ようやく喫茶ちとせに帰還する。

秋らしい乾いた風の音が、御池通りから聞こえてくる。ふと、窓を見ると、すっかり日脚《ひあし》が傾いていた。

店の前には、既に竹男が置いたらしいクローズの看板が出ており、もう客が来る事はない。二階の事務所には深津がいるものの、竹男は明日の食材の買い出しに、琴子は、別の事務所の応援に行っており、不在である。

一階の店内は、心地よい静寂《せいじゃく》さに包まれていた。

「塔太郎さん。今日はお疲れ様でした」

「うん。大ちゃんもお疲れー。ほんま、何か今日は凄い一日やったわ……。いや、ええ修行にはなったし、嬉しいんやけどな」

「確かに私も、繁華街で、実戦に近い訓練が出来たのは有難かったです。とはいえ……。その始まり方が、凄かったですよね」

「な。それしか言えへんよな。いくら訓練は、事前に言うたら意味ないとはいえ……。なぁ？」

二人で苦笑していると、二階から深津が下りてくる。

「おかえり、二人とも。今日の突発ミッションはどうやった？」

と愉快そうに訊くので、大と塔太郎は本心半分、冗談半分で、

「最高の一日でした！」

と、笑顔で答える。

返事はそうでも、実際は持てる力を出し切ったいい修行になったという大達の本当の気持ちを察した深津は、満足そうに頷いて労ってくれた。

「そうか。それやったら、よかったわ。今後、本部がまた、似たような訓練を実施するかどうかは分からへんけど……。いずれにせよ、塔太郎はもちろん古賀さんにとっても玉木にとっても、ええ修行になったみたいやし、実行してみてよかったわ。本部も、今後の訓練計画の、ええ参考になったって、さっき連絡が来たで。店は、もう竹男が閉めてるし、二人とも今日は夜勤じゃないはずやんな。このまま ここで、新京極の報告書を書いたら、もう上がってええで」

てきぱきと指示した後は、大達と入れ替わるように、用事があるからと出かけていった。

こうして深津が店を出た今、喫茶ちとせと事務所を合わせても、ここには、大と塔太郎の二人きり。

書類作成を始める前に、大は立ち上がって塔太郎に尋ねた。

「とりあえず、コーヒーを淹《い》れようと思うんですけど、どうですか？」

「ありがとう！　貰《もら》うわ。大ちゃんも飲むん？　紅茶？」

「いえ。今日は、カフェオレにしようかなって思います」

「なるほど。それもええなぁ」

「ですよね！　私、実は結構、カフェオレも好きで……。ほな、ちょっと淹れてきますね」

　大が厨房に立っていた時間は、決して長くはなかった。

　しかし、大が、コーヒーとカフェオレをトレイに載せて戻ると、塔太郎がテーブルに突っ伏す格好で眠っている。

「……塔太郎さん……？」

　大が、驚いてトレイを別のテーブルに置き、そっと様子を窺《うかが》ってみても、塔太郎が起きる気配はない。

　ついさっきも、二人で話していたように、今日は午前中から、大も塔太郎も走り回っていて、特に塔太郎は、新京極商店街での鬼ごっこが自身の修行である事もってか、ずっと全力を出し続けていた。

（それで、つい、疲れて寝てしもたんやね……。私がコーヒーを淹れてた、あんな短い時間のうちに……。こんなに熟睡するなんて……）

　よほど、疲れていたのだろう。修行がどんなに充実し、本人も苦ではないと言っていても、その事と、体に蓄積する疲労の度合いは、全く別の話である。

（むしろ塔太郎さんは、頑張ろうとすればするほど、疲れを忘れちゃう人やから……）

ここ最近、塔太郎が修行に励んだり捜査に協力したりと、忙しい日々を送っていた事も含めて、眠ってしまうのも無理はない。

新京極商店街での鬼ごっこの後でさえも、決着がついて、菅原道真を錦天満宮まで送る道すがら、塔太郎は菅原道真が話してくれる雷の扱いのコツやアドバイスを熱心に聞き、鴻恩や魏然はもちろん、辰巳大明神からも、欠点の指摘やアドバイスを授《さず》けてもらって、歩きながら勉強していた。

大は今、塔太郎の寝顔を見守りながら、新京極商店街からの帰り道で熱心に、懐から出したメモ帳に、教えてもらった事を書き留《と》めていた姿を思い出す。

その顔は終始、自身の切磋琢磨《せっさたくま》に純粋に励み、楽しむ、前向きな希望に満ちていた。

（塔太郎の奴……。何だか、以前に会った時と比べて、だいぶ雰囲気が変わったのう？　いや、決して悪い意味ではないが、あんなに明るい奴だったか？　いや、確かに以前も明るい奴ではあったが……。こう、何じゃろうな。人間的に軽やかに、輝いておる）

錦天満宮での、カンちゃんの言葉が脳裏《のうり》をよぎる。

（やっぱり、今の塔太郎さんは、凄く凄く、格好いい……）

相手が寝ているのをいい事に、大は、塔太郎の寝顔を愛しく見つめながら、そっと話しかける。

「塔太郎さん。私、今日、やっぱりあの訓練が出来て、ほんまによかったなぁって思います。あやかし課隊員として、いい経験になったのはもちろんですけど、一生懸命修行して、一生懸命勉強する塔太郎さんを見れた事が、一番嬉しかったです」

魏然や鴻恩に、修行を通して戦いの欠点を指摘され、その克服に果敢に、挑み続ける塔太郎。

皆から教えてもらった事をメモ帳に書き留め、信号待ちの時にそれを読んで復習し、うんうんと一人で微かに頷き、イメージトレーニングをする塔太郎の横顔。

どれも、最強の実力を持つ、エースの雰囲気はあまり感じられず、むしろその反対の、まるで新人隊員のような、初心忘るべからずの精神で、高みに挑もうとする謙虚《けんきょ》さが感じられる。カンちゃんが感じた、塔太郎の人間的な軽やかさや輝きというのは、そういう点なのかもしれなかった。

だからこそ、そんな塔太郎が疲労を溜め込んでしまわないように、このまましばらく、眠らせてあげたい。

しかし、今はまだ、勤務中である。そろそろ、起こさなければいけないと思った大は、塔太郎にそっと身を寄せて、肩を叩いて起こそうとした。

「塔太郎さーん……。起きて下さーい……」

大が、わずかに塔太郎の耳に、唇を近づけたその時。

塔太郎が、わずかに動く。

「うん……」

夢うつつなのか、その寝顔はとても無防備で。

「大ちゃん……」

と、小さく漏《も》れた声も、いつもより数段幼かった。

「……名前も……京都らしくて、可愛いやん……」

微かに紡《つむ》がれた塔太郎の寝言が、去年の四月、自分と初めて出会った日の、名前を褒められた時の言葉だと、大は気づいてしまう。

（もしかして……私の夢を、見てるの……？）

その時、またしても塔太郎が身じろぎし、その体から、清涼感溢れる塔太郎の匂《にお》いを感じた瞬間。大は、喩《たと》えようもない恋のときめきと、愛しさを注ぎたいという衝動が体中から突き上げて、

（あ……だめ……。まだ、告白すらしてへんのに……だめ……）

と、理性がどんなに働いても止められず、塔太郎の閉じられた瞼《まぶた》に、自分の唇を寄せていた。

愛していると、自分の存在の全てが、叫んでいた。

大の唇が、もう少しで触れそうになった時、塔太郎の目が薄《う》っすら開かれる。

「――っ!!」

我に返った大は瞬時に飛びのき、それを塔太郎は、初めはぼんやり見ているだけだったが、やがて覚醒《かくせい》していくうちに、顔を真っ赤にした大としっかり目が合い、大を見つめていた。

「……大ちゃん。今……」

「あの、今のは……。その……」

「……何を、しようとしてた……？」

「ね、寝てはったので……。お……起こそうと……してました……」

「……ほんまに……？」

「……はい……」

ここで、大が本当の事を言えなかったのは、今が勤務中という事もあったが、それ以上に、後日総代と共に東京へ行き、総代の恋人の振りをして、総代の家族に会うという役目が待っている事を、思い出したからだった。

そういう行事が控えているのに、今ここで、自ら別の男性に、色めいた事をするのは何となく恥ずかしく、いけない事のような気がしてしまう。

なのに、あんな衝動に駆られた自分を恥じて、大はとうとう無言で、俯いてしまった。

「……」

傍目《はため》には無言でも、大の心の中は、

（どうしよう、どうしよう……。何で私、あんな事したん……！）

という戸惑いや後悔でいっぱい。起こそうとしたという言葉が嘘であると、塔太郎が察しているのは明白であり、そうなると、大が何をしようとしていたかも、塔太郎は気づいているだろう。

塔太郎から返ってくるのがお叱りか、はたまた、軽蔑《けいべつ》の眼差《まなざ》しかと怖くなった大は、

「すみません……。あの、私、起こそうと……して……」

と言い続け、それ以上は言えなかった。

内心震《ふる》える大だったが、塔太郎は、驚きこそすれ、怒りや軽蔑の雰囲気は醸《かも》し出しておらず、

「……別に、嫌じゃなかったよ。起こしてくれて、ありがとう」

とだけ言って、細めた目の視線だけで、大を思いやってくれた。

「ごめんな、俺、寝てたわ」

「いえ……。全然、大丈夫です……」

大がしようとした行為はもちろん、今、大の顔が真っ赤である理由も、塔太郎は問わない。

嫌じゃなかったという塔太郎の返事には心が籠《こも》っていて、それも含めて、大は塔太郎の気持ちを訊こうとしたが、一度失礼を働いた身なので、もうこちらからは何も言う事は出来なかった。

数秒、互いに無言の時が続いたが、塔太郎が、トレイに載ったコーヒーを指す。

「それ、淹れてくれたんやな。ありがとう。——ほな一緒に、書類書くか！」

「は、はいっ！」

場の空気を明るくしてくれた事に、大は心からほっとする。

コーヒーやカフェオレを飲みながら、二人で書いた今日の報告書の作成は、順調に終わる。

さあ帰ろうとなった時、塔太郎が思い出したように、顔を上げた。

「大ちゃん。そういえば……。この前行った、清水焼体験はどうやった？　土の精《せい》霊《れい》の事件の話は、だいたい聞いたけど」

「めっちゃ勉強になりました。塔太郎さんも、あの日は特練で、深津さんから新技を教わったはったんですよね。どうでした？」

これを皮切りに、大と塔太郎は、清水焼体験や特練で、互いに得たものを報告し合う。

塔太郎の新技については、特練の日には実用化まで至れなかったものの、精度は増して、翌月くらいには完成出来るだろうという。

「深津さんから、めっちゃしごかれたわ。これ以上怒られへんためにも、早く実用化させなな」

塔太郎は微笑み、右手を握ったり開いたりしていた。

「楽しみですね。もし完成したら、私にも見して下さい！」

「もちろん。そのために俺、頑張るわ。大ちゃんは？　作った清水焼は、もう持って帰ったん？」

「まだなんです。三越《みつこし》さんが焼いて下さって、それから、家に届くんです。私のお皿は、総代くんにあげる事になってて……」

「そうなん？」

「はい。私のお皿のデザインが気に入ったからって、頼まれたんです。何か、芸術家に認められたみたいで、ちょっと嬉しいですよね」

「ええなぁ、それ」

「え？　お皿が……ですか？」

「うん。お皿を貰えて、ええなぁ、って」

目をぱちくりさせた大が塔太郎を見ると、塔太郎は、お代わりで淹れたコーヒーカップを片手に持ちつつ、目を細めて大を見つめている。

その眼差しは、単に物が欲しいのではなく、幼い少年が美しい鉱物を欲しがるような、そんな清らかさをたたえていた。

純粋さと、ほんの少しだけ感じる熱を受けて、大は再び、思わず首筋を薄《う》っすら赤くし、わずかに俯く。

「お、お皿やったら、百均にもありますけど……？」

「俺はこだわる男やからなぁ。世界に一つだけのもんがええねん」

「それは、なかなか、難しいですね……？」

「そうか？」

喫茶店業務の時や、あやかし課隊員としての任務の時は、大は後輩として、塔太郎の考えている事が、特に近頃はよく分かるようになっている。

それなのに、先ほどといい、今といい、こんなにも塔太郎の心が分からないのは、大にとって久し振りだった。

（何か、あの時の……。稲荷神社《いなりじんじゃ》の任務をやった後の時みたい……）

この流れになったきっかけは、間違いなく、「大の作った皿」に端を発するもので、さすがの大も、自分から、「私の作った物が欲しいの」と訊く勇気はない。

しかし肝心《かんじん》の塔太郎は、もう何も言わなくなっていて、静かにただ微笑んで、コーヒーを飲むだけだった。

稲荷神社の任務の直後と違い、今は塔太郎と距離がある訳ではない。しかし、大は塔太郎の心が分からず、また自分も、東京行きという秘密を抱えている事から、別の意味での、もどかしさがあった。

そんな思惑《おもわく》が絡まって、大も黙って、カフェオレを飲むだけ。

ふいに塔太郎と目が合うと、塔太郎がふっと力を抜いて微笑むので、その瞬間だけ、大のカフェオレはこれでもかと甘くなり、胸がときめくのだった。

「まぁ、とりあえず、お皿の話は置いとくとして……。清水焼体験は、店長候補の参考になったか？」

「そっ、そう！　聞いて下さい塔太郎さん！　めっちゃ貴重な体験が出来たんです！」

無言の意味を察してか、塔太郎が、話題を変えてくれる。大も、それに乗って身を乗り出し、自分の恋のもどかしさは一旦脇に置いて、今度は店長候補として、宝春窯《しゅんがま》で得た見聞《けんぶん》を塔太郎に話した。

塔太郎も、先ほどの事は忘れて、うんうんと熱心にそれを聞く。

やがて、大から全てを聞き終えた塔太郎は感嘆の声を上げ、

「なるほどなぁ。確か、大ちゃんが配属したての頃、星ノ《ほしの》音会《ねかい》の騒動で似たような事を言うた気がするけど……。文学にせよ陶芸にせよ、ほんまに文化っていうのは、色んな人の努力で出来てるものやねんな。京都と東京の話も、盲点というか、何というか、俺も目から鱗《うろこ》が落ちた思いやわ。確かに、三越さんや総代くんの言う通りやな。過去と現在の首都同士と考えると、何か、京都と東京が近い親戚のように思えるわ」

自由という要素が京都にもあると考えると、京都という町そのものが、大きな変化に富んだ未来を持っている気がする。

塔太郎は大にそう話し、その考察を、大はうんうんと聞いて頷いていた。

「私も塔太郎さんのその気持ち、めっちゃ分かります。せやから私、実際にこの目で見てみたいと思うんです」

「何を？」

「京都の町と……東京です」

塔太郎と様々な事を話していくうちに、大は、自分の心が塔太郎の存在によって、だんだん開かれていくのが分かる。

自分が色んな事を学んで成長している事を、その瞬間、その全てを、塔太郎と共有したいと思う。

だからこそ、自分の人生の重要な出来事になるであろう、東京行きの事は秘密にしておく事が出来ず、

「あの、塔太郎さん。実は、まだ、塔太郎さんには言うてへんかったんですけど、私、今度……」

と、大が切り出すと、

「東京に行くんやろ。総代くんと」

と、塔太郎が即答したので、大は驚きのあまり「えっ?」と変な声を出してしまった。

「何で、知ってるんですか⁉」

「この前、総代くん本人から聞いた。かいつまんだ事情も一緒に」

「そうやったんですか……」

塔太郎がいつ、総代から話を聞いたのかは分からない。

しかし塔太郎は、誰かにこの話をした形跡もなければ、大が切り出さなければ、ずっと黙っていたはずである。

それはおそらく、この東京行きが、総代の家族に関わる真剣なものであるため、

それに対して、塔太郎は誠実に対応したのだろう。

そういうところが好きだと大は思い、

(東京へ行って、総代くんとの約束を果たして、京都に帰ってきたら……。次は塔太郎さんに、私の最後の秘密を打ち明けよう。塔太郎さんに、想いを伝えよう)

と、大が決心したのは、この時だった。

「塔太郎さん。——東京のお土産、買ってきますね。綺麗なお皿を。なので、待ってて下さいね」

と、大がまっすぐ言うと、

「うん。待ってる。気ぃつけて行きや。それと、楽しんで」

と、塔太郎は優しく返事して、コーヒーカップを置いた。

「東京へは、朝から行くんか?」

「はい。総代くんのご家族と会うのは夕方だそうですけど、昼間は東京観光をする予定です。店長候補の勉強のために、東京のカフェにも行こうと思うんです」

「なるほどなぁ。しっかり見てきて、喫茶ちとせの将来に活かしてや。……せや。その店長候補になったお祝いとして、大ちゃんに渡すもんがあったんや」

驚く大に、塔太郎が自分の鞄《かばん》から出して渡してくれたものは、綺麗に包装された、小さな箱。

結ばれたリボンの端には「燈桜館《とうおうかん》」と刺繍《ししゅう》があり、大が包み紙を開くと、箱の中にはペンダント型の、赤色や桜の装飾が随所に施された、美しい砂時計が入っていた。

「綺麗……！　これって……⁉」

「大ちゃんがまた一つ成長した、俺からのプレゼント。紅茶にしろ、コーヒーにしろ、上手く淹れるには砂時計が必要やって、ネットで見てん。せやし、大ちゃんが、祇園の事件の時に行った桜のお店で、買ってみた。一分が計れる砂時計なんやって。大ちゃんは、桜と可愛いのが好きかなと思って……」

「ほんまに……頂いてもいいんですか……？」

嬉しさのあまり、かえってうろたえる大の手を、塔太郎がそっと持ち上げる。

その手に砂時計をしっかり握らせて、

「配属してからずっと、俺は大ちゃんの成長を見てきた。これからの成長も、楽しみにしてる」

俺も頑張るから、大ちゃんも頑張れ。

そう言われた瞬間、大の目に涙が溜まる。

それがもう少しで零《こぼ》れ落ちそうになった時、店のドアベルが鳴って、

「ハロー！　コニチワ！　アリガァト、ゴザイマース」

と言いながら、マリーちゃんの飼い主と、彼に抱かれたマリーちゃんが入ってきた。

いきなり騒がしくなった店内に、大の涙は引っ込んでしまい、塔太郎は苦笑いで英語での対応に苦戦する。

大も苦笑して飼い主と片言で話し、深津の帰りを待つように言って何とか二階へ上がってもらった後、塔太郎と一緒に微笑み合った。

「塔太郎さん。素敵なプレゼント、ありがとうございます！　まずは東京へ行って、沢山勉強してきます！」

「うん。頑張れよ！」

この数日後、大は朝出発の東京行の新幹線に乗って、前日に実家に帰った総代の待つ、東京へと旅立ったのだった。

幕間　二

まさか、彼女は、寝ている俺《おれ》に、口付けしようとしていたのだろうか。

最初は、寝ぼけていたので分からなかったが、徐々に目が覚めてその事実に気づいた瞬間、彼女を引き寄せて、抱き締めて、想いを伝えたい衝動《しょうどう》を抑えるので精一杯だった。

「……大《まさる》ちゃん。今……」

「あの、今のは……。その……」

「……何を、しようとしてた……？」

「ね、寝てはったので……。お……起こそうと……してました……」

「……ほんまに……？」

「……はい……」

彼女がそう言ってしまえば、もう俺は何も言えない。俺自身、総代《そうしろ》くんとの約束があったので、それ以上の行動を起こす事は出来なかった。

それでも……。それを無視してでも、と心が叫ぶ。

「……別に、嫌じゃなかったよ。起こしてくれて、ありがとう」

その言葉と、好きな気持ちをいっぱい込めた眼差《まなざ》しだけを、彼女に向けた。

その後は、彼女と色んな話をして、心を込めたプレゼントを贈っても、強引に彼女を抱き締めてしまわなかった自分を、褒《ほ》めてやりたい。

今日は、久し振りに一緒に勤務出来て、嬉《うれ》しかった。

やっぱり大ちゃんは、いつだって俺を元気にしてくれる。可愛《かわい》らしいその存在感で、俺を癒《いや》してくれる。

そんな大ちゃんだからこそ、店長候補に選ばれて、一生懸命勉強して、同期を助けに、東京へ行くんやんな。

大ちゃん。気をつけて行ってきてな。

そして、帰ってきてくれた後は……。伝えたい気持ちがある。

その時が訪れる事を、俺は心から願っていた。

第三話　東の都と西想う君

東京行きの当日は、見事な晴天だった。

乗車した新幹線が京都駅を出発した直後、大《まさる》が東京で待つ総代《そうしろ》にメッセージを送ると、

〈こっちもいい天気だよ。今日は最高の観光日和《びより》になりそうだね。着いたら連絡してね。東京駅の、丸《まる》の内《うち》北口で待ってるね〉

と返事がきた。大は「了解！」と打ち、可愛《かわい》い猿《さる》が敬礼するイラストの画像を送り返した。

平日ゆえか車内は混んでおらず、家族連れは少ない。その代わり、座席のテーブルにノートパソコンを置いて、仕事を進めている人がいたり、資料らしき書類の束《たば》を読みながら、チルドカップのコーヒーを飲んでいる人もいた。

（皆、出張で東京へ行かはんのかな。まさに、ドラマに出てくる一流のビジネスパーソンみたいで、めっちゃ格好いい！）

京都駅の売店で、朝ご飯用に買ったお弁当を食べながら、大は車窓から景色を眺《なが》める。周りの、経済の最前線を行くビジネスパーソン達に比べて、自分はまるで、わくわくしながら遠足へ行く子供のようだった。

しかし事実、今の大はそんな気分であり、行きの新幹線から既に、この日帰り旅を楽しんでいる。今食べているお弁当は、京都駅に行けばいつでも買えるのに、今

日だけの特別なお弁当に見えて美味《おい》しさも倍増する。一緒に買った焙《ほう》じ茶《ちゃ》は、偶然にも先日琴子《ことこ》と話していた、南山城村《みなみやましろむら》で作られたお茶だった。

早くも名古屋駅に近づく新幹線の外の風景は、田園を越えて、山を越えて、鴨川《かもがわ》の何倍もありそうな大河を越えて、ビルが立ち並ぶ名古屋駅へと、目まぐるしく変わる。

そのどれもが、京都の景色とは全く違う。南山城村の焙じ茶がなければ、自分が何だか京都を忘れてしまうような、あるいは京都と切り離されたかのような、真《ま》っ新《さら》な存在になるようだった。

（でも、それと同時に、やからこそ自分は『京都の人間なんや』と実感する……。何だか不思議。地元以外の景色を見て、世界は広いっていうのを実感するのが、旅っていうもんなんかな）

その昔、地方から京へ、鎌倉から京へ、江戸から京都へとやってきた人々も、あるいは逆に、京都から帝都・東京へやってきた戦前の人達も、こういう気持ちを抱《いだ》いたのだろうか。

そんな事を考えながら、大は、お守りとして今日も鞄《かばん》に入れてきた、塔太郎《とうたろう》から貰《もら》ったペンダント型の桜の砂時計を、そっと座席のテーブルに置いた。

現在の日本の首都は、東京である。

名実共に日本の中心地であり、ここには経済・政治・流行等の最先端が集中している。現在の天皇陛下ならびに各皇族のお住まいもここにあり、総理官邸も、ここにある。

人口密度も、京都とは桁違《けたちが》い。大は、新幹線から東京駅のホームに降りて、丸の内北口へ向かう通路で早速、洗礼を受けたかのように圧倒された。

(す、凄《すご》い人の数……！　ほんで、丸の内北口って、どうやって行ったらええの……⁉)

ビジネスパーソン、私服の人、キャリーバッグを転がす観光客等がひっきりなしに行き交《か》うだけでなく、通路の上部や、柱に掲示されている案内板の数も膨大《ぼうだい》である。八つ手状に、通路が無数に延びているように見え、自分のスマートフォンで検索しながら、大は何とか、第一の目的地に辿《たど》り着いた。

そこに着いてしまいさえすれば、心強い旅の仲間が待っている。

「古賀《こが》さん！　おはよう」

丸の内北口の改札を抜ければ、東京駅丸の内駅舎のドームが広がっている。八角形上に立つ、八本の柱のうちの一本の傍《そば》で、私服姿の総代が大に手を振っていた。

「総代くん！　おはよう！　会えてよかったーっ」

「ふふっ。熱烈な挨拶《あいさつ》をありがとう。そんなに、僕に会いたかった？」

「だって！　駅の中でめっちゃ迷ったんやもん！　物凄い人やし、通路もめっちゃ複雑やし。私、ここに辿り着けへんかと思った。総代くんを見つけたら、めっちゃ安心した！」

「確かに、ここはいつも凄い人だからねー。大阪の梅田《うめだ》の地下通路も、そんな感じだよね。今日は僕がいるから、安心してね」

「うん！」

ひとしきり話して、大はふと上を見る。文明開化の歴史を思わせるようなドームの天井《てんじょう》は八角形の構造であり、八羽の大鷲《おおわし》をはじめ、沢山《たくさん》の純白のレリーフで飾られていた。

「凄いよね。京都だと、こういうレトロモダンの建物も多いけど、東京では少ないんだ。だから、僕もここは結構特殊というか、特別な場所に思えるよ。——さぁ。行こう」

総代に誘われて外に出ると、いよいよ大は、「わぁ」と思わず声を上げる。

さぁーっと新しい幕が上がったように、東京のビル街が広がっていた。

レトロな赤煉瓦《あかれんが》造りの東京駅舎と、それを取り囲む高層ビルの数々。爽《さわ》やかな青空と午前の日の光を、そびえるビル達が目いっぱい吸って、鏡のように美しく、互いを映し合っている。

赤煉瓦の駅舎はともかく、景観保護のために建物の高さ制限のある京都では、絶対に見られない光景だった。

その雄大さに、大はしばらく動けなかった。

(京都とは別の威厳を感じる……。これが、東京……！)

少し歩くと、丸の内駅前広場と芝生《しばふ》があり、高層ビル群の海を割るように、行幸《ぎょう こう》通りが東京駅の中央からまっすぐに、皇居に向かって延びている。

この通りは幅が広くて遠くの青空まで見渡せるので、吹いてくる風が、陽光と合わせて心地よかった。

「何か、アメリカに来たみたい」

大が思うまま口に出すと、総代がくすりと笑う。

「ここは東京だよ？　アメリカじゃないよー」

大が目を輝かせて、辺りを見回す姿を嬉《うれ》しそうに見つめた総代は、大がじっくり見終えるのを待って、タクシーを拾ってくれた。

大もタクシーに乗り込むと、総代は運転手に行先を告げ、大には今日のスケジュールを告げる。最初は、大が事前にリクエストしていた日枝神社《ひえじんじゃ》であり、その後の観光スケジュールは、赤坂《あかさか》、明治神宮《めいじじんぐう》、表参道《おもてさんどう》、最後に皇居となっていた。

　それを聞いた大は一つだけ意外に思い、

「あれ？　浅草《あさくさ》は入ってへんの？　有名な場所やし、てっきり行くもんやと思ってた」

　と言うと、総代は「だいぶ迷ったんだけどね」と前置きしてから、残念そうに唸《うな》っていた。

「夕方に、祖父と会う予定が先に決まってるからね。そこから逆算すると、時間的に外《はず》さざるを得なかったんだ。ごめんね。行きたかった？」

「ううん。大丈夫！　東京やったら、どこでも興味あるし！」

「そっか。よかった。実は今回は、僕が生まれ育った東京の景色そのままを、古賀さんに見てほしかったんだ。だから、こういうスケジュールにしてて……」

「ほな、今日行くところは全部、あやかし課隊員になる前の……。私と出会う前の総代くんが、生活してた街の景色なんやね」

「うん。正真正銘《しょうしんしょうめい》、僕の『地元』だよ」

　総代にとって、同じ東京でも浅草は観光地という位置づけであり、生活圏の意味での「地元」というには、浅草は少し外れるという。

「でも、昔はよく浅草でも写生してて、小腹が空《す》いたら、メンチカツとか人形焼を食べてたなぁ。懐かしい」

思い出しながら、総代がスマートフォンの写真を見せてくれる。賑《にぎ》やかな仲見世《なかみせ》通りや浅草寺《せんそうじ》、可愛い人形焼が、画面越しの紙に生き生きと描かれていた。

「浅草のメンチカツは本当に美味しいよ。具材が大きくて、濃厚で、食べ応えがある。実は僕、一度だけメンチカツの実体化に挑《いど》んだ事があるんだけど……」

「どうやった？」

「何も味がしなかった。やっぱり、メンチカツは実際のお店で買うに限るね」

「そうなんや！　やっぱり、食べ物の実体化は難しいんやね」

揚げ物の話をしていると、大はふと、塔太郎の実家を思い出す。

塔太郎の実家は揚げ物屋ではあるが、確か、メンチカツは商品になかったと心の底のまさるは記憶しており、

（浅草のメンチカツ、塔太郎さんやったら、どんな反応するかなぁ）

と、想像しかけてすぐに、今日だけは塔太郎の事を極力思い出さないようにしなければと、大は自分を律するのだった。

総代が挙げたもう一つの名物・人形焼は、提灯《ちょうちん》や鳩《はと》、五重塔《ごじゅうのとう》など、様々な形のカステラのお菓子で可愛らしい。

話を聞くと食べたくなったので、大はわざと、ちょっとだけむくれてみせる。

「ごめん、ごめん。今日は行かないのにね」

と、総代は笑って謝り、

「その代わり、日枝神社の後の赤坂では、美味しいものを予定してるからね」

と、にこやかに宥《なだ》める総代もまた、生き生きとしていた。

大達を乗せたタクシーは、皇居を右手に日比谷《ひびや》通りや晴海《はるみ》通り、内堀《うちぼり》通りを走り、やがて、警視庁や国会議事堂が見えた時、大はいつもテレビで見ているものが目の前に、と興奮し、顔を窓に近づける。

その直前にも、大は、東京駅と同じ赤煉瓦造りの大きな建物に目を留めて、

「あの建物は、何？」

と、タクシーの中で総代に訊《き》いた。

「法務省の旧本館だよ。すぐ横に合同庁舎があって、今の法務省はそこにあるんだ」

という総代の説明を聞きながら、大は、皇居の横に日本の行政機関の中枢が集まっている事を知り、

「あれ。よう考えたら、それ、京都も一緒や」

と、京都御苑《きょうとぎょえん》の西にも、京都府庁をはじめ文化庁や京都府警察本部、近畿農政局京都府拠点や第二赤十字病院など、重要な施設が集まっている事に気がついた。

総代にもそれが分かったらしく、

「本当だ。皇居と京都御所《ごしょ》、それぞれ、天皇が住まう場所を中心にして、町の構造が一緒だね。やっぱり今昔の都で、共通するところがあるんだね」

と、総代も頷《うなず》き、大は早速、京都と東京の意外な共通点を見つけたのだった。

日吉《ひよし》・日枝・山王神社《さんのうじんじゃ》の総本宮《そうほんぐう》である滋賀県の日吉大社《ひよしたいしゃ》は山全体を境内《けいだい》としているが、赤坂の日枝神社はビル街の中にあり、本殿《ほんでん》へと続く長いエスカレーターの参道もある。

しかし、境内や本殿はあくまで厳《おごそ》かで静かであり、都心の生活と神様への信仰が、東京なりに、上手く合わさっているような神社だった。

大と総代が、本殿にお参りして帰ろうとすると、その両側に鎮座《ちんざ》している、赤いマントのようなものをまとった神使《しんし》の猿の像二体がにわかに動く。

「ちょいとお嬢《じょう》さん。そこの、魔除《まよ》けの簪《かんざし》を挿《さ》したお嬢さん。ひょっとするとあなたは、日吉大社から来たのですか」

片方が大に尋ねたので、大はすぐに頭を下げて挨拶し、自分の事を説明する。

まさるの事や、魔除けの力を授《さず》かった経緯、日吉大社の神々にも挨拶した事等を話すと、神猿《まさる》の像達は嬉しそうに笑って、マントから、清らかな空気を出してくれた。

「ははぁー。なるほど。京都の御所の、猿《さる》ヶ辻《がつじ》さんのお弟子《でし》さんなんだね。それに恥《は》じない、よい目をしているね。猿ヶ辻さんや、日吉大社の皆はお元気ですか」

もう片方の神猿も、遠くから大達に手を振って、赤いマントをパタパタさせる。

「ずっと前、私は、杉子《すぎこ》さんとお食事をした事がありますよ。それからもう随分と経《た》ちますけれど……。杉子さんにも、よろしくお伝え下さいね」

その直後、霊力《れいりょく》がなく、神猿が秘《ひそ》かに動いている事に気づかない参拝者が、その神猿に向かって手を合わせている。それに気づいた神猿は慌ててその人に向き直って、参拝者の願いに耳を傾けていた。

会話に花が咲いた後、二体の見送りを受けて、大と総代は神社を後にする。

その帰りの、参道のエスカレーターで、大は面白い発見をして、

「見て、総代くん！　あそこのビルに神社が映ってる！」

と、総代の肩を叩《たた》いて呼んだ。

近くの高層ビルの側面が、巨大な鏡のようになって、日枝神社の本殿全体を映している。まるで、空中に神社が現れたような現象に、大は驚きと興奮を隠せなかった。

「ビルっていう鏡に本殿が映るなんて、めっちゃ素敵……！」

まるで別の世界の、もう一つの日枝神社を見るようである。高層ビルの中に鎮座する日枝神社ならではの、あるいは、東京ならではの、神秘的な光景。

総代は、東京で生まれ育ったのにこれは盲点だったらしく、

「本当だ。古賀さんに言われるまで、全然気づかなかった。今度は、京都と東京の違いを見つけられたね。ありがとう」

と、新たに知った地元の特徴を喜んでいた。

そのまま大達は赤坂方面に向かって歩き、総代が連れていってくれた場所は、無数の綺麗《きれい》な花が咲き誇る、紅茶とハーブティー中心のカフェ。「青山《あおやま》フラワーマーケットティーハウス 赤坂Bizタワー店」という名のそのカフェは、花と緑に囲まれた洗練された空間で、花屋も併設されていた。

「古賀さん、どう？ 人気のカフェで調べたらここが出てきたから、来てみたんだけど……。店長候補の勉強になる？」

「もちろん！ めちゃくちゃ素敵！ 連れてきてくれて、ありがとう！」

花が生《い》けられたテラス席で、大はバラの紅茶を、総代はローズソーダを注文する。

運ばれてきたバラの紅茶は、紅茶やバラの花弁が入ったポットはもちろん、茶漉《ちゃこ》しや砂時計も添えられた本格派。大は目を輝かせながら、少しずつ落ちる砂時計の砂と、ジャンピングと呼ばれる、ポットのお湯の熱対流で茶葉がふわふわ上下したり、色素が溶けていく様子を楽しんだ。

（ポットもカップも透明なガラス製なんは、ジャンピングや飲み物の色を楽しむためなんやね）

総代のローズソーダも、同じく透明のグラスに入っている。鮮やかなピンクのソーダに、乾燥させたバラの花びらが数枚散らされているのが美しい。

（お花のフレーバーティーとか、お花のジュースは、見た目も香りも楽しめて、女性のお客さんに好まれそう。ここは、店内もメニューも、お花やハーブで統一されて、コンセプトが分かりやすいのも人気の秘訣《ひけつ》かな……？）

大は熱心に、このカフェの色んな要素を吸収する。それを見ていた総代が、

「古賀さんも、何だか花みたいに見えてきた。美味しい飲み物や知識を沢山吸って、いつか、綺麗な花が咲くんだろうね」

と、花に喩《たと》えて店長候補の応援をしてくれたので、大は胸いっぱいになって微笑《ほほえ》み返した。

花園と紅茶を楽しんだ後は、総代が予約しておいてくれた店で昼食を取り、東京メトロ千代田《ちよだ》線で明治神宮へ向かう。

明治神宮前〈原宿《はらじゅく》〉駅で降り、森のような広大な境内の静謐《せいひつ》さに感動し、真摯《しんし》にお参りを済ませた後、大達はのんびり表参道を歩く。

「さっき連絡がきたんだけど……。おじいちゃんと会う場所が、予定通り帝国ホテ

ルに決まったよ。だから、表参道ヒルズでお洒落《しゃれ》な服を買って、それに着替えて、おじいちゃんに会おうね。僕の分も含めて、着替える場所と時間は、近くの美容室を予約してあるし、もちろん、そのお金はこっちで持つよ」

「それ、一応事前には聞いてたけど……。ほんまにいいの？」

「いいよ、いいよ。むしろ、帝国ホテルへ行くんだったら、今僕らが着てる観光向けの私服じゃなくて、お呼ばれ用の、綺麗な服の方がいいと思うよ。僕も、古賀さんのそういう姿を見てみたいしね」

「そうなんやね。ほな、お言葉に甘えて……。何から何までありがとうな、総代くん。馬子《まご》にも衣裳《いしょう》とか、言わんといてや？」

「大丈夫。言わないよ。――感謝するのは僕の方だよ。東京に来てくれて、本当にありがとう」

この間も、空は一つの濁《にご》りもないほど晴れ渡っていて、どんなに行き交う人が多くても、気分まですっきり爽やかになってくる。

そのせいだったかどうかは分からないが、表参道を歩く大達の背後に、不吉な影が忍び寄っている事に、大も総代も気づく事が出来なかった。

——今頃、大ちゃんは、東京観光を楽しんでるやろな。

時計を見ると、夕方に近づいている。塔太郎は、東京へ向かった大の事を考えていたが、すぐに隣の栗山《くりやま》の、

「あー、美味《うま》い。やっぱこれほんま美味い。おっちゃん、ほんまありがとう！俺、この天丼《てんどん》と結婚する」

という、店先へかける伸びやかな声が、塔太郎を現実に引き戻した。

揚げ物屋である塔太郎の実家は、三条会《さんじようかい》商店街の中にある。夕飯の準備の時間帯となれば、おかずに揚げ物を求める客で、にわかに活気づく。

店主を務める塔太郎の父親・隆夫《たかお》は、客が集まる店先と厨房《ちゆうぼう》、時折、塔太郎達が座って天丼を食べている居間や、家の奥にある倉庫を行ったり来たりして、商売に精を出していた。

府警本部での取り調べや情報提供、捜査の協力等の帰り道、栗山が、

「もう腹減って死にそう。昼飯、なしやったもんなぁ……。俺《おれ》、お前んちの天丼が食べたい」

と言ったので、自分の職場に戻る前にまず、それぞれの上司に許可を取ったうえで、二人で塔太郎の実家に寄り、遅い昼食を取る事にしたのだった。

いざ店に到着して、隆夫の忙しさを見た塔太郎達は、空腹も忘れて手伝おうかと

申し出たが、この道四半世紀以上の隆夫は息切れひとつ見せる事なく、

「別にええよ。忙しいけど、ありがたいだけで辛《つら》い事は全然ないし。自分らも、やっと遅いお昼なんやから、しっかり食べとき。ていうか、栗山くんは正規の警察官やん。手伝ったらあかんやろー？」

と言い、合間を縫《ぬ》って、塔太郎達にお茶を出してくれた。

天丼の調理自体は、忙しい隆夫に代わって塔太郎が全《すべ》て行ったが、店の看板メニューであるだけに塔太郎も作り方は知っており、隆夫の揚げ方や味付け、盛り付け方等を完全になぞる。出来たての二人分の天丼を、塔太郎が居間のちゃぶ台に置くと、それが好物である栗山は、両拳《りょうこぶし》を天に突き上げて歓喜した。

隆夫の作る味と何ら変わらぬ天丼を、ふっくら盛ってある外見からまず目で味わい、匂《にお》いを鼻で味わい、じっくり綺麗に平らげて以降、栗山はもちろん塔太郎も、このうえない満足感を得た。

「ごちそうさまでしたー。ええなー、塔太郎。お前、その気になったら、ここの天丼をいつでも食えるんやろ？」

「いや、この天丼は商品やからな。親父《おやじ》が揚げんのをミスったとか、売れへんもんが出た時ぐらいしか食えへんで。せやし、今俺らが食ったみたいな、ちゃんとした完成品を食べるんやったら、お前はもちろん、俺でも代金を払わなあかん」

「えっ⁉　今、俺が食ったやつ？　お前が作ったのに？」

「作ったんは俺でも、材料や油は店のやつやもん。そら原価かかってるよ」

「あぁ、それやったら払うわ」

いくら？　と栗山が訊こうとした時、ちょうど居間に入ってきた隆夫が、会話を聞いていたらしい。

「栗山くんは、サービスでええよ。毎日頑張ってんにゃし、いくらでも食べ」

と言って、栗山を喜ばせる。

親父、気前ええなぁ、と、塔太郎は息子として感心したが、父親の方は、他人には甘くても自分の子供には無慈悲であり、

「あ、でも、お前からはちゃんとお金貰《もら》うで。栗山くんの分も払ってや」

「何でやねん」

と、塔太郎に請求するのだった。

塔太郎も栗山も、職業柄なのか比較的食べるのが早く、二人とも完食して時計を見ても、夜勤のない日の終業時間まではもちろん、正規の休憩時間の終了までさえ、まだ余裕がある。塔太郎と栗山は、それぞれの上司・深津《ふかづ》や絹川《きぬかわ》から、休憩時間をきちんと使い切ってから職場に帰ってくるようにと、労働基準法の遵守《じゅんしゅ》を命じられていた。

ちょうど病院から帰ってきた塔太郎の母親・靖枝《やすえ》が、おやつに買ってきたという和菓子を出してくれたので、塔太郎達はそれを食べつつお茶を飲みながら、ぼんやりテレビを見て時間を潰《つぶ》す。

テレビは、ちょうどバラエティ番組のニュースになっており、政治や経済、スポーツといった様々な報道を見ながら、塔太郎と栗山は、今日、あやかし課本部で行った取り調べを思い出した。

「栗山」

「ん？」

「今日の、船越《ふなこし》の部下の取り調べ、なかなか進まへんかったな」

「進まへんかったていうか、部下は何も知らんかった、っていうのが正解やわな。まぁ、得られた情報も、多かったっちゃあ多かったけど……。俺らは見てへんけど、明らかに忘却の術みたいなんをかけられてた奴《やつ》もいるみたいやし。天上《てんじょう》決戦の時の、あれだけの船や人員はどっから調達してんねん、とか、そういう内部事情は、手掛かりさえ全然摑《つか》めへんらしいな」

「その辺がきっと、信奉会《しんぼうかい》の上層部の、賢《かしこ》いところなんやろな」

「……坂本。あんまり焦《あせ》んなよ。取り調べで、とりあえず今は『向こうも休戦状態だろう』っていうのだけは分かったんやし、落ち着いていこうや」

「せやな。お前の言う通りやわ」

何よりも信頼出来る友の言葉に、塔太郎は頷いてお茶を飲む。

今は慎重に、ゆっくりいけばよいのだと、小さく息を吐《は》いて力を抜く事が出来た。


七月の天上決戦で逮捕した、船越の部下や雑兵《ぞうひょう》達は、ただ戦《いくさ》に召集されただけの末端の者達は専門の寺へ送り、内部事情を知っていると思われる者達は、府警本部に収監《しゅうかん》して取り調べをしていた。

しかし、決戦前に逮捕した喜助《きすけ》同様、雑兵達は口を滑《すべ》らせないよう術が施《ほどこ》されており、専門の陰陽師《おんみょうじ》隊員が調べても、喜助も含めてその術を解除する事は出来なかった。

「多分、以前の、月詠《つくよ》さんが射かけられた矢とか、武田詩音《たけだしおん》さんが食べたお菓子とか、それらに含まれていた術と類似のもののように思います。要は、そう簡単には解けない術ですね。よほど凄腕の術者が、向こうにいるのでしょう。月詠さんや詩音さんの時は、単に意識と行動を操《あやつ》るものでしたが、雑兵達にかかっている術は記憶に関するものなので……。無理に解除すると、全ての記憶ごと、変になってしまう恐れがあります。術と、自《みずか》らの霊力の差が大きすぎるためか、既に供述があやふやになっている者も確認されております……。

ですので引き続き、我々選抜された陰陽師隊員は、これら一連の術の、安全な解除の方法を探っていきます。坂本さんもぜひ、ご協力をお願いします」

担当した陰陽師隊員は、塔太郎達にそう話し、どんなに口が軽くても、喜助をはじめ雑兵達の供述は、しばらく期待出来ないだろうという事だった。

陰陽師隊員の、この見解を受けたあやかし課の上層部は、雑兵達の取り調べは一旦中断し、船越の直属の部下である桜子《さくらこ》や卓也《たくや》、そして、神崎《かんざき》の分身の発言によって、元四神《しじん》の一人だとほぼ確定している兼勝《かねかつ》の取り調べに注力するよう方針を変えた。

しかし、桜子はあまり深く考えずに京都信奉会に入った僻地《へきち》出身の鬼女《きじょ》であり、卓也はあくまで船越に忠誠を貫《つらぬ》く者だったので、詳しい情報はあまり得られなかったという。

「兵士や武器の調達や、資金源？　あたし、そんなのよく分かんない。そういうのは兼勝さんや船越様が自らやってたし、あの日の戦いだって、兼勝さんが『こいつらが、お前の船に乗る兵達だ』って、投げるように寄越《よこ》した奴だもん……。理想《りそう》京《きょう》での生活も、本当に適当にやってただけ。船越様の部下として働いてさえいれば、何も言われなかったし、毎月お金も貰えてた。百円、千円の代わりに、『百《ひゃく》花《はな》、千花《せんはな》』って呼ぶ、理想京だけで使えるお金。それで、理想京の市場で食べ物を買って……。だから！　その、お金の流れがどうとか、物資の流通がどうとか、そういうの、あたしはよく分かんないんだってばっ！　もう、本当に人間の世界って大っ嫌い！　難しい事ばっかり！　ねえ、もう全部喋《しゃべ》ったんだからいいでしょ？　あたしを理想京に帰してよ。いや、違う。人のいない山に帰してよ……。船越が、あんなに怖い奴だなんて思わなかった。神崎も……。もう人間と関《かか》わるのは嫌だ。あたし、誰もいないところで、適当に暮らすからさぁ……。いいでしょ？　帰してよう……」

桜子は、戦いの時の威勢のよさが嘘《うそ》のように、子供のようにめそめそ泣き、卓也は卓也で、

「今の僕は、船越様を弔《とむら》うだけの存在になりました。ゆえに僕は、船越様の尊厳を踏みにじった神崎武則《たけのり》を、許す事は出来ない……。しかし船越様は、神崎武則を敬愛していらっしゃる……。きっと、違う世界へ旅出たれた今でも……。僕はどうればいいのだろうか」

と、一人で勝手に陶酔《とうすい》して悩んでいたので、取り調べを担当した捜査員達は、皆ため息をついたという。

しかし、本当に何も知らない様子の桜子はともかく、卓也は中枢に近い者として

術の類《たぐい》は施されておらず、京都信奉会の事や、特に天上決戦の事については、比較的すらすら答えたという。

「京都信奉会という名前ではありますが、僕の見立てでは、実質は、現世で住む事をやめた、あるいは、やめざるを得なかった人間やあやかし達の受け皿の団体という感じですね。あくまで表向きは、ですけど……。

特定の神仏を信仰するという決まりはなく、京都信奉会という名前も、現在の上層部、つまり、京都信奉会や理想京そのものの創設当時の初期メンバーの趣味が由来だそうです。噂《うわさ》では、その人達が京都を敬《うやま》うほど好きで、よく京都散策を楽しんでいた、とか何とか……。もちろん、教祖である武則大神《ぶそくおおかみ》、すなわち神崎武則もこれに含まれています。だから理想京の町並みは、昔の京都をイメージしているんでしょうね。武則大神の住まいも、京都御所にそっくりでしたし……。

僕自身は、ドブみたいな生活の中にいたところを船越様が救って下さり、そのご恩に報《むく》いる忠誠心ただ一つで生きる存在です。ゆえに、京都がどうとか信奉会がどうとか、その辺にはあまり興味がありません。だからでしょうねぇ。船越様を含めた上層部達は、信奉会の過去や機密事項について、僕に何かを教えるような事はありませんでしたし、僕も、船越様以外の事は、別に知ろうとは思いませんでした。武則大神の住まいである『神崎御所』も、僕は外から眺《なが》めていただけです。そもそもあそこは、四神より下の身分は入れない聖域でしたし、船越様も、武則大神のお住まいを無暗《むやみ》に口外してはならぬと、自らを律しておられました。だから僕は、何も知らない側の人間ですよ。ただ普通の、理想京の民として暮らしていれば、流通関係の事も含めて、きっと誰に聞いても、その程度の事しか分からないと思いますよ……。

逆に言うと、表向きはその程度の『社会』だからこそ、今の理想京の規模になったんだと思います。現世から逃げたい者達の間で、信奉会と理想京の噂がまことしやかに広まって、その程度の社会だから気軽に信奉会へ入信して、理想京に移住する人間・あやかしが増えた……という仕組みです。そういう者の中には、喧嘩《けんか》が比較的強い、厭世観《えんせいかん》丸出しの奴もいたので、そいつらが普段、町の警備を務める僕の配下となっていました。

ただ……。今回の山鉾略奪では、そいつらは連れてきませんでした。いくら喧嘩が強くても、警備はともかく『兵士』は無理じゃないですか。だからあの時、そいつらには理想京の警備をさせていました。もちろん……今でも警備をやってると思いますよ？　理想京で。おそらく上層部が僕の代わりを立ててますよ。あそこの上層部は、首のすげ替えだけは行動が早いから……。

という訳で、あの日の僕の兵士は、船越様や兼勝さん、もっと言えば信奉会の上層部が、どこかから集めた戦慣れした者達を、僕にあてがったものです。編制は、兼勝さんが行っていました」

以上の卓也の供述から、京都信奉会は、名前こそ新興宗教らしくあるものの、過去はともかく現在では、神崎武則を頂点として、現世で生きづらくなった者達の受け皿『理想京』と、強硬手段も厭《いと》わない過激派という、二面性を持つ組織であると判明した。

天上決戦で、あやかし課の迎撃班と船越の軍が相対した際、船越の軍はどこからやってきたのかという点については、卓也もよく分からないと答え、

「船越様と兼勝様以外は、理想京から出る際、皆目隠《めかく》しを命じられましたからね。目を開ければもう空の上で、少し経《た》ったら、あなた方京都府警の船団が見えたという訳です」

という事らしく、他者を操る術の他に、どうやら喜助と同じく転移の術、それも、喜助とは比べ物にならない大規模な術を使える者が、京都信奉会の上層部にいるという事まで判明する。

その辺りの情報はまだ確証がとれた訳ではないにせよ、以前逮捕した、可憐座《かれんざ》の副座長・多々里《たたり》をはじめ、座員達の供述同様、京都信奉会と理想京の実情がまた一つ分かったのは、大きな収穫だった。

卓也の取り調べの後、あやかし課本部は、満を持して最後の大物・兼勝の取り調べに挑んだが、やはり兼勝は、一筋縄《ひとすじなわ》ではいかなかった。担当の隊員が取り調べをしても、渡会《わたらい》同様に黙秘《もくひ》するか、のらりくらりと発言するだけで、情報はほとんど得られなかったという。

ただ一つ、まともに答えたのは、自らが元四神だったという話だけで、

「ふん、懐かしいな。おぉ、そうよ。このわしが、かつての信奉会の柱。四神の一人だった年寄りよ。年寄りは、三度の飯より昔話が好きでな。神崎武則と初めて出会った日が、昨日の事のように思い出せる。まっすぐな、そして、何とも危ない目をしていた。事を起こす人間というのは、決まってああいう目をしているものよ」

と、さも愉快そうに笑って、神崎武則の事を語ったという。

「神崎武則という男は、何とも直情的な男でな。その気質ゆえか、稀有《けう》な力の持ち主だ。その力を借りた事で、わしも以前の能力を最大限に使う事が出来、ことは違う世界に空間を作り、あの広大な、理想京の土地を作る事が出来たという訳だ。あれが成功した時は、さすがのわしも神崎も、肩を組んで喜んだもんさ。

──ふん、別に話したって構わん。そのわしの『空間を作る力』は、森羅万象《しんらばんしょう》の定めたる老いによって、とうの昔に失われておる。だからこそ、わしは四神の座を追われた。それを決めた神崎の、手際《てぎわ》のよさは見事だった。もっとも、あれは癇《かん》

癪《しゃく》とでも言うべきかもな。あの祇園会《ぎおんえ》の戦の時、神崎がわしに、戦の指揮を託《たく》したという事は……。新たな力を得て返り咲いたわしを、ちょっとは見直した、という事かもしれんな。

ともかく……。わし自身は、ここらが潮時《しおどき》だ。此度《こたび》の捕縛《ほばく》を以《もっ》て、神崎武則の覇《は》道《どう》の舞台からは降りる事にしよう。わしは、若人《わこうど》と張り合う事が好きだが、面白い未来を持つ若人を眺める事も好きでな……？　これからは、ここでじっくり、神崎武則や京都信奉会、京都府警、そして……。神崎の息子の戦いの行方《ゆくえ》を、楽しませてもらうとしよう。

此度の戦いは、神崎の分身まで出陣した大戦《おおいくさ》。その分身をも打ち破られた大敗となれば、神崎自身の治癒《ちゆ》はもちろん、信奉会の立て直しで、向こうもしばらくは動けまい。だから貴様らも、今のうちに備えておく事だな。互いに万端《ばんたん》整えて、熱く再開されるであろう攻防が、今から楽しみで仕方ないわい。……ふふん。対岸で眺める火事ほど、楽しいものはないからな……」

戦いの指揮官だったにもかかわらず、逮捕された瞬間に、傍観者《ぼうかんしゃ》に徹《てっ》する兼勝の姿勢は無責任極まりなかったが、それだけに、愉悦《ゆえつ》で生きる兼勝の停戦の発言には、一定の信憑性《しんぴょうせい》が感じられる。

向こうもしばらくは動けまい——ここだけは、あやかし課本部も少しだけ胸を撫《な》で下ろし、若干《じゃっかん》とはいえ、心の余裕を取り戻す事が出来たのだった。

一連の取り調べを思い出し、塔太郎は目をわずかに伏せて、もう一度お茶を飲む。

心が乱れている訳ではなく、栗山に言われた通り、焦っている訳でもない。

しかし、どうしても京都信奉会について、そして、神崎武則について考えてしまうのは、京都を守るあやかし課のエースであると同時に、これは血縁の定めなのかもしれない、と、塔太郎は本能的に思っていた。

塔太郎は冷静に、天上決戦を終えてから、さらに、船越の部下達の取り調べが一段落してから、ずっと考えていた事がある。

（あいつは……、神崎武則は……）

京都信奉会の教祖となって、理想京を作って、その先は、一体何がしたいのだろうか。

京都を敬うほど好きで、その団体のトップになったり、理想京を作って、現世が嫌になった皆と暮らすだけでは、駄目《だめ》なのだろうか。

可憐座の事件前後から、神崎武則は京都の「ほんまもん」を欲しがっているらしく、船越を差し向けた天上決戦も、祇園祭の山鉾《やまほこ》を奪いたいがために、起こしたものだった。

そうなると、神崎武則の最終目的は、京都のあらゆる要素を理想京に移し替えて、理想京こそを「京都」にするという、「存在自体のすげ替え」なのかもしれない。

理想京は、多々里や卓也の供述によれば、古き良き京都の街並みを模《も》しているという。卓也の供述ではさらに、信奉会の創設時の初期メンバーは、皆、京都を敬愛していたという。ゆえに、「京都信奉会」なのだろう。

今の京都から何もかも取り上げて、別の世界に、「自分達の理想の京都」を完成させる。

神崎武則や信奉会の上層部は、古き良き京都の街並みを守りたい気持ちが過激になったがために、一連の事件を起こしているのだろうか。

(やとすると、神崎が何で、血の繋《つな》がった俺を、亡き者にしたいかの理由も、何となく見えてくる……)

古き良き京都が好きで、別の場所にそれを作るという事は、高確率で、今の京都に何らかの不満があるという事である。

その今の京都を、自らの血を分けた人間が守り、自らと敵対しているという事が、神崎は我慢出来ないのかもしれなかった。

塔太郎は、犯罪者を許そうとは思わない。しかし、向こうにも、曲がりなりにも京都への敬愛があるのなら、そこだけは相手と言葉を交わし、理解したいと、極めて冷静に考えていた。

（何でも話し合いで解決する事が出来たら、ええねんけどな……）

現実は、そうもいかないから、警察が存在しているのである。

（そういう話をしたら、大ちゃんは、何て言うやろな……）

塔太郎が、秘かに想いを寄せている後輩は今、京都のあらゆる事を吸収し、知ろうとしている。

大とこの話をすれば、きっと濃密で、勇ましく、けれど、どこか優しさも含んだ、とても有意義な議論になるだろう。

塔太郎の脳裏《のうり》に、平和を純粋に願う大の声や表情が、鮮やかに浮かぶ。

（神崎や信奉会が、心を入れ替えてくれたらいいんですけどね）

塔太郎も、頭の中の大へ頷く代わりに、そっと目を閉じる。

（せやな。俺も、そう思うわ）

早く、大の顔が見たい。想いを伝えたい。沢山話がしたい。これからの未来を、少しでも長く共に過ごしたい。

そう思いながら、心を落ち着かせて、塔太郎は目を開けた。

それを、栗山が、ずっと横から見ていたらしく、

「なぁ、坂本」

と、塔太郎を短く呼んで、

「古賀さんの事、いつから好きやったん」

と、長年の親友らしく、無駄な話は飛ばして単刀直入《たんとうちょくにゅう》に尋ねた。

一瞬、その場が静かになり、外から三条会商店街の賑わいが聞こえてくる。微《かす》かに聞こえた有線のアナウンスの声が、何となく、大の声に似ていると思った塔太郎は、

「……最初っから」

と、栗山相手なので照れ隠しもせず、答えていた。

「最初って、古賀さんが初めて配属された日から？」

「うん。そん時は何も考えてへんかったけど、今にして思えば……。多分、好きになってたんやと思う」

「あぁ、そういう感じな。『あー俺、あの時から既に好きやったんや』ってやつ」

「それ。ほんまに初めて、大ちゃんに出会ったたんは、店の前でぶつかった時やったけど……。多分、その時から」

「なるほどなぁ。要は一目惚《ひとめぼ》れな」

「うん」

肯定して、塔太郎は少しだけ考え直す。

「いや……。俺が、引き寄せられたんやと思う」

大ちゃんに。

何者にも代えがたい、その存在に。

「大ちゃんと、いつ、どこでどう出会っても、俺はそうなってたと思う。めちゃくちゃ離れたくないって、出会った時も、今も、ずっと思ってる」

口にすればするほど、塔太郎の中で、それは確信に変わってゆく。

栗山が楽しそうに微笑み、

「運命の恋ってやつやな」

と喩えるのに、塔太郎は素直に頷いていた。


その後、塔太郎と栗山は他愛《たあい》ない世間話をして、休憩時間が終わるまで、何気なくテレビを見ていた。

バラエティ番組の、様々なコーナーが流れた後で、今は、来日した外国人観光客の特集をやっている。

もうそろそろ、休憩を切り上げるべきかと、塔太郎が壁の時計を見ようとした時、

「えっ？　おい！　総代と古賀さんがおる！」

と、栗山が声を上げたのでテレビを見ると、塔太郎も思わず身を乗り出して、画面を凝視《ぎょうし》した。

「ほんまや……。大ちゃんや……！」

総代くんもいますよー？　と、栗山が茶化《ちゃか》すのも構わず、塔太郎は画面から目が離せない。

番組は、東京観光をしている外国人へのインタビューを流しており、どうやら生放送らしい。表参道と明治通りの交差点で、外国人女性が購入した日本製品を鞄から出して、取材クルーに自慢している。

その背後に、総代と大の姿がはっきり映っているのである。

本人達は気づいておらず、偶然、カメラの枠内に入ってしまったらしい。総代も大も、観光しやすい私服であり、晴れた表参道の下でスマートフォンを見ながら、楽しそうに何かを話し合っていた。

栗山は、昨日から総代が仕事を休んでいるのは知っていても、行先までは知らなかったらしく、

「有給とは聞いてたけど、あいつ、東京戻ってたんかい。しかも、古賀さんが一緒やけど……？　何で？」

と、言いながら塔太郎をちらっと見たが、事情を全て知っている塔太郎は何も答えず、「さぁ？」と答えた後はただ、画面越しに大を見つめていた。

笑顔を浮かべ、総代のスマートフォンの画面を指さし、総代に色んな事を尋ねているらしい大は、テレビを通しても分かるほど、東京を楽しんでいる。

それに微笑んで答える総代の姿も合わせて、誰がどう見てもデートに見える。自分以外の者の目には絶対に、総代と大が仲睦《なかむつ》まじい恋人同士に見えている、そう思うと、塔太郎は何だか無性に総代が羨《うらや》ましくなり、わずかに悔《くや》しさもこみ上げていた。

(今日の大ちゃんは、事情があって、総代くんの彼女の振りをするらしいけど……。あの調子やと、ほんまになってしまいそうやんけ)

あんな綺麗な東京の街で、顔立ちよし、性格よし、センスよしの三拍子《さんびょうし》揃《そろ》った男と二人で歩いていれば、大が惚れてしまっても仕方がない。

(でも、大ちゃんが楽しんでて、いい思いをして、幸せなんやったら、それが一番やわな。……でも……。出来たら、俺が大ちゃんの隣にいたかった。大ちゃんとあんな風に街を歩けたら、きっと、楽しいやろうなぁ)

画面越しの大は、東京にいるせいか普段よりも何だか垢抜《あかぬ》けて見えて、思わず愛《いと》しさがこみ上げてくる。自分なんかと出会うはずのないような、高嶺《たかね》の花に思えてくる。

（『源氏物語《げんじものがたり》』とかにあるような、御簾《みす》越しの女性に恋焦《こいこ》がれる気持ちは、こんな感じなんかもな）

一秒だけでいいから、今の総代と入れ替わりたい。

柄《がら》にもない事を考えていると、隣の栗山が頓狂《とんきょう》な声を上げて、大袈裟《おおげさ》にちゃぶ台に突っ伏していた。

「えぇーなぁーっ、総代の奴ぅーっ！　俺も東京行きたいぃー。もう何も考えずにここで寝るっ。おやすみっ！」

それを見た塔太郎は、ぽかんと毒気を抜かれてしまう。総代を羨ましいとか、悔しいだとか、それこそエースの柄ではない。嫉妬《しっと》の気持ちが薄れてゆく。

（せやな。こんなところで、あれこれ考えたってしゃあないわな！　とりあえず今は、大ちゃんと総代くんが元気に帰ってくる事だけを、願ってたらええねや）

塔太郎の口元が、ふっと緩《ゆる》んで笑《え》みとなる。心の中で、自分の嫉妬心に向かって

「おやすみっ！」と言い、やがて塔太郎も一緒になって、

「俺も羨ましいぃーっ！　俺も東京行きたいぃーっ！　寿司《すし》！　寿司食いたい！　築地《つきじ》のやつっ！」

と、自分でも珍しく思うような阿呆《あほ》らしい声を上げて、ちゃぶ台に突っ伏した。

「坂本お前、築地の市場《しじょう》って、移転したんちゃうん。今、豊洲《とよす》やろ？」

「そやったっけ。忘れてたわ。ほな豊洲」

「適当やなー」

「ええやんけ別に。寿司やったら何でもええねん。……なぁ栗山」

「何？」

「今日、それぞれの職場戻って、仕事上がったら寿司食いに行こうや。奢《おご》るし」

「えっ、まじで？　ほんまに？　やった。どしたん、お前。急に奢るとか、何か俺に懺悔《ざんげ》でもあんの」

「ないわ。……まぁな。あれ。日頃の感謝とか、まぁそういうやつ。お前には、だいぶ助けてもらってっし」

「さよか……。あざーっす！　坂本さん、ごちになりまーっす！　もちろん、回らんやつやんな？　職人さんが、直《じか》で出してくれるやつやんな？」

「回るやつに決まってるやろ。回らへんやつとか、俺の財布死んでまうわ」

　ひとしきり話した後、塔太郎と栗山は顔を上げ、再びテレビ番組を見る。

　外国人女性へのインタビューはまだ続いており、女性が購入した日本製品の話をしている後ろに、大達もまだ映っていたが、歩き出そうとしている。

　それを名残惜《なごりお》しく見ていた塔太郎だったが、次に映ったものを目撃した瞬間、言葉を失い、それを見た栗山も同じく真っ青《まさお》になって、塔太郎と顔を見合わせた。

表参道を歩く大達の後ろを、薄いピンク色の、煙のような何かが追いかけている。他の通行人の間を縫《ぬ》うように、足元を這《は》っているので気づきにくいが、間違いなく大達を追っている。

そして、大と総代が画面から外れるその直前、その煙は大に追いつき、大のくるぶしにするっと一瞬だけ巻きついた後、消えてしまったのである。

「栗山。今のは……」

「ちょっとお前、古賀さんに電話かけてみろ」

「おう」

塔太郎の不安は的中し、何度電話をかけても、大は出ない。栗山も総代に電話をかけたが、同じように出なかったらしい。

「総代のやつ……！　スマホをズボンのポケットに入れてて、気づかへん訳ないやろ」

周囲の人達はおろか、総代も、大さえも気づいていない。電話をしても繋がらない。

何らかの、それも悪質な術を大がかけられた可能性が高く、塔太郎と栗山はただちに、それぞれの上司に報告した。

問題の場面を見た者は、府警の中では塔太郎達しかいないらしい。やがて、折り返しかかってきた深津や絹川の電話によって、

「塔太郎。こっちの処理は全部やっとくから、そこから今すぐ東京へ行け」

「栗山くんも、坂本くんと一緒に向かうように。私らも、総代くんや古賀さんに連絡を取ってみたけど、やっぱり繋がらへんかった。警視庁の『怪異課』……、向こうの人外特別警戒隊には、本部から連絡してもらう。二人の保護を最優先に動きなさい」

という緊急の命令が、塔太郎達に下った。

「栗山、弓は？」

「ある」

塔太郎の問いに、栗山が自分の左手を見せる。いつでも弓矢を出せると伝えた栗山に塔太郎は頷き、それからは、大達の事以外は何も考えず、栗山と共に家を飛び出した。

京都駅から新幹線に飛び乗り、東京へ直行する。塔太郎は心配のあまり何度も、いっそ龍《りゅう》になって東京まで急行しようかと考えたが、龍になって飛ぶ速度は、新幹線の足元にも及ばない。仮に、龍で東京に着けたとしても、体力切れで倒れてしまっては意味がなかった。

現状、京都から東京までの最速の足は新幹線以外になく、塔太郎は焦る気持ちを抑えて、窓からの景色を、険《けわ》しい顔でずっと見つめていた。

(大ちゃん。それに総代くんも、どうか無事でいてくれ)

遠く、西に見える黄昏《たそがれ》は、恐ろしいほど美しい。

これから向かう東には、遠くの街に、灯《あか》りが灯《とも》り始めていた。


総代の予約してくれた美容室で、大は、表参道ヒルズで選んだワンピースに着替え、メイクやヘアセットをしてもらう。貴重品とハンドバッグ以外の荷物は東京駅の近くのコインロッカーに入れ、同じくスーツに着替えた総代と合流し、余った時間で皇居外苑《がいえん》を散策した。

時刻は夕方に近く、日脚《ひあし》もだいぶ傾いている。気温は昼よりも下がっているが、薄い上着一枚さえあれば、まだ十分だった。

ゆったりした時間を、大は深呼吸して味わう。

「古賀さん。今着ているワンピース姿、もう一度見せてよ」

と、総代が頼むので、

「えー? 美容室から出てすぐの時、さんざん褒《ほ》めてくれたやん」

と返しつつ、大も滅多《めった》にないおめかしの格好が気に入っていたので、素直に上着を脱いで、総代に見せた。

大の着ているワンピースは、白く、清楚《せいそ》なエンパイア・ドレスを思わせるようなもの。両袖《りょうそで》が、緩いギャザー袖となっていて可愛らしい。足元も、服に合わせて白いパンプスを履《は》いていた。

髪型は、まさるに変身しないよう集中しながら一旦ほどき、心を落ち着かせて自分自身の意識を懸命に保ちつつ、美容師さんに結《ゆ》い直してもらった。

両側から、流れるように編み込みが施《ほどこ》され、最後に、いつもの簪《かんざし》を挿《さ》してもらう。そうして完成したのは、簪が乙女《おとめ》らしいアクセントになった、綺麗なシニヨンだった。

「総代くん。髪、崩れてない？　さっき風が吹いてたから……」

「うん、大丈夫。台風が来たって変わらないよ。今の古賀さんはいつだって、名家のお嬢様みたいだよ」

「ありがとう。それ、何べんも言われると、ほんまにそんな気分になってくる」

「いいじゃない。そんな気分になったって。古賀さんは、他のどんな令嬢にも負けないくらい立派な人だと、僕は思ってるからね。刀の扱いも含めて」

「最後の言葉で、一気に物騒《ぶっそう》になった！」

合わせるように、二人で笑う。

「そのお嬢様の雰囲気で、恋人の振りもよろしくね」

「了解ですっ！」

周辺のビルに、淡いオレンジ色の夕陽が当たって美しい。

皇居外苑には、舗装《ほそう》された広い歩道に木のベンチ、木の杭《くい》と細いロープで区画された芝生が数ヶ所あり、松の木が沢山植えてある。首都の中心地でありながら、俗世から離れた清々《すがすが》しさが、ここにはあった。

それは、京都で生まれ育った人間から見れば、京都御苑とよく似ている。大がそれを話す前に、総代が松の木を一本眺めて、しみじみ話してくれた。

「実はね、僕が京都で一番好きな場所は、京都御苑なんだ。好きというよりは、あそこにいると凄く落ち着く。それについて今まで、深くは考えなかったけど……。周りの町の構造も含めて、僕の故郷の中心のような、皇居《ここ》に似てるから、安心してたんだろうね」

そう考えると、僕はやっぱり、東京の人間なのかもしれない。

呟《つぶや》く総代の横顔を、大はしばらく何も言わずに、じっと見つめた。

「総代くんは……東京に、帰りたいって思う？」

「少なくとも今は、あやかし課隊員を辞めて京都を出るつもりはないよ。古賀さんは、僕に、東京に帰ってほしいと思う？」

「そう思わへんから、今、ここにいるんやん」

「そうだよね。ありがとう。そんな古賀さんや、栗山さんや……坂本さん達と、もっと一緒にいたいから、僕も今、ここにいるんだよ。それに、京都を出るつもりはないというよりは、まだ、出ちゃいけない気がするんだ」

「どういう事？」

「いつだったか僕が、自分の母親に、『あなたの歴史が感じられない』って絵を評価された事があったと話したのを、覚えてる？」

「うん。総代くんはそれで悩んでて、私に、『僕の長所は何？』って、訊いてたやんね」

「よかった。覚えててくれて。――その悩みを、完全に乗り越えられるかもしれないんだ」

「自分の長所が分かったって事？」

「うん。でも、それだけじゃない。母さんの、あの評価の本当の意味が、分かったかもしれないんだ。僕の、絵描きとしての道が、一生かけて開きそうな気がする。それは東京じゃなくて、京都にいるお陰なんだ」

　だからこそ、僕はまだ、京都を出ちゃいけないんだ。

曖昧《あいまい》な言葉でも、総代の確かな気持ちが感じられる。

詳《くわ》しい意味を大が問うと、

「京都生まれの助手さんなら、僕のこの気持ちを、分かってくれるかな?」

と、逆に返されてしまった。総代から突然出された、真面目《まじめ》でも奇妙なこの問いに、大はすぐに答えられなかった。

総代にとって、大切な場所での、大切な話。これは、悪戯《いたずら》に大に問うたのではなく、芸術家として尋ねたのだと、大は気づいていた。

ゆえに、何の熟考もなく適当な答えを言う事は、大には出来ない。しかしそうかといって、分からないと無粋《ぶすい》に返す事も、総代の同期として、京都の人間として、そして、総代の芸術の道を、一番近くで見てきた者として、したくなかった。

深い友情と信頼があってこそ、これから、恋人役を務めてまで、総代の応援をするのである。なのに、その総代を理解し切れていない事に、大は何だか申し訳なくなる。

さらに、大が一番申し訳ないと思った事は、総代のこの問いに対して一瞬だけ、

(塔太郎さんやったら、何て考えて、何て答えるやろ)

と、自分よりも遥《はる》かに、京都に造詣《ぞうけい》のある塔太郎に、頼ってしまった事だった。

(違う。塔太郎さんじゃなしに、自分の意見を言えへんでどうすんの!)

大は心の中で、自身を叱咤《しった》して考える。大の中にも、総代の芸術の事、東京の事、そして、京都の事について自分なりの意見は沢山あるのに、それが上手くまとまらない。

考えあぐねていると、見かねた総代が、話を切り上げた。

「ごめん、ごめん。変な話だったよね。おじいちゃんとの席では、そういう話は古賀さんに振らないだろうから、安心してね」

「うん。分かった。ごめんな総代くん。私……」

「気にしないで。僕も、自分でも何か変な事を訊いちゃったなって、思うから」

微笑んで大を手招きし、気分転換にと、楠木正成《くすのきまさしげ》の銅像の前まで連れていってくれる。

皇居外苑には、東京三大銅像の一つだという楠木正成の銅像があり、あとの二つは、靖國神社《やすくにじんじゃ》の大村益次郎《おおむらますじろう》像と、上野恩賜公園《うえのおんしこうえん》の西郷隆盛《さいごうたかもり》像だった。

駿馬《しゅんめ》の手綱《たづな》を引き、後醍醐《ごだいご》天皇への忠誠と威厳溢《あふ》れる正成の像に、大と総代は頭を下げて挨拶する。

それを見た正成が、

「盆の時にも会ったが、また来たのか」

と、馬上から昔馴染《むかしなじみ》の口調で、総代に声をかけた。

幼い頃から皇居外苑にも写生に訪れていた総代は、この正成と顔馴染みであり、正成の方も、総代だけでなく、祖父である総代清《きよし》もよく知っているらしい。

むしろ、年齢的に清との方が長い付き合いらしく、

「礼装ではなかろうが、野山に行く服でもあるまい。これからどこへ行くのだ」

「そこの、帝国ホテルです。祖父と会うんです」

「そうか。清にか。また、私を描きに来るがよいと伝えておけ。野菜の絵も忘れんようにな。あいつの描くものが、こいつは、一番気に入っている……」

と、総代に話すと、正成を乗せている馬が嬉《うれ》しそうに首を振って、鼻息を荒くした。

挨拶して正成と別れた後、大達は、時間通りに帝国ホテル東京に到着する。

総代が指したホテルラウンジを見ると、既に、清と思《おぼ》しき老年の紳士《しんし》が席に着いており、杖《つえ》を隣の椅子《いす》に立てかけて、静かに待っていた。

「あの人が、僕のおじいちゃんだよ。あれ、父さん達も来てる。てっきり、おじいちゃん一人だと思ってたけど……」

清だけでなく、総代の両親もいて、どうやら付き添いで来たらしい。三人とも、パーティー用とまでは言わないが、ホテルに相応《ふさわ》しい服装である。上品に椅子に座っており、少なくとも、帝国ホテル東京を何度も訪れて、ここの空間に慣れている

事が分かった。

着替えてよかった、と大は内心ほっとして、総代と共に、清達のテーブルに歩み寄る。

向こうが、こちらを見つけて手を振ったので、総代が軽く手を振り返した。

大も、それに合わせて頭を下げる。

（さあ、いよいよこの時がきた。まずは、何て自己紹介したらいいんやろう。彼女です、は砕けた感じやし、お付き合いさせて頂いている者です、は、逆に堅苦しいかな……）

大が言葉を発する前に、総代の母親が大を見て、笑顔で立ち上がっていた。

「まぁ、綺麗！　そのワンピース、とてもよく似合ってる。ごめんなさいね。何だか服にまで気を遣《つか》わせちゃったみたいで。初めまして。和樹《かずき》の母親の、総代真依《まい》です」

「は、初めまして！　古賀大です」

「あら。本当に、『まさる』ちゃんっていうお名前なのね。息子から話だけは聞いてて、珍しいと思ってたけど……。実際に会ってみると、女の子にまさるちゃんって名前も有りね。これからは、そういう名前が流行《はや》るのかしら。――さぁさ、どうぞ。座って」

「あ、はい。ありがとうございます」

真依が大を促《うなが》して、上座《かみざ》にあたる椅子に座らせる。そのまま、真依のペースで話が進みそうになると、四角い輪郭《りんかく》の、熊《くま》のような優しい顔立ちをした総代の父親が、

「真依さん。そういうのはせめて、お茶が来てからにしよう」

と、やんわり真依に言い、

「すみませんね、古賀さん。僕は、父親の賢治《けんじ》と申します」

と、大に自己紹介してくれた。

その後は、総代と両親による親子の会話となり、傍《かたわ》らで聞いていると、どうやら清は真依の父親で、賢治は婿養子《むこようし》であるらしい。

「僕、てっきり、おじいちゃん一人で来るのかと思ってたけど、母さんも父さんも来てるからびっくりしたよ。二人共、今日、仕事休みだったの？」

「そんな訳ないじゃない。一時的に抜けてきたの。お父さん、リハビリをしてすぐにここへ来る予定だったから、何かあったら心配だしね。家族が多くいた方がいいでしょ？　お父さんと大ちゃんと和樹とのお茶が終わった後、事務所に戻るわよ」

「要するに、スケジュールの詰まった日の気分転換として、おじいちゃんの付き添いに来たって事だね」

「まぁそういう事。いいでしょ別に」

「父さんも？」

「いや、僕は本当に休み。この後は、お義父さんをと一緒に家に帰る予定だよ」

娘と父はもちろん、婿と舅《しゅうと》の関係も良好らしい。両親を前にして砕けた口調の総代と、マイペースに喋る真依、言葉数は少なくとも穏《おだ》やかな賢治を前に、座ったまま微笑んでいた清が、柔らかな瞳《ひとみ》を大に向けた。

「――君が、和樹の言っていた子だね」

「はい。総代くんと、仲良くさせて頂いております、古賀大と申します。入院されていたと伺っておりましたが、お体は大丈夫ですか？」

「問題ないよ。ありがとう。申し遅れましたが、和樹の祖父の、清と申します。君こそ、京都からここまで来て、大変だったろう。ありがとう。私みたいな年寄りを前にして嫌かもしれないが、紅茶でもケーキでも、好きなものを頼みなさい」

「嫌だなんて、そんな。素敵なおじい様にお会い出来て、嬉しく思います」

「嬉しいね。お世辞《せじ》でも、そういう風に言ってもらえるのは。こちらが無理を言って来てもらっているのだから、本当に、気兼ねなくお茶して下さい」

総代の祖父である清は、喩えるならば、清水《しみず》で丁寧《ていねい》に抽出《ちゅうしゅつ》した、上質なコーヒーが似合うような、そんな老紳士だった。軽口を言っても嫌みなところがなく、終始物腰は柔らかいのに、低い声や渋さが男らしい。顔立ちはやはり総代と似ており、総代の明るい性格や言葉の軽《かろ》やかさは、この人から真依に、真依から総代へと遺伝したものだろうと、大は感じた。

総代も、自らおじいちゃん子だと言っていたように、盆に会ったばかりでも再び会えたのが嬉しいらしい。すっかり、祖父に懐《なつ》く孫の顔である。

「おじいちゃん、リハビリはどう？　順調？　ほんと、無事に退院出来てよかったよね」

「リハビリは、まぁ、ぼちぼちだな。電気を当ててもらったが、あれは効《き》いているのかどうか分からん」

「病院のやつなんだから、そりゃあ効くでしょ。医者の指示は、ちゃんと聞かなきゃ駄目だよ。絵の講師はもう再開してる？」

「再来月からだ。こっちとしてはすぐにでも始めたいが、医者に止められた」

「大事をとってって事なんだろうね。講師は、立ちっぱなしも多いだろうしね」

総代の言葉に、賢治がうんうんと頷いている。真依によれば、賢治はデザイン会社を辞めた後、画家として活動しつつ、私立中学校の美術教師を務めているらしい。

「賢ちゃんも、学校から帰ったら『足が棒になった』って、しょっちゅう言ってるのよ。生徒の席を回って、一人一人に、立ったまま作品の助言をしてるから、まぁそうなるわよね」

そう話す真依も、別のデザイン会社に勤めるデザイナーであり、時折、趣味の延長で、イラストレーターもしているとの事だった。

「本の装丁を手掛ける事もあるの。先月発売された、『虹、花、アンダンテ』って小説、知ってる？」

「はい！　京都の本屋さんでもよく見かけます。それを、手掛けられたんですか？」

「そう。あれは正直、我ながらよく出来たなぁと思ってるし、作者の先生も気に入ってくれたから、結構自信作なの。今後の営業で、自分の実績に必ず入れるレベルかな」

「私も、本屋さんで見かけた時から、綺麗な本やなって思いました！　実際に、作った方に会えるなんて感動です！」

「ふふふっ。ありがとう」

大も以前から聞いていたように、総代の祖父・母親・父親の三人ともが、美術に関する仕事についている。絵で職務を果たす総代も含めて、文字通り、芸術一家だった。

霊力に関しては、総代家代々の遺伝子を持つ清と真依、そして、総代の三人が絵を実体化出来るといい、賢治も、実体化こそ出来ないものの、絵から出る気配が分かるという。

「父さんは、絵の作者の気配じゃなくて、絵の『所有者』の気配を見る事が出来るんだ。例えば、その絵がどんな気配をまとっているかで、その絵が、所有者からどんな気持ちで鑑賞されているか、どんな気持ちで、その絵を所有しているか……。といった具合にね」

「そうなんですね⁉　凄いですね⁉」

「いやぁ、大した事じゃないよ。気配が分からない事も多いし……」

お茶やケーキが運ばれて以降は、真依、総代、賢治を中心に会話が進められ、そこに大が加わる形で、和《なご》やかに時間が過ぎていった。

清は、この面談の発案者にもかかわらず、あまり会話に入ろうとしない。総代達が振った話に答えては頷き、大を見ては、優しく微笑むだけだった。

それは、自分があれこれ大に話しかけるよりも、孫の交際相手が、自分の娘や婿、そして孫の団欒《だんらん》に入っている光景を見て、幸せを噛《か》み締めたいからかもしれない。

しかしやがて、会話が進むうちに総代の仕事の話となり、ここで清が初めて、

「古賀さん。京都で和樹は、上手くやれてますか」

と、大に尋ねた時、大と総代は、互いにそっと目を合わせた。

「はい。絵を実体化出来る人は、京都では他にいないので……。私も、他の隊員も、凄く頼りにさせてもらってます。この前の大きな事件でも、私が危なくなったところを彼に救ってもらいましたし、あやかし課には、本当に欠かせない人だと思います」

「和樹と、お付き合いされていると聞いていますが……」

「あ、はい……。えっと、彼とは同期なので、そのご縁で……」

大は、それまでは何ともなかったのに、いざ恋人の演技をすると、緊張して噛んでしまう。

さらに、同期を助けるためと割り切っていたはずなのに、実際に孫を思う「おじいちゃん」を前にすると、今更《いまさら》ながらに騙《だま》しているという罪悪感が、増してくる。

気づけば大は、清から目を逸《そ》らしてしまいがちだった。

自分の演技は、相当ぎこちないかもしれない。大は、清と話しながら、嘘《うそ》が見破られるのではないかと、内心ハラハラした。

しかし清の方は、ただ静かに微笑むだけで、

「そうですか。まだ、気が早い事かもしれませんが、和樹と出来るだけ永く、仲良くしてやって下さい。この子は昔、姉によく抑えつけられていたせいか、あと一歩、飛び出す事が出来ないところがあるんです。ですから……」

と、まるで孫を託《たく》すように言い、思いがけず聞いた総代の過去に、大は少しだけ、高い声を出してしまった。

「お姉さん？」

大が驚いたと同時に、

「ちょっとお父さん。礼奈《れな》の話は……」

と、真依が悲しそうな顔をして戸惑《とまど》う。賢治も困ったような顔で、目線をテーブルに落としていた。

それを受けた清はすぐに、

「あぁ、悪いね。もうしないよ。悪かった」

と謝って、もう「礼奈」の話はしなくなったが、あまり悪いと思っていなさそうである。肝心《かんじん》の総代はというと、それらに全く反応せず、まるで他人事《ひとごと》にしたいかのように、紅茶を啜《すす》っていた。

それまで和やかな雰囲気だったのに、場の空気が、どんどん暗くなってしまう。

(お姉さんって、確か……。総代くんが去年話してくれたお姉さんの事やんね……？)

昨年の秋、大は、総代から亡くなった姉がいると聞いており、両親達の期待はかつて、稀代《きだい》の画才を持つ姉に向いて、総代は放置されがちだったらしい。

総代は、それに反発して京都府警のあやかし課隊員となり、京都に来たのである。

そこまでは大も知っていたが、今の総代達の様子を見ると、亡くなった事以外に、総代家では「礼奈」に関して何かがあったらしい。

この時、大は直感で、真依と賢治が付き添いで来たのは、単に退院直後の清が心配という他に、清が大に礼奈の話をした場合、それを止める意味もあったのではないかと考えたが、いずれにせよ、大が口を出す話ではない。

訊きたい事はありつつも、大は弁《わきま》えて自分を抑え、しばらくは何も言わなかった。

その代わり、神妙《しんみよう》な顔つきになってしまった真依、賢治、そして、総代を立ち直らせるために、

「大丈夫です！　私と彼は凄く仲が良くて、この前も、二人で一緒に清水焼《きよみずやき》体験に行ったんですよ。その前も、職場の他の人と一緒でしたけど、丹後《たんご》にも行って……。そやんな？」

と、笑顔で総代に話を振ると、総代がほっとしたように笑った。

「そうなんだよ、おじいちゃん！　彼女はね、僕の絵のモデルや助手もしてくれて、年頃の女の子の視点から、色んな感想やアドバイスをくれるんだ。丹後の時も、清水焼体験の時も、僕に貴重な経験をさせてくれたし、お陰で、絵もだいぶ上達したと思う」

真依も賢治も、ほっとした顔になり、誰より清が嬉しそうに、

「そうか、そうか。いい事だ。お前の目の輝きから、いかにそれが大切な時間だったか、よく分かる」

と、破顔《はがん》して、何度も頷いていた。

少々無理矢理だったかもしれないが、場の空気が明るく戻った事に、大は安堵《あんど》する。

その後は、丹後の話や清水焼の話などをして盛り上がり、真依や賢治、清からも、デザインや絵画、美術の授業の話等を聞いて、総代一家はもちろん大も、楽しい時間を過ごす事が出来た。

ひと通り、互いに話したい事を話し終えたと察した清が、

「そろそろ、お開きにしましょうかね。古賀さん、来てくれて本当にありがとう」

と切り出し、それを見た賢治が従業員を呼ぶ。

賢治が、会計の手続きをしているのを大が眺めていると、清の瞳がすっと孫に向いて、静かに尋ねていた。

「和樹。――やはり、東京《こっち》に戻る気はないか」

「うん。ごめん、おじいちゃん。僕にはその、彼女がいるから……」

総代が、大の肩にそっと手を置く。大も、恋人の振りをして頷こうとすると、それを清が遮《さえぎ》って、はっきり告げた。

「交際しているというのは嘘だろう。年寄りを、あまりなめちゃいけない」

大と総代はもちろん、傍らで聞いていた真依も賢治も、飛び上がらんばかりに驚いた。

「おじいちゃん……いつから、そう思ってたの？」

「お前が最初に、俺に『彼女がいる』って言った時だな。お前の表情を見て、すぐに嘘だと分かったよ。伊達《だて》に半世紀以上も絵を描いて、写生を続けている訳じゃない。お前にもいつか教えただろう。人をよく見なさいと」

清は、総代の嘘を見抜いてはいたが、孫の抵抗に遭《あ》って自分もうっかり対抗心を出し、あえて、総代の嘘に乗ったのだという。

どうせ恋人など連れてはこれまい、と、たかをくくって会わせろと頼んだが、本当に孫が女の子を連れてくる事となり、そこまで話が進むと清も、今更全てを話して取りやめるよりも、孫の連れてくる女性がどんな子なのかと、にわかに興味が湧《わ》いたらしい。

その結果が、今の面談だった。

「実際にお会いした古賀さんを見て、和樹と仲がいいのは本当だと思ったが、恋人ではないのだろうなと、話をしていくうちに思ったよ。恋人同士かそうでないかは、案外、距離感を見たら分かるものさ」

清は決して怒っておらず、むしろ、愉快そうに笑みさえ浮かべている。

しかし、嘘を見破られていた事実に総代は気まずそうにし、大も、申し訳なさにとうとう耐え切れなくなり、

「おじい様、お母様、お父様。騙すような真似をして、本当に申し訳ございませんでした」

と、頭を下げると、真依や賢治が慌ててフォローしてくれた。

「いいのよ、大ちゃん！　あなたがそんなに謝らなくても！　悪いのは嘘をついた和樹で、それに乗っかったお父さんなんだから。もう。人を巻き込む前に、どっちかが折れなさいよね全く……」

「僕達も、別に、何か迷惑を被《こうむ》った訳じゃないから……。大丈夫ですよ。本当に気に病《や》まないで下さい。むしろ、こんな個人的な家の話に巻き込んで、こちらこそすみませんでした」

大に微笑む両親を前に、総代は、ふっと笑って清を見ている。

「……やっぱり、おじいちゃんは凄いな。画力も、ものを見る目も、まだまだ敵《かな》わないよ。でも、気づいてたのなら、言ってくれたらよかったのに。……本当にごめんね、古賀さん。おじいちゃん。全部、僕が悪かった」

しんみりした謝罪に、大はすぐ首を横に振る。

「そんなん言わんといて。私、恋人の振りしてここに来た事、全然嫌やと思ってへんし、むしろ、東京に来れて嬉しかった！　めっちゃ感謝してるもん！」

「本当に？」

「うん、ほんまに！　日枝神社も、カフェも、お買い物も、全部楽しかった！　いい思い出になった！　何べんでも来たいぐらい。東京と京都の事についても、色々話せて勉強になったし！」

「そっか……。よかった。それなら、僕も嬉しいよ」

ようやく見せた総代の笑顔に、大は何度も頷く。

それを見た真依が、

「あなた達、本当に付き合ってないの？」

と、大達に悪戯っぽく訊き、清もじっと見つめて、

「たとえ、交際はしていなくとも、東京まで来て恋人の振りをしてくれるんだ。和樹は、とても大切な仕事仲間を、京都で得る事が出来たんだな」

と、安堵《あんど》の表情を見せると、総代がしっかり頷いた。

「僕も、そう思ってる。得た仲間は古賀さんだけじゃないよ。仲間だけでもない。絵の糧《かて》になる感性も……。だから僕は、まだ、京都にいたいんだ。素晴らしい文化と、大事な人達がいる京都を、自分の『絵』で守るためにね」

「こっちに帰ってきてくれたら、また一緒に写生したり、絵についても色々、教えてやったり出来るんだが……残念だな」

「またお正月には帰ってくるから、写生はその時に行こうよ。絵の事だって、僕も、おじいちゃんにまだまだ、教えてほしい事が沢山あるよ」

祖父に語りかける総代の顔は、孫であると同時に、祖父を師として画才を高めたいという純粋な気持ちに満ち溢れている。

「だから……長生きしてよ、おじいちゃん。入院なんかで落ち込まないでさ。東京で、絵の先生として、ずっと僕を見ていてくれたら嬉しい。僕は一生、絵を描くつもりでいるから……。それにずっと健康でいてくれたら、東京でだけじゃなくて、おじいちゃんが京都に来て、教えてくれる事だって出来るでしょ。おじいちゃんは、楠木正成みたいな武者《むしゃ》の絵が得意だから、その画風で舞妓さんや京都の風景を描いたら、どんな風になるのかな。僕、凄く見てみたい。幕末の志士とかもいいね。そんな風に今の僕は、東京も京都もひっくるめて色んな芸術を見て、自分の芸術を極めていきたいんだ。だからまだ、手本と仰ぐべき芸術が溢れる、千年の都の京都にいたいんだ」

その言葉を横で聞いた瞬間、大の心の中で、今まで渋滞を起こしていた自分の気持ちが、全て繋がった。

皇居外苑を散策した時、総代は、「絵描きとしての道が、一生かけて開きそうな気がする」と言った。それは、東京じゃなくて、京都にいるお陰だと言い、だからこそ、まだ京都を出ちゃいけないのだと、総代は言った。

総代はその後話を切り上げたので、その意味を大はまだ知らない。

しかし、似たような思いを、大は総代に抱いている。

「おじい様。私からもお願いします。和樹くんを、京都にいさせてあげて下さい。

――私が、和樹くんに、京都にいてほしいんです」

姿勢を正し、清に真剣に願い出た。

その大の横顔を、総代が、目を見開いて見つめている。

清は何も言わず微笑んでおり、大は続けて、自分が確かに抱いている、総代への想いをありのまま話した。

「私、和樹くんの事を、凄く才能のある芸術家だと思っています。いつも絵の修業に励んでて、色んなところへ写生に行って、いつも、絵の事を考えてて、芸術が好きで……。和樹くんの長所は色々ありますが、その中でも特に輝いている、そしてこれからも輝くだろうと私が思うのは……そんな、芸術に対する想いや、芸術に向き合う自由さだと思います。東京と京都が、そんな和樹くんを作ったのだと思います。

東京で生まれ育った和樹くんは、これからきっと、その長所を武器に、京都が千年かけて培《つちか》ったものを沢山吸収して、東京の感性も京都の感性も、他の都道府県の感性も他の国の感性も、見たもの全部ひっくるめて吸収して……そういう足跡を感じさせる芸術を、生み出せると思うんです。それがどういう絵かは、まだ私にも分かりませんが……。だからこそ、楽しみなんです。だからこそ、和樹くんに京都にいてほしいんです。それは私だけじゃなくて、京都や東京にとっても、もっと言えば日本の文化にとっても、凄く貴重な事やと思うんです」

だから私は、京都の、彼の同期であり助手でいたい。

これから先の未来の、芸術を担《にな》う人に彼がなるのを、見たいのです。

「おじい様。どうか、お願いします」

心を込めて、大は静かに頭を下げる。真依も賢治も、そして総代も、胸を打たれたように何も言わない。

清は、しばらく大をじっと見て、そして、祖父の目で、芸術家の目で、総代に告げた。

「……優れた芸術家には、有名であれ無名であれ、必ず、熱心に応援してくれる人がつく。いざという時に、必ず味方になってくれる……。立派な絵描きになったな、和樹」

「おじいちゃん……」

「だが、今のままで満足していてはいけない。古賀さんの期待を裏切らないよう、今後もしっかり、京都で勉強してきなさい」

「……はい！　ありがとうございます！」

総代は、師に対する、一人の芸術家として頭を下げた。

真依が、やれやれといった風に、けれども心から嬉しそうに、肩をすくめている。賢治は、父親の深い眼差しで総代を見守った後、大へ小さく頭を下げた。

「古賀さん。和樹のよき友人でいてくれて、心から感謝します」

「いえ。私も……。和樹くんと同期になれて、同期でいて、本当に感謝しています」

幸せに終わった家族の面談に、大はうっかり涙ぐみそうになる。

あとは解散するだけとなり、清は、ホテルの厨房に立つ絵画仲間に声をかけたいとの事で、真依や賢治と一緒に、ホテルに残る事になった。

「おじい様。今日はありがとうございました。お茶も、ごちそうさまでした。お体にお気をつけて、お元気でいて下さいね」

大が最後に挨拶すると、清は皺《しわ》だらけで筆まめがある、がっしりした手で、固く握手してくれる。

「こちらこそ、本当にありがとう。日帰りなんだってね。またいつでも、東京に遊びに来て下さいね」

「はい！」

その光景を、総代が、嬉しそうに眺めていた。

大の事を気に入ったのは、清だけでなく真依もだったらしい。

「ねぇ大ちゃん。あなた、和樹とは本当に友達同士なの？　いっそこのまま付き合っちゃったら？　私、可愛い大ちゃんのためだったら、どこへでも連れていってあげるし、何でも買ってあげちゃうわよ？」

すると総代が呆《あき》れ顔で、

「母さん、それ、僕の彼女がどうとかじゃなくて、古賀さんと仲良くしたいだけじゃないの」

と言い、笑いながらため息をつく。真依がすぐに、「そうよー？　悪いー？」とおどけて返したので、皆で笑った。

しかし、清も実は、真依と似たような事を思っていたらしく、

「古賀さん。和樹は、そんなに悪くないと思うんだが」

と小さく大に尋ねたので、大は思わず顔を赤らめる。もう騙していないのに再び目が泳ぎ、恋人の振りをした時以上に、口ごもってしまった。

「あの、私は、えっと……」

当然、こういう話になれば、大は一人の男性を思い出す。

それを話してしまおうかと迷っているうちに、

「駄目だよ、おじいちゃん。古賀さんは本当は、好きな人がいるんだから」

ね？　と答えた総代に、大は嘘をつかれて呆然《ぼうぜん》となった。

顔を真っ赤にして数秒後、大はほとんど無意識に、ゆっくり頷く。

えー⁉　そうだったのー？　と真依が驚き、清も目を丸くしつつ、頭をかいた。

「すると、想っている人がいるのに、古賀さんにあんな嘘をつかせてしまった訳か。本当に申し訳なかった。あなたは、自分の気持ちは脇に置いてでも、友人を助ける事が出来る心の綺麗な人なんだね。そんな人に迷惑をかけたとなれば、お茶ぐらいじゃあ、お詫《わ》びとしては到底足りない」

「いえっ、全然！　大丈夫です！　別に私は、その人と付き合っている訳じゃなくて、私が一方的に、その……好きなだけですから……」

思わず、大がちらっと総代を見ると、総代は満足そうに微笑み返す。

「そういう訳だから、おじいちゃん、母さん。古賀さんは諦《あきら》めてね。――それじゃあね。また年末年始には、仕事じゃなかったら帰るからね！」

総代家三人の見送りを受けて、大達は、帝国ホテル東京を後にした。

そのまま、東京駅に戻って新幹線に乗るつもりだったが、

「そういえば、今の日比谷公園って、薔薇《ばら》がもう咲いてるんじゃないかしら」

と、真依が言ったので、せっかくここまで来たのだからと考えた大達は、東京観光の最後の場所として、日比谷公園を歩く事にした。

帝国ホテル東京の目の前にあり、日本初の西洋風公園として知られる日比谷公園は、幕末までは大名屋敷、明治になって以降は、大日本帝国陸軍の練兵場《れんぺいじょう》だった土地だという。

公園は、西洋風でありながら、心が落ち着くような、日本庭園の雰囲気も感じられる。伸びやかさと広さがあり、何より静かである。多忙な人が多い都会の中にある、東京屈指の癒《いや》しの場所の一つだった。

大達がホテルから出ると、外はすっかり暗くなっており、街灯《がいとう》があちこちで地面を照らしている。

幸門《さいわいもん》から入り、様々な品種の薔薇が植えてあるという第一花壇まで歩いたが、ライトアップされている大噴水はともかく、花壇には、街灯の光が届き切らないためか、見えにくかった。

「そうだろうとは思ってたけど……。母さんってば、本当にそそっかしいというか、詰《つ》めが甘いところあるよね。夜に来たって、薔薇は暗くて見えないよね」

総代は苦笑していたが、広々とした夜の日比谷公園と、優雅に美しく水を噴く大噴水は、幻想的な雰囲気である。

「でも私、ここに来れただけでも、ほんまに嬉しい！　あそこの噴水はめっちゃ綺麗やし、さっき通りかかった建物も、めっちゃ素敵やった。確か、日比谷公会堂やんね？　薔薇かって、ほら！　柵《さく》のぎりぎりまで近づいたら見えるけど、ちょっとまだ咲いてないのかなあ」

総代がスマートフォンで調べると、見頃は十月中旬からとなっている。大は花壇に身を寄せて、白、赤、オレンジ、黄色、ピンクと様々に咲き乱れる薔薇の花園をイメージしてみる。

宵闇《よいやみ》に溶け込むそれらの色は、鮮やかさは日中に一歩劣るものの、きっと、夜ならではの、淑《しと》やかな濃さをたたえているだろう。

「夜でも日比谷公園は楽しめるね。それに、昼に見るのとは全然違う感じで……。絵の勉強になる。また一つ、古賀さんに、いい経験をさせてもらった」

「早速、助手がお役に立ちました？」

「うん。物凄く！」

花壇を通り過ぎ、公園の象徴的存在の、大噴水の前まで移動する。

噴水が、大達を待っていたかのように水を高く上げ、それまで黄緑色だったライトアップの光が、濃くも美しい青一色となる。

それを、大と総代は二人並んで、しばらく眺めていた。

「……総代くん」

「何？」

「総代くんは、いつから気づいてたん？　私に、好きな人がいるって事……」

「……割と、前からかな。おじいちゃんの受け売りじゃないけど、古賀さんを見ていて、何となく、気づいてたよ」

「誰かも……分かってるんやんね」

「坂本さんでしょ」

「うん」

大はゆっくり、肯定する。

「ごめんね、古賀さん。おじいちゃんに、君には好きな人がいるって勝手に言っちゃって」

「ううん。大丈夫。それはほんまやから」

「坂本さん、いい人だもんね」

「うん」

「そりゃあ、古賀さんも、好きになるよね」

「うん」

「僕も好きだよ。坂本さんが」

「えっ？」

「違うよ。そういう意味じゃないよ。あやかし課隊員の、後輩としてって事。いや、正確に言うと、人として……坂本さんの人柄《ひとがら》が好きだなっていう事だよ」

だから、坂本さんには、幸せになってほしいよね。

そう言う総代の言葉に、大は頰《ほお》を熱くさせながら、何度も頷いていた。

「実は僕、今日の事を、事情も含めて坂本さんにも話してあったんだ。そしたら坂本さんは、僕を立派な芸術家だと思ってるって、言ってくれたんだ。僕の考え方を聞いてると、いい美術に触れてるみたいで、楽しいって」

「塔太郎さんが？」

「うん。あの時は嬉しかったな。それに加えて、今日、古賀さんも、僕の事を芸術家だって言ってくれた。京都で育った二人に、そういう風に言ってもらえる僕は、とても光栄だと思う」

総代は、大ではなく、夜空へ昇る噴水の方を見つめている。その瞳は、ライトアップの光を受けて薄《う》っすら青く輝いて、大はそれを、生きる芸術のように見守っていた。

「僕は古賀さんに、皇居外苑を歩いた時に、訊いたよね。僕の気持ちを、分かってくれるかなって……」

「あの時はごめんな。上手く答えられへんで……」

「いいや。君はちゃんと答えてくれたよ。芸術に対する想いや自由さが、僕の長所。東京で育った僕は、これからはきっと、東京の感性も京都の感性も、何もかもを学んで、その歴史や文化が感じられる、僕自身の芸術を完成させる事が出来るだろう。だから僕はまだ、京都から出ちゃいけないんだ……。

……完璧《かんぺき》だったよ。僕が得た、絵描きとしての道や想いと、完全に一致していた。ずっと、同期として、絵の助手として、僕の隣にいてくれたからだよね。それを君は、僕自身が説明するまでもなく完璧に、おじいちゃん達に伝えてくれた。一人の芸術家として……、これ以上の幸せはない」

総代が、すっと大に向き合ったかと思うと、しっかり大の手を握る。両手で大の手を包み込み、感謝の気持ちを込めて、大と握手した。

「古賀さん。今日は東京に、僕の生まれ育った場所に来てくれて、本当にありがとう。そして、僕を理解してくれて本当に、本当にありがとう。坂本さんへの感謝もひっくるめて、僕は、君や京都に、心からのお礼を言いたい。その感謝の気持ちさえも、僕はいつか絶対に、自分の絵に込めるよ。

そしてこれからも……同期として、どうかよろしくね。まだまだ京都で頑張るから、僕の絵の成長ぶりを、見ていてね。意見があったら、どんどん教えてね！」

意欲に満ちた総代を前にして、大もまた、胸に嬉しさが満ちてくる。大も総代の手をぎゅっと握って、

「もちろん！　これからも一緒に仕事したり、まさる部も頑張ろな！」

と、笑顔で返した後、二人でハイタッチした。

「そう言えば……。古賀さんが、おじいちゃん達に僕の事を話してくれた時、僕を『和樹くん』って、呼んでたよね。いつもの名字じゃなくて、下の名前を」

「あ、あれは……。私以外は皆『総代さん』やったから、名字で呼ぶのは変かなって、途中で思って……。あの時は無我夢中やったから、咄嗟《とっさ》にそう呼んでもうた。確かに、総代くんの事を名前で呼んだんは、初めてかも」

「それも実は、結構よかったよ。新鮮味があって。一瞬だけ……。本当に、一瞬だけだけど、古賀さんも、うちの人のように思えたんだ」

「私が？　家族って事？」

「親戚の子みたいだなーって」

「そこは妹とかじゃないの⁉」

「総代家は、絵の一族だから……」

「何で私が、絵が下手《へた》みたいな扱いなん⁉」

「あはは一。ごめん、ごめん！」

大は心の隅《すみ》で、いつかどこかの作家が、東京は冷たい街だとか、東京は貧しい街だとか、そんな寂しい言葉を、新聞に書いていた事を思い出す。

しかし、いざ東京に来て、東京を歩いた今、全く、そんな事はないと思っていた。

東京で生まれ育った総代は、いつだって明るさとユーモアに満ちている。真依も、賢治も、そして清も、人間味に溢れていた。

東京は日本の首都なだけに、やはりここにも沢山の人がいて、神社があって、寺があって、店があって、総代や、総代の家族をはじめ、豊かな人の心に溢れているのだと、大は感じていた。

総代が、区切りをつけたように、大きく深呼吸する。大がふと上を見ると、夜空に大きく、綺麗な一番星が瞬《またた》いていた。

「あれ、何の星やろ？」

「うーん。僕も分かんないや。そういう事も勉強しないと駄目だよね。夜空を描く事だってあるだろうし。――さて、古賀さん！　そろそろ東京駅に向かおうか。帰りはグリーン車にする？」

「めっちゃ賛成！　さすがにちょっと疲れてきたし、私、帰りの新幹線で寝ちゃいそう」

「京都に着いても寝てたら、僕、容赦《ようしゃ》なく置いていくからねー」

「えーっ⁉　何でよ⁉」

二人で軽口を言い合いながら、日比谷門に向かって、ゆっくり歩く。

日比谷公園の第二花壇の西側は、広い森のようである。大達が楽しく喋りながら通り過ぎようとすると、茂《しげ》みの向こうが騒《さわ》がしい。

犬の吠《ほ》える声がしたので、

「犬？」

と、大と総代が、同時に口を開いた瞬間。乾いた銃声と、犬の甲高《かんだか》い鳴き声や女性の悲鳴が、大達の耳に届いた。

続いて、

「陸《りく》、アンタ何してんの⁉　バッカじゃないの⁉」

と、別の女性の怒鳴《どな》り声もしたので、大達は反射的に、茂みの向こうへ走り出す。

駆《か》けつけてみると、若い女性が犬らしき動物を抱《かか》えてへたり込んでいた。

暗くてよく分からないが、女性が抱えている動物は明らかにあやかしの気配を持っており、しゃがんで見れば小さな狛犬《こまいぬ》だった。

悲鳴を上げたのはこの女性らしく、

「篝《かがり》。しっかりして。篝っ！」

と半泣きになりながら、気絶しているらしい狛犬を抱いて、必死に揺り起こそうとしている。

大が咄嗟に、刀の柄頭《つかがしら》の代わりに自らの手で「眠り大文字《だいもんじ》」を試そうとしたが、運よく、それより前に、狛犬が目を開けて唸《うな》り声を上げた。

「篝っ……！　よかった……！」

「狛犬は、大丈夫そうですね」

総代が狛犬の顎《あご》の下を撫でてやると、狛犬が安心したように尻尾《しっぽ》を振る。幸い、命に別状はなく、怪我《けが》もなさそうだった。

総代が、すぐに尋ねた。

「この子は、お姉さんのあやかしなんですか？」

女性は縋《すが》るように何度も頷き、自分達の向こう側を指さす。

「私の式神《しきがみ》なんです。散歩をさせてたら、あの人達の悪い気に反応しちゃって、飛び掛かってしまって……。この子、そういうのにかなり敏感だから……。そしたら、あの人達が……！」

女性を背後に庇《かば》いつつ、女性の指した方を見た大達は、若い日本人の男女二人組と対峙《たいじ》する。大達が来てから今この瞬間まで、その二人は、この状況に全く動じず、ずっとその場に立っていたのである。

　女性も男性も、大達に見られても堂々としており、狛犬や、女性の心配は一切していない。それどころか、自分が発砲した事を隠す気もないのか、スーツ姿の男性は、小さな拳銃《けんじゅう》を持ったままだった。髪を今風に結った女性は、半襟《はんえり》や袖口、裾《すそ》にレースを施したモダンな着物を着こなして、大と総代の出現に呆れたように、腰に手を当てていた。

　男性も女性も半透明であり、霊力持ちである。

「あなた達が、狛犬の式神さんを撃ったんですか……？」

「あたしじゃないわよ、こっちよ。この男。威嚇《いかく》で地面に向けて撃っただけだから、大丈夫でしょ？　どうせ子犬ちゃんなんだから、適当にあしらえって言ったのに……。陸のバーカ。銃じゃなくて、呪符《じゅふ》か小刀を投げればよかったのよ」

「俺達に、いきなり飛び掛かってきたから撃った。それだけだ」

「だからって、ぶっ放す事ないじゃない。私、大きい音が嫌いって、いつも言ってるでしょ。それに音がしたから、こうして余計な奴も来ちゃうんだし……」

「結界《けっかい》は既に張ってある。そもそも、余計な奴が来たから、追い払うために撃ったんだ。後から来たこいつらは、余計な奴ではないから問題ない。あなたが、大きな音が嫌いなのは……まぁ、申し訳ありませんでしたね、ミズ・キャシー」

「ちっとも反省してないわね？　あと、次、その名前で呼んだらぶっ飛ばすから」

「ふふ。そうですか、そうですか……」

「あのっ！　お喋りはその辺にして下さい！　とりあえず、警察を呼びますけど、いいですよね？」

大が険しい顔で詰問しても、二人は謝罪の言葉の一つもなく、キャシーと陸が顔を見合わせる。

互いに、「どうする？」といったように肩をすくめた後は、

「警察を呼ばれるのは、ちょっと困るわねぇ。予定が狂っちゃったけど、もうやっちゃいましょうか」

「了解」

と、言ったと同時に、陸が銃を構えて撃とうとし、先手を打って片肌を脱いでいた総代が、背中の刺青《いれずみ》の白狐《びやっこ》を一匹出現させて、それを阻止《そし》した。

総代の背中から、ひと跳びで嚙みつこうとした白狐を避《よ》けて、陸が飛び下がる。

キャシーと陸の正体は全く分からないが、犯罪に慣れた者であり、今も、目的を持って悪事を企《たくら》んでいる事だけは、確かである。既に他者へ銃を向けているので、職務質問を飛び越えて、緊急逮捕も可能だった。

大達はただちに、戦う者と、一般人を守る者の二手に分かれる。

「ここは僕に！」

「ありがとう！」

短い会話を交わして総代は前に出て、大は、女性を連れて一本道を走った。

「あーっ、もう！　やっぱり逃げちゃった」

キャシーの悔しそうな声が聞こえたが、大は振り返らなかった。

いくら公園内は暗いといっても、東京のど真ん中である。キャシー達と距離さえ取れれば、女性と狛犬を逃がす事はもちろん、警視庁への通報も簡単なはずだった。

しかしその時、キャシーの小さな呟きが、背後から聞こえる。

キャシーとは離れているのに、妙に耳に入ってくると大が思ったその瞬間、大の足元から背中を伝って、何かが瞬時に這い上がってきた。

抵抗しようにも間に合わず、煙のような何かが、大のうなじに嚙みつく。そのまま体の中へ、入り込んでくる気配に蝕《むしば》まれた。

（えっ、何⁉　あの人の術⁉　しまった……！）

大は焦ったが、既に遅かった。

目の前に、跳躍して総代を飛び越えたらしいキャシーが着地して、豪奢《ごうしゃ》な装飾の、小さなアトマイザーをこちらに向けている。

「伏せろ！」

総代の声が聞こえたが、先ほどの術のせいなのか、大は体を上手く動かせず、声も出しにくかった。

それでも、辛《かろ》うじて掠《かす》れた声で「先に逃げて下さい！」と叫んで女性を走らせた隙に、キャシーが美しいアトマイザーから、大の顔に何かを噴射《ふんしゃ》する。

「サルヴィタール・パルファム」

「あっ……!?」

キャシーの妖艶《ようえん》な呪文《じゅもん》と、むせ返るような、花の香りの霧。

微《かす》かな気力の抵抗も虚《むな》しく、それを受けて以降、急に眠らされたかのように、大の意識はふっつり途絶えてしまった。


大が女性を連れて逃げた時、総代は、背中の刺青から二匹の白狐を出して、キャシーや陸を牽制《けんせい》していた。

すぐにでも接近して取り押さえたいが、銃の扱いに慣れているらしい陸が、素早く総代に銃口を向けたので動けない。白狐達も、武器と思われる小瓶《こびん》を構えたキャシーに飛び掛かろうとしていたが、陸の目配せに隙がないので、白狐達もまた膠《こう》着《ちゃく》状態に陥《おちい》っていた。

「あーっ、もう！　やっぱり逃げちゃった」

キャシーの声に総代が動こうとしても、陸の、無機質な殺気がそれを止める。

やがて、陸のわずかな動きに総代が気を取られた隙に、キャシーが何かを呟いた。

総代と白狐達は直《ただ》ちに動いたが、陸の発砲と、キャシーの華麗な跳躍が同時に出たので、ほんの一瞬だけ反応が遅れ、銃弾は避けたもののキャシーを逃がしてしまう。

白狐達が陸に撃たれて消えたと同時に、総代が飛び下がってわずかに振り向くと、キャシーが大にアトマイザーを構えて、何かをかけようとしているところだった。

「伏せろ！」

と、総代は叫んだが、剣術に優れているはずの大の反応が、何故《なぜ》か薄い。

それでも大は勇敢《ゆうかん》に、「先に逃げて下さい！」と叫んで女性を逃がす。大の掠れた声から、キャシーの先ほどの呟きが、大の動きを封じる呪文だったのかと総代が気づいた頃には、キャシーがまた呪文を唱《とな》えて、大に何かを噴射する。

一般人を安全に逃がす事には成功したが、その代償《だいしょう》として、キャシーの攻撃を真正面から受けてしまった大は膝《ひざ》をつき、力なく倒れた。

「古賀さんっ！」

駆け寄ろうとする総代の足元を、陸の銃弾が即座に狙《ねら》う。

陸は再び銃口をまっすぐ、今度は、倒れている大に向ける。

「両手を上げろ」

という指示に仕方なく総代が従うと、キャシーの楽しそうな声が響いた。

「陸。アンタ、もうそんな面倒な事をしなくてもいいのよ？　あとは全部、この子がやってくれるんだから」

総代が、その意味を理解する前に、倒れた大がゆっくり立ち上がる。

「古賀さん⁉　よかった！　大丈……夫……？　……古賀さん……？」

大は総代に反応せず、キャシーから、護身用の警棒を受け取っている。

「何、してるの……？」

という総代の言葉を無視して、突然こちらに走り出す。大は、警棒をまっすぐに力いっぱい、総代の顔へと振ってきた。

「えっ……⁉」

総代は辛うじて避けたものの、大は間髪《かんはつ》を容《い》れずに距離を詰め、何度も振り回してくる。

突然の事に総代は戸惑うばかりで、

「どうしたんだ古賀さんっ⁉　僕だよ、総代だよっ！　分からないの⁉」

と、必死に呼びかけたが、大は返事をするどころか、顔色ひとつ変えなかった。

避ける際に大の目を見ると、どこか虚《うつ》ろであり、生気《せいき》がない。

「まさか、あの女に操《あやつ》られて……⁉」

青ざめる総代を見てキャシーが歓喜しており、口に手を当てた。

「ヤダーっ、実験成功じゃなーい！　ちょっと時間はかかるけど、やっぱり、かけた分だけ効果あるのねぇ。さぁ、お嬢ちゃん。命令よ。そのまま、そいつの顎《あご》を砕いちゃいなさい」

キャシーの言葉を受けて、大の動きが激しくなる。命令通りに動いているのか、総代の顎に狙いを定めていた。

操られているとはいえ、剣術の出来る大は俊敏《しゅんびん》である。絵の実体化で戦う総代は、武器である画材道具を持っていない事もあって、大の攻撃を避けるだけで精一杯。

加えて、キャシーははしゃいで大を応援していても、陸が冷静に銃口を大に向け続けているので、迂闊《うかつ》に白狐を出す事も出来ない。

抵抗手段が何もなく、どうすればよいか分からなかった。

「古賀さんっ！　目を覚ますんだ！　中のまさる君でも何でもいい！　元に戻って、古賀さんっ！」

何度叫んでも、大の攻撃は止まらない。大を応援していたキャシーは、いつの間にか自身が使役《しえき》している大を、じっと眺めて観察している。

「……あれだけ霊力の強い子が、こうも簡単に思いのままに使えるようになるとはねぇ……。煙で時間をかけた後にパルファムを使ったら、最低限の効果は得られる……と、考えていいのかしらん」

データを収集するかのように、ぶつぶつ呟いていた。

キャシーの方を見た一瞬のせいで、総代は、木の根に足を取られて仰向《あおむ》けに倒れてしまう。背中を打って息が詰まり、無防備になった総代のみぞおちに、大の膝が、全体重をかけて乗ってきた。総代が呻《うめ》くと同時に、大が右手に持った警棒を、躊躇《ちゅうちょ》なく振り下ろそうとする。

総代は、何とか大を止めたい一心で、自分が重傷を負うのも覚悟のうえで、上半身を起こして体全体で大を止めようとした。

しかしその時、赤い何かが、頭上の木々の間を抜けて飛んできて、大の手を打ち、持っている警棒を撃ち落とす。飛んできたのは小さな火の玉であり、大が虚ろな目のまま、総代から飛びのいて距離を取った。

総代は、小さい頃から見覚えのあるその火の玉を見てすぐに起き上がり、キャシーもまた、それに素早く反応していた。

「やばい、怪異課が来たっ⁉　陸！　場所を変えるわよ！」

「了解」

総代が走り出すと同時に、大の姿が霧となって消える。陸の姿も同時に霧散《むさん》し、それらは一直線に、キャシーが持っている二つの小瓶に吸い込まれていった。

総代は、迷わずキャシーを捕《とら》えようとしたが、逃げる事に関してはキャシーの方が上手《うわて》らしく、高く後方に跳躍《ちょうやく》したと同時に、左手を下にさっと振る。

そこから、綺麗な座布団を乗せた烏が現れて、キャシーを乗せて飛んでゆく。総代はすぐさま、鳳凰《ほうおう》の絵を描いて実体化させようとしたが、通路は舗装されていて画材道具もない。

やむを得ず、総代は近くの雲形池《くもがたいけ》まで走って靴《くつ》を片方脱ぎ、画材代わりに、地面に絵を描くための水を汲《く》もうとする。

靴がもう少しで水に浸《つ》かるという時、東の方から、馬の嘶《いなな》きと羽ばたく音がして、総代は反射的に夜空を見上げた。

ペガサスに乗った西洋の騎士《きし》が、帝国ホテル東京の辺りから飛び立って、逃走するキャシーを追っている。総代が目を見開いてそれを見ていると、背後から「和樹！」という低い声がして、振り向くと、賢治がこちらに向かって走ってきた。

総代の前で止まった賢治は、倒れそうなほどに息を切らしながら、小さな桐箱《きりばこ》と、スマートフォンを総代に差し出す。

「父さん⁉　何でここに⁉」

「お前達が襲われているのが、帝国ホテルから見えたんだ。真依さんとお義父さんに頼まれてこれを」

桐箱の上に載っているスマートフォンを見ると、通話中になっている。

「もしもし⁉　和樹⁉　聞こえる⁉」

と、スピーカーになっている電話口から聞こえたのは、真依の声だった。

真依の話によると、総代達と別れた後、真依と賢治、そして清は、ホテルのレストランで絵画仲間に挨拶した後、霊力持ちであるその仲間から、他府県に住む、もう一人の共通の絵画仲間が、感性の刺激や霊力増強を求めて東京に来ており、ここ帝国ホテル東京に宿泊していると聞いたらしい。

清達三人は、その絵画仲間に会いに客室へ行き、その部屋で久々の再会を喜んでいると、窓際に立っていた賢治が、日比谷公園の異変に気づいたという。

清が、いつも持ち歩いている単眼鏡で公園を見ると、孫が大に襲われている。事情は全く分からないが、とにかく孫を助けるために、絵画仲間の了承を得たうえで、真依が客室の備え付けの紙に火の玉を描き、窓から紙を実体化させて飛ばした。

真依の火の玉が大の手を打った直後、着物を着た女が大を攫《さら》って逃走したので、今度は清が、ペガサスと騎士をすばやく窓から実体化させて、女の後を追わせたという。

賢治は、息子の異変を知った直後から、清から預かった桐箱と、通話中にした真似のスマートフォンを持って急いで地上へ降り、ここに着いたという訳だった。

スマートフォンから、真依から代わった清の声が聞こえる。

「警視庁の怪異課には、こちらから既に通報した。すぐに怪異課の人が、ペガサスと騎士の後を追って、犯人を捕まえてくれるだろう」

「ありがとう、おじいちゃん。でも、僕は待たない。僕もあいつを追うよ」

「古賀さんを助けるためだろう」

「もちろん」

総代の言葉に、清がふっと笑みを漏《も》らす。

「そう言うと思ってたよ。だからこそ、賢治くんにそれを持たせたんだ」

「それって、父さんが持ってる箱の事？」

総代が顔を上げると、賢治がまだ肩で息をしつつも、真剣な眼差しで桐箱の蓋《ふた》を開ける。

街灯に照らされた箱の中には、様々な鉱物の一連ブレスレットが、純白の綿に包まれて入っていた。

「これは……」

「そうだよ。お前は、小さい頃に見て以来だよな」

驚く総代に、賢治が微笑んだ。

ブレスレットの鉱物は、アズライト、ガーネット、金茶石《きんちゃいし》、黒曜石《こくようせき》、珊瑚《さんご》、辰砂《しんしゃ》、鉱《こう》、赤・黄・緑の各色のジャスパー、トルマリン、ヘマタイト、マラカイト、瑪《め》瑙《のう》、ラピスラズリと、文字通り多彩。

虹のように輪を作っているこれらの鉱物は全て、日本画における、岩絵具《いわえのぐ》の原料だった。

総代が、使った事はおろか、見た事さえ数回しかないもの。総代が子供の頃に、失われたもの。

色鮮やかなそれを目にした瞬間、総代は息を呑《の》んで、電話越しの清に尋ねていた。

「これって、もしかして……」

「そうだ。総代家に代々伝わる家宝、『百彩連《ひゃくさいれん》』だ」

「でも、あれは、姉さんが持ち出して、全部壊して捨てたって……」

「そう。元のやつはな。今、賢治くんが持っているものは、正確に言えば、私達三人が作り直した、新しい百彩連だ」

「皆が……？」

総代が顔を上げると、賢治が頷く。電話越しの清が、総代に百彩連を取るよう促した。

「それを使って、古賀さんを助けに行ってあげなさい。使い方は、お前も昔から話だけは聞いていたから、知ってるよな」

「うん。でも、僕が、これを使えるかどうか……」

「生涯、芸術に生きると決めた今のお前にならたとえ短時間でも使いこなせるはずだ。本当はお前が、東京に帰ってくると言ってくれた時に、使いこなせるかはともかく、渡そうと思っていたが……」

「ありがとう。おじいちゃん。借りるよ」

祖父の声を待たずして、総代は、一秒でも早く大を助けたい一心で、百彩連を箱から出して左手に着ける。

「父さん、母さん、それにおじいちゃん。本当にありがとう。——行ってくる」

しゃがんで、右手の人差し指を地面に付けて、勇壮な鳳凰の絵を想像する。

それが、芸術一家たる総代家の家宝・百彩連の使い方だった。

鳳凰の体軀《たいく》や、羽の色の鮮やかさをしっかりイメージして、舗装された地面に、一筆書きの簡単な鳥の絵を描くように、指を動かす。

その瞬間、左手の百彩連の鉱物が、蛍《ほたる》のように光り出した。

一筆書きした総代の人差し指から、百の彩りとも思える光が飛び出して、空中で織物のように交じり合う。

やがて、総代が頭の中でイメージした、一筆書きの絵よりも何倍も大きくて逞《たくま》しい、見事な鳳凰が実体化した。

鳳凰が現れてすぐに、総代は、家宝の使用の成功を喜ぶ間もなく、その背に飛び乗る。

賢治が鳳凰と息子を見上げて、感動の眼差しで拍手《はくしゅ》していた。

「凄い。素晴らしい。よくやった和樹！　僕が百彩連を使ったら、霊力足らずですぐ消えるだろうになぁ！」

賢治が褒めると同時に、スマートフォンからも、真依や清の声がする。

「行ってきなさい、和樹！　うちの絵の技術で、犯罪者を逮捕するのよ！」

「私が描いて出した絵が、きっと犯人を止めている。そう遠くへは行かせないと思うが、所詮《しょせん》は急ごしらえの絵で頼りない。――百彩連には限りがあるから描く絵はよく選べ。自分の才を、存分に発揮しろ」

芸術一家の後押しを胸に、総代は日比谷公園から飛び立ち、キャシーや騎士の後を追った。

清の言った通り、清が実体化させたペガサスと騎士は、東京の夜空を飛んでキャシーを追いつつ攻撃を仕掛けていたが、キャシーも回避を繰り返して騎士を翻弄《ほんろう》し、その結果、隙をついたキャシーの奇襲が勝《まさ》って、騎士とペガサスはキャシーの乗っていた烏と揉《も》み合って、墜落して消えてしまった。

キャシー本人は、香水瓶の噴射による奇襲で烏から飛び降りたため、とあるビルの屋上に着地する。

その場所は、渋谷《しぶや》駅の東に空高く立つ渋谷スクランブルスクエアの屋上。今夜は、整備点検のために臨時休業中の、地上約二百三十メートルと日本最大級の高さと広さを誇る展望エリア、「ＳＨＩＢＵＹＡ　ＳＫＹ」だった。

その様子を、遠く鳳凰の背から発見した総代は、迷わず空から、右手の人差し指を突き出す。流星を想像して空中でその絵を描くと、それに合わせて百彩連が光り、色が飛び出した。

何もない空中でも、輪郭や色を得て実体化した流星は、まっすぐＳＨＩＢＵＹＡ　ＳＫＹ中央の人工芝の、ヘリポートのＨに向かって急降下する。

降り立ったキャシーが、一旦消えてしまった烏をもう一度出そうとした時、その流星が、キャシーの足元を撃った。

「ちょっ、何っ⁉」

キャシーが警戒して顔を上げたと同時に、総代を乗せた鳳凰が、足でキャシーを捕らえようとする。それを、跳躍と宙返りで避けたキャシーを見据《みす》えて総代もH付近に着地し、もう一度、キャシーの足元に流星を撃った。

総代もSHIBUYA SKYに降り立つと、霊力切れなのか、鳳凰がすっと消えてしまう。

辺りはキャシーと総代の二人だけとなり、強い夜風の音が、総代の耳をざわつかせた。

臨時休業中で、ライトは全て消えていたが、屋上は三百六十度遮るものが何もない。頭上には、麗《うるわ》しいまでの漆黒《しっこく》の夜空が広がり、月明かりと星明かりが届いている。

ビルの周りには、無数の光の海のような夜景が広がっているので、これ以上の明かりは必要ない。キャシーからは総代が、総代からはキャシーが、よく見えていた。

「アンタ、ほんと、しつこいわね……⁉」

「無駄な抵抗をやめて、今すぐ降参しろ。その前に、古賀さんを解放するんだ。今の僕は、何も持っていなくても戦える。君をここから落とす事だって、簡単だよ」

「ふぅーん……」

総代は険《けわ》しい表情で呼びかけたが、案《あん》の定《じょう》、キャシーは動じない。

「アンタねぇ、落とすぞ殺すぞって言葉はね、本気でやる時に言いなさい。いざ、実際にそれが出来るかどうかは、相手の目を見たら分かるのよ」

「じゃあ、殺す事は出来なくても、僕が本気で古賀さんを取り戻そうとして、君を捕らえようとしているのは、分かるよね？」

「そうね。だから、またしても予定を大幅に変更して、ここで、第二の実験をしちゃおうって、決めたの」

キャシーが余裕の笑みを浮かべて、懐《ふところ》から小瓶を出す。

その中には小さくなって眠らされている大がいて、まるでハーバリウムのように、深紅《しんく》の薔薇をはじめとした沢山の花に埋《う》もれ、体には蔓《つる》が巻きついていた。

「古賀さん……っ⁉」

「いいでしょ、これ。あたしの一番好きな術で、『ラルム・パルファム』っていうの」

小瓶の中では、花が何かを充満させているのか、囚《とら》われた大は眠っているにもかかわらず、両目から絶えず涙を流している。

小瓶の下部は透明な二重底になっており、大の閉じられた目から滴《したた》り落ちる涙は、頬を伝い、足元に落ち、やがて、一枚目の底を濾過器《ろかき》のように抜けて、薄紅色の水となって、その下の底に溜《た》まっていた。

「霊力の強い子の涙から、高品質の、呪術用の香水を精製するの。綺麗な薄紅色ね。恋でもしてるのかしらん……。この子に目を付けててよかったわ。あたしの造語なんだけど、フランス語でラルムが涙、パルファムが香水よ。あ、あと、公園で使ったサルヴィタールって呪文も、同じフランス語で召使いって意味。英語のサーヴァントって言い名の方が分かりやすいかも……」

キャシーが話している間に、総代は素早く、人差し指を動かしていた。

想像力と百彩連を全力で使い、足軽《あしがる》や狐《きつね》を数体出したが、ほぼ同時にキャシーが帯に挟《はさ》んでいた小瓶の栓を抜き、陸を出す。出現した陸が発砲し、足軽の一体が撃たれて消えた。間髪を容れずに陸の撃ったもう二発が狐達を打ち消し、総代の手をも掠めた。

総代が反射的に飛び下がった一瞬、キャシーが、大の囚われている小瓶を底から開けて、大から抽出した薄紅色の水を足元に撒《ま》く。

さらに懐から、白木《しらき》の呪符を出して濡れた人工芝に投げつけ、

「ラ・ピュセル（乙女）・グランディ（成長）！」

と、キャシーが叫ぶと、薄紅色に濡れた呪符が、小さな竜巻《たつまき》を起こして変化した。竜巻はただちに人型となり、やがて、薔薇柄の着物に袴《はかま》、ハイヒールを履《は》いて、薔薇の装飾の剣を手にした、美しい女性になった。

大とは似ても似つかないが、凜々《りり》しい目だけは、大に似ている。

総代が目を見開くと同時に、キャシーが高笑いした。

「アンタ、もしかしてお馬鹿《ばか》さん!? こんな状況で長々と喋る訳ないでしょ!? いい実験材料を、沢山出してくれてありがとう? ラ・ピュセル、進撃！ どのくらい強い式神になったか、見せて頂戴《ちょうだい》！」

キャシーの堂々たる命令と同時に、ラ・ピュセルはもちろん、陸も動き出す。二人とも、完全に狙いを総代に定めており、ラ・ピュセルは剣を、陸も、武器を小刀に変えて、接近戦に持ち込んだ。

総代の出した足軽や狐達が、素早く参戦して二人に挑んだが、相手はどちらも総代しか見ていない。そのうえ陸だけでなく、ラ・ピュセルの剣も冴《さ》えており、足軽や狐達を圧倒していた。

ラ・ピュセルは、大の涙から抽出《ちゅうしゅつ》した薄紅色の水の効果によって、かなり強いらしい。戦いに優《すぐ》れた二人相手では、総代は、一旦距離を取るために、逃げに徹《てっ》するしかなかった。

SHIBUYA SKYは、ただ平面的に広い構造ではなく、ピラミッドの土台のような段差や、テーブルやソファーのある仕切られたスペースも作られている。

そのため死角がかなり多く、総代は、それらを活かして陸やラ・ピュセルの視界から何度も逃れては、絵の実体化を補充する。陸達を足止めして、ヘリポートへの階段を跳躍し、何度も何度も、大を助けようとキャシーに接近した。

しかし、キャシーは中央にいるので、簡単に総代を見つけて避けてしまう。

その間に、

「小賢《こざか》しい真似を……っ！ 俺は、鬼ごっこは嫌いなんだ！」

と、苛《いら》ついた陸や、無機質なラ・ピュセルが、総代に追いついて攻撃した。総代は、素早く流星を実体化させて防いだり、逃げてから狐達を実体化させるなどして、決して諦《あきら》めなかった。

(もう少し！ もう少しで警視庁の人達が来るはず！ たとえあいつらを確保出来なくても、このまま逃がさないようにしていれば……っ！)

しかしやがて、絵の実体化に時間がかかるようになってくる。自分の体も次第に重たく感じてくる。総代は、この戦いによって自分が極端に疲労し、いつもより相当早く、霊力が枯渇《こかつ》しかけていると気づいた。

総代が着けている百彩連は、その強い力と引き換えに、使用者に相当な負担を強《し》いるらしい。今まで無我夢中だった総代は、その仕組みをようやく思い出した。

（そうだ、紙も筆もなしに実体化させるのは、そもそも人間業《わざ》じゃない。だから、それを可能にする百彩連は、何倍もの霊力を一気に消耗する……。迂闊《うかつ》だった！　おじいちゃんも、描く絵はよく選べって言ってたのに！　描き慣れたものじゃなくて、もっと強い、別のものにすればよかったんだ！）

息を切らして後悔しても、ラ・ピュセルや陸は止まらない。

総代は段差下の狭い通路で、襲いかかる凶刃《きょうじん》を避けたり、なけなしの霊力で小さな流星を撃って弾《はじ》いたりしつつ、次に出す絵を必死に考える。残りの体力から考えて、実体化出来る絵は、おそらく三つもなかった。

それだけではなく、熊や鳳凰など、強くて大きいものを描けば、その時点で終わるかもしれない。

（女の式神や男を倒して、かつ、古賀さんも助けて、キャシーを確保する何か……！　駄目だ、思い浮かばない！　そんなものが短時間で描けるとは思えない！　描いてる間にやられる！）

総代が苦戦して逃げ回っている間、キャシーは悠々《ゆうゆう》と人口芝のHマーク付近に立ち、観戦気分で、自分の式神であるラ・ピュセルの性能を確かめている。

「いい感じじゃなーい。このまま、完全に式神化してくれたら、陸に続いて有能な下僕《しもべ》になるのかしら……。こんなに強いなら、もう一体欲しかったわね。焦らないで、この子からもっと涙を抽出しとけばよかった」

そんなキャシーの笑い声が、総代の耳に聞こえた時。小瓶の割れる音と、キャシーの軽い悲鳴が上がる。

「えっ⁉ 嘘でしょ⁉ 何なのこの子⁉」

大の呻き声が聞こえた時、総代は反射的に走る方向を変えて、人工芝に立った。

「古賀さん……っ⁉」

驚いているキャシーの足元で、大がぐったりして倒れている。粉々に砕け散った小瓶の破片が、月明かりを受けて光っている。大本人は意識が朦朧《もうろう》としている様子だが、どうやら自力で、小瓶から脱出したようだった。

「中から割るとか、どんだけ霊力強いのよ⁉ ちょっ、アンタ待ちなさい！ どこ行くのっ⁉」

大は意識が朦朧としつつも必死に這って逃げようとしたが、その腕を、キャシーが鋭く摑む。

「痛っ……」

「大人しく小瓶に入ってなさい！」

怒鳴ったキャシーが大に香水をかけようとしたので、総代は、渾身《こんしん》の力でキャシーに体当たりする。突き飛ばされてキャシーが後方に転がった直後、総代もまた、追いついた陸に蹴り飛ばされ、転がってしまった。

咳《せ》き込みながら、疲労し切った体で起き上がると、陸とラ・ピュセルが、それぞれの切っ先を総代へ突き付ける。キャシーが倒れている大の傍に戻り、満足そうな笑みを浮かべている。

「――あたし、気に入ったわ、この子が。大した霊力よね。こんな小さな女の子なのに、何でこんなに凄い力があるのかは分からないけど……。とにかく、百年に一人の逸材《いつざい》だわ。絶対に逃がさない」

動けない総代の前で、キャシーがゆっくり、大を抱き起こした。

「この子から霊力を取り続ければ、もう、あたしに逆らう奴はいない……。あたしと一緒においでなさい、お姫様。永遠に、綺麗な花と一緒に眠らせてあげる。あぁ、嬉しい。恋人を手に入れた気分だわ……」

色気のある声で、愛おしそうに大の頰を撫でるキャシーを、ぼんやりとした目の大が嫌がっている。

その様子には、たとえ敵の手に落ちても、決してなびかない強さが感じられる。

大の唇が、声もなく、

「わた、し、に……さわらん、とい、て……っ！」

と、健気《けなげ》に抗《あらが》うのを見た総代は、自分に向けられた切っ先も何もかも忘れて、怒りが頂点に達した。

「――その子から離れろ」

「は？　何？」

「離れろと言ってるんだ。お前に、その子を愛でる資格はない」

総代は、自分が今から何を描いて戦うべきか、ようやく気づいた。

それは、大の顔を見た瞬間に、気づいたもの。大の唯一の、本当の恋人になれる、運命の人。

その人ならば、大を絶対に助けられる。

「その子に触れていいのは……坂本さんだけだ！」

叫ぶと同時に、脳内一面に無敵の青い龍を描いて、実体化させる。青い稲妻《いなずま》が天に向かって、一瞬で飛び出した。

陸とラ・ピュセルが、異変を感じて咄嗟に総代から飛びのく。

稲妻は、天から反転して同じ場所に一直線に落ち、百彩連の色を取り込んで、青い着物に裁着袴《たつつけばかま》の、一人の凛々しい青年になる。

総代が、底力を発揮して描き出した、京都府警あやかし課のエース・坂本塔太郎の絵の実体化だった。

霊力を一気に消耗した総代は、その場でがくんと倒れ込む。実体化した塔太郎は、陸とラ・ピュセルの剣戟《けんげき》を巧《たく》みに避けて反撃し、格闘技こそ本物に一歩劣るものの、陸達と見事に渡り合っていた。

その隙に、総代は力を振り絞《しぼ》ってキャシーへ飛び掛かり、大を助けようと揉み合う。

しかし、実体化した塔太郎の脇を潜《くぐ》り抜けたラ・ピュセルが、剣を振ってそれを阻《はば》み、キャシーと大の前に立って剣を構えた。

塔太郎を描き、次に、何を描くべきかを分かっていた総代は、ただちにラ・ピュセルの剣を回避して距離を取り、素早く脳内に、一人の青年を思い描く。人工芝に人差し指で、簡単な猿の絵を描く。

残った総代の最後の力と、百彩連の色で実体化したそれは、刀を持った愛嬌《あいきょう》のある顔立ちの、檜皮《ひわだ》色の髪の美丈夫《びじょうぶ》だった。

こちらも、本物のまさるに比べて背が低く、刀の扱いも数段劣っているが、それでも華麗な身のこなしで、ラ・ピュセルと十分に渡り合う。

その間、総代は驚いているキャシーから力ずくで大を助け出し、大の手を引いて後ろは一切振り返らず、屋上への出入り口に向かうエスカレーターへと走った。

すると背後から、キャシーの悔しまぎれの呪文が響く。それによって出現した巨大な烏の式神が、恐ろしい脚の力で大を奪って飛び去った。

総代が声を上げる間もなく、大は烏の式神に、夜空へ高く連れ去られる。

その時運悪く、拳銃を使っていた陸の発砲を塔太郎の絵が避けており、その先の空中にいたのが、大を攫《さら》った烏の式神だった。

首に被弾《ひだん》した烏の式神は、鳴き声を上げ、羽を散らして消滅する。

自分を摑んでいるものが消えた事によって、大は真っ逆さまに空から落ちてゆく。

その刹那《せつな》の光景に、キャシーも陸も、目を見張る。一瞬だけ大と目が合った総代は、頭の中が真っ白になった。

煌《きら》めく東京の夜景の中へ、意識を取り戻した大が吸い込まれてゆく。

総代はすぐにガラス張りの塀《へい》によじ登り、そこから飛び出して助けようとしたが、それを誰かが後ろから引っ張って、取り押さえた。

「古賀さんっ、古賀さんっ！　やめろ離せっ！　古賀さんがっ……！」

「落ち着け！　大丈夫や！　最強の奴が行っとる！」

聞き慣れた声に、総代はようやく顔を上げる。

「……何で、ここに……」

「よぅ。お疲れ。自分一人で、よう頑張ったやん」

飛び出そうと暴れる総代を押さえていたのは、総代の一番身近な先輩・栗山圭佑。

ＳＨＩＢＵＹＡ　ＳＫＹには、いつの間にか数人の警察官が駆け付けており、栗山以外の人達の腕には、「警視庁人外特別警戒隊」という、黒地に黄色の文字の腕《わん》章《しょう》が巻かれていた。

キャシーや陸、ラ・ピュセルは、警視庁の怪異課の隊員達に確保されたが、途中で陸が、隙を見てキャシーが新たに出した烏の式神と共に、隊員達を振り切って逃げてしまった。

しかし、東京の夜空から別のビルへと移った後は、そのビルに雷が走り、そこで陸も烏も、再び確保される。

「――ほらな？　最強の奴が来たって、言うたやろ？」

誇らしげに笑う栗山に、総代も心から笑って、頷いていた。

日比谷公園でキャシーに香水をかけられた大は、ずっと意識を失っていた。

ぼんやり目が覚めると、むせ返るような、花の匂いの霧に目を刺激され、思わず目を閉じた。

ろくに目も開けられないし、体には、蔓のようなものが巻き付いていて身動きが取れず、体の痛みも相まって、頭も回らない。

霧による息苦しさと絶え間ない痛みで、大はひたすら、自分の意思とは関係なく、涙を流し続けていた。

(痛い……。しんどい……。一体、何が起こってんの……？　……一般の人は……ちゃんと逃げた……？　総代くんは……？)

泣きながらようやく、糸の太さほどに目を開ける。

自分は、沢山の花に囲まれて、硝子《ガラス》のような物の中にいる事が分かる。

(私……あのキャシーって人に、捕まったんや……)

硝子の向こうは、見知らぬビルの屋上で、総代が二人を相手に戦っていた。

(……総代くん……！　……ごめん……っ)

どうやら、苦戦しているらしい。大は、自分が捕まってしまい、総代一人に戦わせてしまっている事を、苦しく思う。辛い体と頭を懸命に動かして、体に巻き付いた蔓を切ろうとする。

(何とか……。何とかして、ここから出んと……！)

ふとその時、大の足元が、二枚の底になっている事に気づく。どうやら自分は小瓶に封じ込められているらしく、二重底のうちの下の方に、薄紅色の水が溜まっていた。

それが、自分の霊力から生まれた水である事を、大は水からの気配で察する。

この時、大が小瓶から連想したものは、東京にも持参していた一つの硝子の小物であり、

(俺は大ちゃんの成長を見てきた。これからの成長も、楽しみにしてる)

という、大に美しいペンダント型の砂時計をくれた、大好きな塔太郎の声が、脳裏によみがえった。

(……そうや……。今の私が、砂時計の砂みたいに、硝子の中にいるとすれば……出る方法は……！)

大は一つの応用を思いつき、自分に巻き付いている、蔓の一部をぎゅっと握る。

そうして集中し、自分の魔除けの力を、目いっぱい蔓に流し込む。

いつかの宵山《よいやま》で、赤ん坊に霊力を流した方法を使って、「神猿《しんえん》の剣　第十一番　眠り大文字《だいもんじ》」を蔓に施した。

(塔太郎さん……っ。私に、力を貸して下さい！)

大は、それこそ柄頭《つかがしら》で突く時のように、一気に霊力を流し込む。多少の時間はかかっても、魔除けの力が、蔓全体はもちろん、周辺の花にまで染み込んでゆく。

やがて、それらは弾け飛んで深紅の水を出し、瀑布《ばくふ》のように流れて洪水《こうずい》となり、霧に変化して急激に、内側から膨張する。ぴし、と微かな音が聞こえた瞬間、大を囚えていた小瓶そのものが割れ、破壊音と共に木《こ》っ端微塵《ぱみじん》になった。

大の体が吹き飛ぶと同時に、外からキャシーの悲鳴が聞こえ、大は人工芝に投げ出される。脱出には成功したが、元から意識が薄らいでいたうえに、眠り大文字の応用まで使ったためか、大は気絶寸前だった。

「えっ⁉　嘘でしょ⁉　何なのこの子⁉」

それでも、キャシーが戸惑う隙に、大は懸命に這って逃げようとする。キャシーの乱暴な腕が大の腕を摑んだ時、総代が、キャシーを突き飛ばして離してくれた。

しかし、別の誰かが総代を襲ったらしく、キャシーが再び、自分に近づいて抱き起こす。

一緒においでなさい、お姫様、という声が、蛇《へび》のように耳に絡みつく。自分の頰を撫でる手から、必死に身をよじって抵抗すると、総代の叫ぶ声が聞こえた。

「その子に触れていいのは……坂本さんだけだ！」

（さかもと……？）

大がその名前に反応した瞬間、辺りが閃光《せんこう》で見えなくなる。

目を瞑《つむ》る直前に見えたのは、天に昇る、青い一筋の稲妻《いなずま》。それが落雷して大が目を開けると、坂本塔太郎がそこにいた。

（塔太郎さん……⁉）

大の意識がはっと目覚め、だんだん、目の前の景色も鮮明になる。

まだ、体は上手く動かないが、敵二人と戦っている塔太郎は精巧な別人であり、それが、総代の絵の実体化なのだと気づく程度には、大は意識を取り戻しつつあった。

続いて、総代が筆もないのに実体化させたものは、刀を持った美丈夫。

大はこの時、初めて戦う「まさる」を見る事が出来、その勇姿に一瞬だけ感動したが、喜んでいる場合ではなかった。助けてくれた総代に手を引かれ、まだ重い体を全力で動かしながら、総代と一緒にエスカレーターまで走る。

しかし気づけば、キャシーの呪文の直後に、巨大な鳥によって連れ去られ、その鳥が被弾して消滅し、自分は空中に放り出された。

（えっ……？）

こういう時、意識というものは、きちんと戻るものらしい。浮遊感と同時に大が感じたのは、「転落死する」という確信。

大は、夜の東京へ真っ逆さまに落ちてゆき、一瞬だけ目が合った総代の姿が、まるで最期の光景だと言わんばかりに、鮮やかに見えた。

（うそ……）

周りに、摑めるものは何もない。落下の風圧が、大を激しく撫でては消える。以前の天上決戦とは違って、救ってくれる人は誰もいない。

（ああ、私、死ぬんやな）

今度こそ全てを、諦めるしかなかった。

大の脳裏に、両親や友達、職場の人や知り合いといった、大切な人の顔が次々浮かぶ。

今までの人生を思い出し、今まで自分が過ごした場所や人に、仕方なく別れを告げる。

最後に、誰よりも愛して、最期に一目会いたかった塔太郎の笑顔を思い浮かべて、別れを告げた。

(ごめんなさい、塔太郎さん……。私、悔しい。自分が、こんなところで終わるなんて、凄く悔しい……！　私、そっちに、帰りたかった。こんなところで死ぬんやったら……塔太郎さんに……好きですって、言えばよかった……！)

大は、目に涙を溜め、静かに瞳を閉じて、体の力を抜く。潔く落下に身を任せて、その時を待った。

(……え……？)

しかし、その時は、とうとう訪れなかった。

大は、何かに体を甘噛《あまが》みされ、大きく上昇するように、掬《すく》い上げられる。

大の見えていた世界が反転し、眼下には美しい夜景が、頭上には夜空という、生きている者の視界となる。

大の瞳に映った青い鱗《うろこ》は、確認するまでもなくその正体が分かり、

「……うそ……」

と、大が震えて呟くと、青龍《せいりゅう》が近くのビルの屋上まで飛んで、そっと大を降ろしてくれた。

地に足を付けて、膝から崩れ落ちる大を、青龍から戻った塔太郎が支える。

暗闇の中、月明かりに照らされる本物の塔太郎の顔を、大は信じられないような気持ちで見上げていた。

「……何で……ここに……？」

湧き上がる喜びで、言葉にならない。

「……塔太郎さん……っ！」

力の入らない体で、逞しい胸に寄りかかった大を、塔太郎がしっかり抱き締めていた。

「……無事で、よかった……」

大の耳元で、塔太郎の絞り出すような安堵の声が、低く囁《ささや》いて大を包む。

そのまましばらくの間、大は塔太郎に、心から愛おしいというように抱き締められていたが、遠くのＳＨＩＢＵＹＡ　ＳＫＹが騒がしくなり、大と塔太郎は顔を上げる。

十秒も経たぬ間に、ＳＨＩＢＵＹＡ　ＳＫＹから巨大な鳥の式神に乗った陸が飛んできて、大達の前に墜落した。

「まさか、総代くん達から逃げて、ここまで来たん……⁉」

大が驚くと、息を切らした陸が、まっすぐ大を睨《にら》みつけた。

「逃がさない……！　お前は、あの人が溺愛《できあい》した、大切な素材……！　俺達の栄華のためにも……逃がさない……っ！」

陸と鳥が、ゆらりと立ち上がって大を狙う。

二対二なら、何とかなるかもしれないと大が身構えようとすると、その肩を、塔太郎がそっと抱き寄せる。

「大丈夫。ちょっとだけ後ろに、下がっといて」

低く囁き、大の前に、守るように立ってくれた。

陸と鳥が、一斉に塔太郎へ飛び掛かる。

しかしそれより早く、塔太郎が腰に付けていた鈴を一個だけ引き抜き、

「雷砲《らいほう》！」

と叫んで、鈴を持った右手を鳥に向けると、右手から射出された雷の鈴が、鳥を一発で打ち倒した。

その時にはもう、塔太郎は次の動作に移って両足に雷を込めており、神速のごと

く、陸の懐に飛び込んだかと思えば、拳《こぶし》の一撃で陸を気絶させていた。

塔太郎が、烏に撃った「雷砲」という雷の鈴が、前から話だけは聞いていた、塔太郎の新技らしい。一度、鈴を投げてから広範囲に雷を出す雷線とは違い、鈴そのものを飛ばして、雷を帯びた弾丸をお見舞いするという、拳銃のような技だった。

それとほぼ同時に、雷の力で動いて敵を突くという動作自体も、神業《かみわざ》である。

二秒も経たずに、二対一の決着がついた事に、大は感動のあまり震えてしまった。

「……凄いです……。今のを、深津さんや魏然《ぎぜん》さんが見はったら……、きっと、喜ばはりますよ……」

「いやぁ、どうかなぁ？　あの二人やったら今のでも、『あんな近距離やったら誰でも当たるわ』とか、『足に込めた雷の威力が、少し落ちてたぞ』って、まだ言われそうやわ」

「皆さん、お厳しいですね……」

「やからこそ、大ちゃんを守れたんや」

振り向いた塔太郎が、笑って大に近づいて、もう一度愛おし気に、抱き締めてくれた。

その後、大達のいるビルに警視庁の怪異課の隊員三人が来て、陸と烏を確保する。

塔太郎のスマートフォンが鳴って、塔太郎が出ると、通話口から栗山の声がした。

「坂本ー。そっち、大丈夫やんな？　雷が見えたから知ってるけど。こっちはもう全部終わってるし、どうする？　地上で合流する？」

「あー……。えっと、どうしようかな」

塔太郎が、ちらっと大を見る。

大は思わず、今、自分達がいるビルの屋上を見回して、元いた場所だと思われる、別の高いビルを見た。

塔太郎が倒した陸や烏をはじめ、キャシー達全員が確保されたのは分かったものの、大が現状に混乱し、状況を知りたいと思っている事が、塔太郎にも伝わったらしい。

「俺らも、一旦そっちへ行くわ。ほな」

栗山に伝えて通話を切った後、塔太郎は、大に優しく向き合ってくれた。

「大ちゃん。体の具合はどうや。どっか痛むとか、気持ち悪いとか、異常はあるか？」

「大丈夫です。さっきはちょっと、体の力が抜けちゃいましたけど……。あの……。栗山さんも、東京に来たはるんですか？　総代くんは……」

「心配ない。全部、解決してるよ。総代くんも大丈夫や」

塔太郎の話では、大が落ちる前にいた、すなわち現場であるSHIBUYA　SKYには、警視庁の怪異課や栗山がいるという。このビルで、陸と烏の式神が確保されたように、もちろん向こうでも、キャシーとラ・ピュセルが確保されていた。

塔太郎達が東京にいる経緯も含めて、空からSHIBUYA　SKYに戻って栗山達と合流した方が、早く状況が分かるだろうと塔太郎は言ったが、

「でもさすがに、もう一回龍に乗って飛ぶのは、大ちゃんは嫌やんな……？」

と、迷ったので、大は首を横に振った。

「大丈夫です。少しでも早く向こうに行って、今回の経緯を知りたいです。ちゃんと落ちんように、塔太郎さんに摑まってます」

「ほんまに？」

「はい。塔太郎さんは、もう一回龍になっても、大丈夫なんですか？」

「いける、いける。そのために、毎日修行してんにゃしな」

男らしく微笑む塔太郎に、大もふんわり微笑み返した。

「ほな、私を、皆さんがいるSHIBUYA　SKYまで、連れてって下さい！」

「了解」

塔太郎の姿が、すっと光って青龍になる。大は、龍の塔太郎の、首の後ろ辺りで

横に座った後、体を前に倒すようにして、塔太郎にしがみついた。

「飛んでもええか」

「はい」

「大丈夫やしな。落ちても、絶対に助けるしな」

力強い言葉に、大は頰を赤らめる。怪異課の隊員達に挨拶した後、青龍の長い体がふわりと浮いて、大達はビルの屋上から飛び立った。

夜風と空気抵抗を受けて、大がぎゅっと身を寄せると、塔太郎の脈が、温かく伝わってくる。

「そう言えば、大ちゃんを乗せて飛ぶのは、初めてかもな」

「言われてみれば、そうですね。私、重くないですか……?」

「全然。大ちゃんが百人乗っても大丈夫」

塔太郎の冗談に、大はくすっと笑う。不安を感じさせないように気遣い、丁寧に飛んでくれる塔太郎との時間は、まるで全てを忘れて、東京の夜空を旅しているかのようだった。

「塔太郎さん」

「ん?」

「何で、塔太郎さんがここにいてくれるのか、まだ夢のようで、よう分かりませんけど……。私を助けてくれて、ありがとうございました。新技も見れて、よかったです」

龍の鱗を愛おしく撫でると、「くすぐったいやん」という、塔太郎の嬉しそうな声がする。

ＳＨＩＢＵＹＡ　ＳＫＹの上空に着くと、塔太郎の言った通り、腕章を巻いた数人の警察官と、その人達に確保されたキャシーやラ・ピュセルの他、総代や栗山の姿も見える。

よく見れば、総代と栗山の傍《かたわ》らには、駆け付けてくれたと思われる清、真依、賢治の姿もあり、真依の手には、日比谷公園で回収してくれたらしい、大のハンドバッグもあった。

「古賀さん……？　古賀さーんっ！　坂本さーんっ！」

総代がこちらに向かって、大きく手を振っている。

「総代くーんっ！」

大も大きく手を振り返し、塔太郎が、ＳＨＩＢＵＹＡ　ＳＫＹの人工芝に着地した。

大が人工芝に降りるのと、塔太郎が青龍から人間に戻るのはほぼ同時で、度重《たびかさ》なる浮遊感と疲労のためか、大はその場で、足の力が抜けてしまう。

「大ちゃん、大丈夫か?」

「だ、大丈夫です! すみません、こんなとこでへたり込んじゃって……。何か、足がまだ……」

大は気丈《きじょう》に立ち上がろうとするが、気持ちはともかく、体はまだ完全に回復していないらしい。

膝立ちになり、よろめいて反射的に、塔太郎の服を摑んでしまう。大は慌てて謝罪し、立ち上がろうとあくせくしていると、塔太郎が大の前にしゃがんで、小さく尋ねた。

「立ちたいんけ?」

「あ、はい……。早く動かへんと、皆さんの迷惑にもなりますし……。塔太郎さん、すみません。手を貸してほしいです……」

「もちろん。せやけど、こっちの方が早いわ」

「え? ひゃっ⁉」

あっという間に、大は塔太郎に横抱きされる。軽々と抱き上げる腕に包まれて、大は全身が熱くなった。

一瞬だけ迷って心を決めて、大も、自分の両腕を、塔太郎の首にそっと回す。

「うん。そうしてくれたら、動きやすい。力を抜いて、楽にしとき」

「……ありがとうございます……」

嬉しいです、という気持ちを込めたのが伝わったのか、塔太郎が目を、柔らかく細めた。

そんな大と塔太郎の傍に、総代、栗山、清ら三人が駆け寄り、大達の帰還《きかん》を心から喜んでくれた。

「古賀さん……っ！　本当によかった……っ！　あのまま僕、古賀さんが死ぬと思って……！　僕が弱いばっかりに、本当にごめん……！」

「何でよ、総代くん。謝るのは私の方やで。あっさり敵に捕まって、総代くん一人に戦わして……。私も、ほんまにごめんな。一人で戦ってくれて、私を守ったり助けたりしてくれて、ほんまにありがとう」

塔太郎に抱き上げられたまま、大は総代に微笑む。

それを見た総代も、心から安堵して微笑み、

「古賀さんも、自力で小瓶から脱出するなんて凄かったよ。さすがだね」

と言って大の前に拳を出したので、大は一旦ピースサインして、自分の拳をこつんと合わせた。

互いの拳が離れた後、総代が静かに、塔太郎へ頭を下げる。

「坂本さん。古賀さんを助けて下さって、本当にありがとうございました。僕で

は、どうやっても無理だったと思います。坂本さんが来てくれなかったら、古賀さんは今頃……」

「総代くん。もう、そういう事を言うのは、なしにしようや。俺は、大ちゃんはもちろん、総代くんも大事な仲間やと思うから、ここにいんねん。それだけでええねん」

やがて、大達の前に、怪異課の隊員達がやってくる。大は塔太郎に支えられながら、総代や清達、塔太郎と栗山、怪異課の隊員達のそれぞれから話を聞いて、全ての経緯を含んだ、事件の顚末《てんまつ》を把握した。

中でも大が驚いたのは、総代家の家宝・百彩連であり、

「ほな、総代くんは、今は画材がなくても実体化出来んの⁉」

と、大はもちろん、塔太郎も栗山も目を見開いたが、総代本人は照れ臭《くさ》そうに笑って、百彩連は清に返したと言った。

「今の僕が、完全な霊力切れっていうのもあるけど……。それを差し引いても、今は全く使えないっていうのが分かるんだ。何ていうか、まだ、百彩蓮に認められていないっていう感じの……。さっきの戦いで使えたのは、仲間を助けるためという、我を忘れて死力を尽くす覚悟があったからみたいだね。いわゆる、火事場の馬鹿力ってやつだよ。だから僕は、やっぱり、今まで通りの僕だよ。もっと精進《しょうじん》し

なくちゃね」

総代は謙遜《けんそん》していたが、顔つきは以前よりも、相当頼もしくなっている。それを、両親である真依と賢治、祖父であり師でもある清が、家族として以上に、一人の芸術家として見守り、認めていた。

「今はまだ家宝を使いこなせなくても、お前は立派な絵描きだよ」

清が、そっと呟いた。

式神だった烏やラ・ピュセルが完全に消滅し、キャシーと陸は、警視庁の怪異課が逮捕し、キャシー達の身元も含めた事件の捜査は、同じく怪異課が行うという。

塔太郎と栗山がそれぞれの上司に今回の事件の概要を報告し、この後の指示を仰《あお》いだ結果、事件後の体調を考慮して、大や総代はもちろん塔太郎と栗山も東京で一泊し、翌日、警視庁の事情聴取等を経たうえで、京都に帰る事となった。

深津と絹川は気を利《き》かせて、大達全員を出張扱いにしてくれる。

「リフレッシュも兼ねて、ゆっくり休んできたらええで。あ、竹男《ちくお》らが、東京のお土産《みやげ》よろしくって言うてたわ」

「私、この前、テレビで銀座《ぎんざ》のお土産特集を見ててんけど、資生堂《しせいどう》の、花のチョコがめっちゃ美味しそうやってんか。やし、それ買《こ》うてきてー」

とちゃっかり、絹川からお土産まで頼まれてしまった。

宿泊するホテルや着替え等の手配は、話を聞いた真依が進んで手を挙げ、

「大ちゃんに、好きな服を買ってあげる！」

と、大に好きな寝間着《ねまき》の種類まで訊き始める。

総代が呆れて、

「明日の着替えはいいとして、寝間着は普通、どこのホテルにもあるでしょ」

と言って、自分の母親を止めていた。

宿泊するホテルも無事決まり、大達は、事件の後処理を怪異課に引き継いでもらって、真依達が呼んでくれたタクシーで渋谷スクランブルスクエアを後にする。

東京駅の前でタクシーから降りると、真依が大達に、予約したホテルについて話してくれた。

「コインロッカーに入ってるっていう大ちゃんの荷物は、後で私が、買ってきた着替え一式と一緒に、ホテルに届けてあげるから安心してね。それで今夜、皆が泊まる部屋なんだけど……」

真依が手配したのは、東京駅近くの、二ヶ所のビジネスホテル。どちらも、ベッドが二つのツインルームだった。

「ごめんねー。取れる部屋がそれしかなかったのよ。でも、和樹はうちに泊まればいいでしょ？　だから、二つの部屋を、三人で分ければいいと思うの」

真依の提案は至極もっともで、一つの部屋に塔太郎と栗山が、もう一つの部屋に、大が一人で泊まる事になりかけると、総代が穏やかな顔で、それを止める。

「母さん。古賀さんには、今夜はずっと、誰かが傍にいた方がいい。敵の術を受けたんだし、いつ、体に異変が起こるか、分からないよね。だからずっと、古賀さんの傍にいてあげて下さい。……坂本さん」

総代の目はまっすぐに、塔太郎だけを見つめていた。

大は「えっ？」と驚いて塔太郎を見て、話を振られた塔太郎も、一瞬だけ大を見る。

塔太郎が口が開く前に、

「古賀さんはどうしたい？」

と、総代が笑顔で、今度は大に訊いたので、大は直感で、総代が何かの後押しをしていると気づいた。

（そういえば総代くんは、私が、塔太郎さんの事を好きやって、知ってた……）

大は、余計な事は考えず心のままに、温かくなる胸の内を、そっと抑える。

「私も、塔太郎さんが一緒にいてくれたら、安心です」

一度は転落死を覚悟して、気持ちを伝えなかった事を、後悔した身である。

今の大は、自分の気持ちを伝える事に何の迷いもなく、大の答えを聞いて、再び驚いた塔太郎の頬に、少年のような赤みがさした。

「大ちゃんは、俺で、ええのか」

「はい」

坂本さん、そんなに気にしなくても大丈夫ですよ、と、総代が言う。

「古賀さんの意思は、今聞いたばかりじゃないですか。それに、今回の件はもう、全部、終わったんですから……」

「……全部、か？」

「はい。事件も含めて、何もかも全部、です」

東京駅を背にした総代の表情は、全力を出し切ったという、澄んだ晴れやかさに満ちている。

その総代の、確かな言葉を受けた時、塔太郎の目に、ほんの少しだけ漂《ただよ》っていたわずかな迷いが、すっと消えた。

「――分かった。ほな、行こか。大ちゃん」

塔太郎が、優しく呼んで、大を見つめる。

大もまた、

「はい」

と、素直に、まっすぐ塔太郎を見つめて答えた瞬間に、全ては決まった。

大と塔太郎は、寄り添うように二人並んで、これから別れる総代達に向き合う。

「総代くんは結局、実家に泊まるん？」

「僕はこの後、八重洲《やえす》に行こうと思うんだよね。東京ミッドタウン八重洲っていう商業施設が、つい最近出来たらしいんだ。気になってたし、タクシーの中で、栗山さんと行こうって話をしてて……。ご飯を食べたりすると遅くなりそうだから、その後はホテルで、栗山さんと相部屋かな。ですよね？　栗山さん」

総代が栗山に話を振ると、栗山がさも嬉しそうな顔で、寿司を握る真似をする。

「確かそこ、寿司あったよな⁉」

「あったと思いますけど……。えっ、まさか、僕が奢る流れなんですか？」

「えーっ⁉　だってここ、お前の地元やん⁉」

「それ関係ないじゃないですか！」

どちらが奢る、奢らないでやり合う二人を見て、大と塔太郎は、思わず吹き出す。早く休んで体調を整えるために、大達は、その賑やかさを名残惜しいと思いつつ、最後の挨拶をする。

「総代くん。今日はほんまにほんまに、ほんまにありがとう！　東京を歩いたん、凄く楽しくて、沢山《たくさん》勉強になった！　他の皆さんも、ほんまにありがとうございました。……総代くん。また一緒に京都で、頑張ろなっ！」

「うん。またね、古賀さん。僕も楽しかったよ。これからも同期として……あやかし課隊員の仲間として！　京都でよろしくね！」

大が笑顔で手を振ると、総代も笑顔で手を振り返す。

それを最後に、大はもう振り向かず、塔太郎と並んで歩き出した。

＊＊＊

彼女の姿が、だんだん遠ざかってゆく。

それが見えなくなった瞬間に、僕の恋は、幕を下ろした。

全てが終わった今になって、僕は、君と出会った日の事を思い出す。

配属一年目の、先斗町《ぽんとちょう》の命盛寺《めいせいじ》での鎮魂会《ちんこんかい》の時。刀で戦うという君に憧《あこが》れて、男の「まさる君」に変身する事に、驚いた。

それからは同期として、君とはいつも軽口を言い合ったり、協力したり。

本当に、楽しかった。君の笑顔を見る度に、僕は君を、好きになっていった。

まっすぐで、可愛くて、でも、格好よくもあって。

眩《まぶ》しい君の恋人になりたいと、心から思っていた。

でも、君の心は最初から、僕ではなく、あの人のものだった。今更ながらに、なんて報《むく》われない恋をしたんだろうと、少しだけ笑いたくなってくる。

でも、不思議と後悔は……全くない。

僕は、自分の恋に全力を出したつもりだし、何よりあの人ならば、僕以上に、古賀さんを幸せにするだろうと、思っているから。

思い出だって、ちゃんと、貰《もら》ったしね。

僕だけが見た、東京の街を歩く君の姿は……凄く、素敵だった。

「……古賀さん」

好きだったよ。君の事が。

僕は、君の恋人にはなれなかったけど、君を女の子としてだけでなく、人間としても好きだからこそ……これからは君の、信頼し合える大切な仲間として、生きていこうと思う。

また、一から始めるように、君とまた京都で会って、それぞれの人生の目標に向けて、頑張っていきたい。

だから、この恋は、決して無駄じゃなかったし、だからこそ、過去に出来る。

今までありがとう。

「さようなら。大ちゃん」

ついに、呼ぶ事の出来なかった名前を、そっと呼ぶ。

いつか、この思い出だって、僕の芸術の道の、貴重な糧《かて》となるだろう。

心置きなく、そう思った時こそが、僕の恋の、本当の最後の幕引きだった。

ふと、気がつけば、僕の隣には栗山さんがいて。

「栗山さん。話を合わせて下さって、ありがとうございました。急に一緒に行くだなんて言って、すみませんでした」

「別に？　俺も、飯食いたかったし、東京をぶらぶらしてみたいと思ってたしな。……ま、今まで、よう頑張ったな。その努力に免《めん》じて、今日は俺が奢ったるわ」

「……ありがとうございます」

思わず、洟《はな》を啜《すす》りそうになると、僕の代わりに何故か、父さんが洟を啜っている。

「栗山くん！　君、本当にいい男だね！　和樹に代わって心からお礼を言うよ！　ご飯なら僕がご馳走《ちそう》するから、目いっぱい食べよう！」

「えっ、ほんまっすか⁉　あざーっす！　めっちゃ嬉しいです！」

「えっちょっと待って？　何で父さんが入る流れになってるの？　お礼なら僕も言ったけど？」

呆気《あっけ》にとられた僕が訊いても、父さんは構わず、

「お義父さんと真依さんは？　一緒に来ます？　それとも真依さんは、事務所に帰

っちゃうの？」

　と、話を進めている。

「私はとっくに、事務所に早退の連絡を入れてますぅー。私も行くに決まってるじゃない。ミッドタウン八重洲、だっけ？　私もそこ、まだ行った事ないし。大ちゃん達の着替えを買ってホテルに届けたら、すぐ行くから」

「賢治くん。私もご一緒していいかな。せっかく全員揃ったんだし、今夜は栗山くんも入れて家族全員で水入らず、ゆっくり食事と洒落込むとしよう。お代は、総代家代表として、私が持つよ」

「お義父さん、恐縮です。ありがとうございます。さぁ、栗山くん！　和樹！　行こうか」

「了解っす！　総代家の皆さん、ほんまにありがとうございまーっす！」

「ちょっと待って⁉　何でその流れになってるの⁉　っていうか栗山さんは、何しれっと人の家族になってるんですか⁉」

「細かい事言うなや。人類みな兄弟やろ！」

「そうだよ和樹。弟が、一人増えたと思えばいいじゃないか」

「えっ⁉　俺が弟なんすか⁉」

爆笑する僕の家族と、栗山さん。

それを見た僕は、ついさっき失恋したばかりなのにもかかわらず、無性に楽しさがこみ上げてくる。

家族と、家族のような先輩に救われた僕は、その夜は沢山笑って、沢山食べて、久し振りに心地よく、ぐっすりと眠りに就《つ》く事が出来た。

明日から、生まれ変わって、頑張れる。

恋もまたいつか……出来るといいな。

僕は、これからの自分が、人生が、楽しみで仕方なかった。

終章

宿泊するホテルに着くと、大《まさる》は、部屋に入ってすぐ自分のお腹《なか》がぐうと鳴り、恥ずかしくなって、塔太郎《とうたろう》の顔を見上げてしまった。

塔太郎は、大の照れる顔を見て嬉《うれ》しそうにして、

「俺《おれ》も、腹減ったわ」

と言って、にっと笑いかけてくれる。

お腹は空《す》いているものの、かといって、今から食事に出かける体力は残っておらず、大自身だけでなく、塔太郎もそう考えていたらしい。

「体を休めるのが最優先やし……。コンビニでよかったら、俺が、何か買いに行こか？　一緒についてきてもええけど」

「ありがとうございます。そうですね……」

コンビニ程度なら一緒に行こうかと思った大だったが、部屋の洗面所と、その奥にある浴室を見て、考え直す。

「あの、私、ここで待ってます。その間に、シャワーを浴びときますので……」

「あっ。そうか……。せやな。その方がええな」

シャワーと聞いて、塔太郎が、わずかに頰《ほお》を赤らめる。

そのせいか、片方が近くのコンビニへ食料を買いに、もう片方が、その間に入浴を済ませると、すんなり決まった。

「なるべく早く帰ってくるけど、気分が悪くなったら、すぐに風呂場から出て、横になって、体調管理に気ぃつけてな」

「はい。ありがとうございます」

塔太郎は心配していたが、大は何事もなく無事に入浴を済ませて、ホテルの備え付けの寝間着《ねまき》に着替えて休んでいたところに、塔太郎がコンビニから帰ってくる。

塔太郎は、明日の朝食の分も含めた、食べやすい物を多く買ってきてくれた。中でも、大も塔太郎も真っ先に手に取ったのは、京都の老舗《しにせ》が監修《かんしゅう》したという、コンビニのコラボレーションおにぎりだった。

おにぎりのパッケージに、「京都・八代目儀兵衛《ぎへえ》監修」と書かれている八代目儀兵衛とは、京都・祇園《ぎおん》や、ここ東京の銀座に店を構える、約二百三十五年の歴史を誇る米の老舗である。

京都では、八坂神社《やさかじんじゃ》の目の前に店があって、地元の人達にも親しまれているので、大も塔太郎も、八代目儀兵衛の事はもちろん以前から知っていた。

「こんなところで京都のご飯に会うなんて、何か嬉しいですね」

「せやな。相変わらず美味《うま》い。米、フワッフワやん」

「ご飯自体にも味がついてるので、美味《おい》しいですよね。私、この梅とひじきのやつが好きです」

「美味いよな。それも好きやけど、俺、こっちの、ちりめん山椒《さんしょう》が一番好きやわ。俺の中で、コンビニおにぎりの革命が起こってる」

「めっちゃ分かります。この豚汁《とんじる》も一緒やと、もうほんま幸せです……」

「美味いよな」

「美味しいですよね」

意味もなく、美味い、美味しいと言い合って、二人きりの食事を楽しむ。いつもと違う土地で、思いがけず地元の食べ物に出会った嬉しさも、二人の気分を盛り上げていた。

一つの部屋で、美味しい食べ物を、好きな人と一緒に食べていると、少しずつ元気が戻ってくる。

食事の後、塔太郎も入浴を済ませて備え付けの寝間着に着替えると、互いに何だか家にいるような、なのに、特別な事をしているかのような、熱い錯覚《さっかく》に陥《おちい》ってしまった。

「何か、変な気分ですね」

「うん。お互い寝間着の格好って、なかなか、ないもんな」

「そうですよね。今、思ったんですけど……。何かこれ、修学旅行みたいですよね」

「あぁ、そうや。それや、それ。何やろなこの気持ち、って、思ってたけど……。

そうや、修学旅行の、友人と一緒に寝る時のあの感じに似てるんや」

「皆で、いつもと違うところへ行ってお泊まりする、あの感覚ですよね」

「そうそう。で、誰かが好きな子に告白したりとか……」

「実は誰が好きとか、皆で恋愛話して……」

話しているとやはり、互いに照れて、変に微笑《ほほえ》み合って、それぞれのベッドに座ったまま固まってしまう。

大は一瞬、塔太郎への恋心を、ここで解き放ってしまおうかと思ったが、寝間着姿で、ここでそれをした場合の後を考えると、顔から火が出そうになって、到底行動に移せない。

塔太郎も、何かを考えているのか、入浴後の余熱ではなく、ほんのり頬を赤らめて、じっと黙っていた後、

「……俺は、大ちゃんの体調が、一番大事やから……」

と、自身に言い聞かせるように呟《つぶや》き、

「……さ、大ちゃん。もうそろそろ寝よか。今日は大変やったし、明日は朝から、警視庁へ事情聴取に行かなあかんしな」

と、愛情がこちらまで伝わるくらいに、心から優しく、促《うなが》してくれた。

「ありがとうございます。気遣って下さって……。おやすみなさい、塔太郎さん」

「うん。おやすみ」

それぞれのベッドで布団《ふとん》をかぶって、部屋の電気を消した。

暗闇《くらやみ》の中、大の心の中は、塔太郎が自分を一番に思ってくれている事実に溢《あふ》れ、その塔太郎本人は、寝た振りをしつつも、大の体がいつ急変しても助けてあげられるように、大が安心して眠るまできちんと起きている、という気配が、伝わってくる。

「塔太郎さんも、寝ていいんですよ……？」

暗い部屋の中で、大も気遣って呼びかけると、

「ううん。大丈夫。ありがとう。でも、心配やし、大ちゃんが寝るまでは起きてる。大ちゃんは、安心して寝てな」

「はい」

と、むしろ塔太郎の気持ちが一層伝わってきて、大はそっと目を閉じた。

眠りに就《つ》く直前、大は、前に塔太郎が居眠りしていた時の事を思い出して、最後にこれだけはと尋ねる。

「……塔太郎さん。この前、テーブルで寝たはった時、夢を見てましたよね」

「うん。ばれてた？　何か俺、寝言でも言うてた？」

「はい。私が、ちとせに配属された初日の……。塔太郎さんと、最初に出会った時に、名前の事を話していた時の事を、寝言で言うたはりました」

「そうなんや？　自分では何を言うてたか分からへんけど……。大ちゃんの、配属初日か。懐かしいなぁ」

「実はそれ、この前の新京極《しんきょうごく》の鬼ごっこの時も、ちょっとだけ思ってたんです。辰巳《たつみ》の旦那《だんな》様に綾《あや》さん、鴻恩《こうおん》さんに魏然《ぎぜん》さんに、菅原《すがわら》先生にカンちゃんもいましたから……。今までの事が一気に思い出されるようで、配属初日から気づけば沢山《たくさん》、色んな事を重ねてきたんやなって、実感しました」

「せやな。大ちゃんはほんまに、初めて出会ったあの日から、沢山、歩いてきたよな」

「はい」

「ほんで、これからも、歩くんやもんな」

「塔太郎さんも、ですよね」

「もちろん」

暗闇の中で、互いに微笑み合った。

「塔太郎さんは……。私と、初めて出会った時の事を、覚えてますか？」

「今でも、すぐ思い出せるで。ぶつかった時、小柄《こがら》で可愛《かわい》い子やなって、思ってた」

「そうなんですね……。嬉しいです」

「ほんで、その後、『大』って名前を聞いて、それも可愛いなって思った。……でも、今は……」

「今は……？」

「……大ちゃんは、俺と出会った時の事は、覚えてんのけ？」

「はい。もちろんです。漫画の、格好いい主人公のようやなって、思いました。でも、今は……」

この時、大はようやく、なぜ塔太郎が、中途半端なところで話の方向を変えて、大に訊《き》き返したかを理解する。

今は話をするだけで、どうしても互いに胸が熱くなり、それを続けていると、事件後の体を休めるという、宿泊の本来の目的が、全く果たせなくなってしまう。

本能のままに行動する事だけが、恋ではない。

それを、大は塔太郎の愛情の形から受け取って、もう一度目を閉じた。

「すみません、塔太郎さん。ちょっと、喋《しゃべ》りすぎましたね」

「ええねんで、別に。大ちゃんが、しんどくさえなかったら……」

「ありがとうございます。塔太郎さんにご心配かけないうちに、もう寝ますね。今度こそほんまに、おやすみなさい……」

「うん。おやすみ。大ちゃん……」

塔太郎の声に誘われるように、大はとろんと眠りに就く。

その日、大が見た夢も、初めて塔太郎に出会った日の追憶《ついおく》で。

太陽のような塔太郎の笑顔に、夢の中の大は、ずっと寄り添っていた。


翌朝、大と塔太郎は、部屋で簡単な朝食を取り、真依《まい》が用意してくれた服に着替えてチェックアウトした後、警視庁の怪異課の事情聴取に出かけた。

総代と栗山は、上司への報告を含めて先に帰る事になっており、事情聴取に行くのは大と塔太郎だけ。塔太郎は、あやかし課の和装の制服から、カジュアルなシャツとパンツ姿になっており、大は、真依が体調を気遣ったからか、デザインが和装を思わせるような、シンプルなワンピース姿で、どちらも動きやすい私服である。

怪異課の隊員達が大達を気遣ってくれた事もあって、事情聴取は、大達の予想よりも早く終わった。

　そのまま、新幹線に乗って帰ってもよかったが、大の体調がすっかり癒《い》えていた事と、出張扱いにしてくれた深津達に、お礼としてお土産《みやげ》を買うために少しだけ、どこかへ行ってみようという話になる。

「大ちゃんは、昨日も東京観光してたやろうけど……。どっか、行きたい場所とかある？　俺は全く分からんから、どこへ行っても楽しめるで」

「そうですね……」

　昨日の事を頭の中で整理した大は、行きたくても行けなかった場所を、一つだけ思い出す。

「浅草《あさくさ》……！　浅草に行きたいです！　総代《そうしろ》くんから、メンチカツや人形焼が美味しいって聞いて、でも、スケジュールの関係で行けへんかったので……！」

「おぉ、そうか！　ほんなら、そこ行こうや。人形焼やったら、お土産にもなるしな」

　早速、大達は浅草へ行き、二人並んで、雷門《かみなりもん》の雄大さを見上げて驚いたり、仲見世《なかみせ》通りを楽しみながら、浅草寺《せんそうじ》にお参りする。

　その帰りに「浅草メンチ」と人形焼を買い、どちらの美味しさにも、大達は衝撃を受けたものだった。

　なかでもメンチカツは、大が昨日想像したように、塔太郎が家の商売と結び付け

て興味を示し、

「親父《おやじ》に、家の商品にこれ入れてって、頼んでみよっかな」

と、言いながら味わい、とても満足そうだった。

浅草からは電車で一駅先だという事で、塔太郎の希望もあって、東京スカイツリーまで足を延ばし、併設の商業施設・東京ソラマチでも、皆へのお土産を買う。

東京スカイツリーの展望回廊から見下ろした東京の街並みは、遥《はる》か遠くに見える水平線や隅田川《すみだがわ》、敷き詰めたように広がる無数のビルや住宅街など、三方を山に囲まれた京都では見る事の出来ない、地球の丸さや世界の広さを、味わう事が出来た。

「凄《すご》い！　めちゃくちゃ綺麗《きれい》です！　両手をずっと、横に広げたくなるぐらい、広大な絶景ですね！」

「ほんまやなぁ！　何ていうか、さすが首都！　って、感じやわ」

その規模はやはり、京都とは桁違《けたちが》いである。

しかし、そんな大規模な首都に本部を置く、日本最大手のコンビニエンスストアが、京都の老舗に監修を依頼して、コラボレーションしたおにぎりを、全国展開で販売している。

その事実を思い出した大達は、東京に直《じか》に触れたからこそ、東京はもちろん、京都もやっぱり魅力的なのだと、今更ながらに実感したのだった。

東京スカイツリーを出た後、大達は東京駅から新幹線に乗り、京都への帰路に着く。

車内では、東京駅の構内で買った幕の内弁当を広げ、

「大ちゃん。無理して食べんでええしな」

と、塔太郎が気遣ったので、大は駅弁の中央に載っていた、銀鮭《ぎんざけ》の塩焼きをぱくっと食べて、しっかり飲み込んで見せた。

「大丈夫です！　あれだけ、観光してたじゃないですか。もう完璧に、元気ですよ！　このお弁当も、大変美味しく頂いてます！　……塔太郎さん、昨日と今日と、ほんまにありがとうございました」

「そんなん、全然！　大ちゃんの体調を治すために、昨日は泊まった訳やしな。今日の大ちゃんが元気で、術の後遺症とかもなさそうで、俺もほんまにありがとうやわ。それが一番、俺にとっては嬉しい」

塔太郎が目を細めて笑ったので、大も頬を赤らめて微笑む。

「実は俺、駅弁って、食べんの初めてかも。何か、新幹線で食べると、昔ながらの旅って気がしてええなぁ」

「そうなんですか？　私も、そんなに詳《くわ》しい訳じゃないんですけど、今、駅弁っ

て、めっちゃ種類があるみたいなんです。行きの新幹線では、京都駅で、京都の駅弁を買って食べました。六角形の花柄の箱で、めっちゃ可愛かったです！　お茶も、南山城村《みなみやましろむら》の焙《ほう》じ茶《ちゃ》で……」

「へー。そうなんや？　南山城村、俺らの故郷の村やんけ」

「そのネタ、まだあったんですね」

些細《ささい》な事を、一緒に笑い合うこの時間が、幸せでたまらなかった。

大は今回の東京の旅で、京都についての見識や、店長候補としての勉強も出来た事はもちろん、様々な経験を経て、明らかに心の変化を遂《と》げている。

そして、塔太郎も、何らかの心の変化を遂げており、大を見つめる瞳は終始、先輩として以上に人間的な、もっと言えば、男性的な温かさを、常にたたえていた。

新幹線が名古屋にさしかかる時、大がつい、うとうとすると、

「寄りかかるか？」

と、塔太郎が小さく促して、自分の肩を貸してくれる。

大もその言葉に迷いなく従い、塔太郎の半身に、自身の体を預けた。

「ありがとうございます。私、重くないですか？」

「大丈夫。ずっと俺に、寄りかかったらええで」

塔太郎の低い声が、より一層大をとろんとさせて、甘い気持ちにさせる。

そのまま、大は京都駅に着くまで穏やかな眠りに就き、塔太郎に優しく起こされて、新幹線を降りた。

京都、という文字をあちこちで見かけるたびに、旅から帰ってきたという実感が、一気に湧《わ》いた。

この日も、京都は観光シーズン真っただ中なので、京都駅の構内は、どこを見ても人で溢れている。さすがに東京の人出には及ばないが、立っているだけで、うっかり人波に呑まれそうになってしまう。

しかし大には、この秋の混雑こそが京都らしいと思え、行き交《か》う人が皆、それぞれ京都観光が楽しみで来ていたり、何かの思い入れがあって来ていたり、いずれにせよ、京都を愛し、京都の町を楽しむ人がこんなにもいるのだと思うと、嬉しくなる。

かつての首都で、自分の地元、千年の都たる京都が今もなお、現在の首都・東京に劣らぬ栄華を誇っている事が、大は素晴らしいものに思えてならなかった。

大はふと、この「帰ってきた」という余韻《よいん》に浸《ひた》りたくなり、それを象徴する存在として、

「あの、塔太郎さん。改札口を出たらちょっとだけ、京都タワーを眺《なが》めたいんですけど……」

と、控えめに頼む。

隣を歩いていた塔太郎が、「ん?」と大に顔を向けた。

「京都タワー?　昇るけ?」

「あっ、いえ。そこまでじゃなくていいんですけど。いえ、あの、昇りたいと言えば、昇りたいですけど……。ちょっと、じっくり眺めたいなって」

「あぁ。京都タワー『を』、見たいって事やな。やりたい事があんねやったら、遠慮せんと好きなだけ言うてくれたらええのに。それやったら、改札を出た駅の前で……。いや、あそこの方がええな。あそこ行こか」

塔太郎が指さしたのは、中央口改札の向こう側に見える、東向きの上りエスカレーター。

大が、塔太郎に手を引かれるように改札を出て、エスカレーターに乗って四階へ上がると、西側に、一部がアーチ形をしている駅ビルの全体像が見える。ほぼ全面がガラスなので、まるで透明な大聖堂のようだった。

広場の北側からは、京都の玄関口のシンボルであり、今は、京都に住む全《すべ》ての人の心に馴染《なじ》む純白の京都タワーが、青空を借景《しやっけい》に、あまりにも間近に、悠然《ゆうぜん》とその全貌《ぜんぼう》を見せて、大達を見下ろしていた。

大はそれを見た瞬間、京都タワーの迫力と、漂《ただよ》う威厳に息を飲む。

清々《すがすが》しい京都の風が、大の全身を駆《か》け巡っていた。

「凄い……！　こんな場所が、あったんですね……！」

「大ちゃんは、初めて来たんか。ええ場所やろ、ここ」

烏丸小路広場と呼ばれるこの場所は、時には、ホテルグランヴィア京都の屋外チャペルにもなるほどで、京都タワーがよく見える絶景スポットとして知られている。

大は、そういう場所があるという事を、誰かから聞いて知ってはいたが、来たのは初めてだった。

「……京都タワーや……。私、京都に帰ってきたんや……」

無意識に呟いたきり、大はしばらく何も言わず、吸い寄せられるように京都タワーの見える場所へと歩く。自分が元いた場所に、そして自分が、これからもいるべき場所に帰ってきたという実感が、じわじわとこみ上げていた。

「塔太郎さん」

「ん？」

「私、今回、初めて東京に行って、色んな場所を見て、東京ってこんなにいい街なんやって知って、感動しました。皇居はもちろん、街の中にも神社があったり、明治神宮の、大きな森みたいな自然があったり。でもちゃんと、カッコいいビルが凄く多くて、最先端を走って、首都として機能してて……。私には東京の街そのものが、輝いて見えました。凄く、今を生きている街やなって……」

「……それで……？　いつかは東京に引っ越して、東京に住みたいって、思った？」

塔太郎が静かに尋ねると、大もまた、静かに首を横に振る。

「東京のよさを知ったからこそ、私は、京都にずっといたいって、思います。違う場所から帰ってきて、この京都タワーを見て、初めて、ああ、私は京都にいたいんやなって、自分の気持ちを再確認しました。……やっぱり私は、京都の人間なんですね。あの広い烏丸や、三方の山や、何よりこの京都タワーを見て過ごす時が、一番落ち着きます！」

大は、京都タワーを見上げながら、自身の体を清めるように、深呼吸する。

広場の北側の端ぎりぎりまで近づいて、ガラスの塀《へい》から烏丸通りを見ると、駅前ロータリーからまっすぐに、大きな通りがどこまでも北へ延びていた。

まず、東本願寺《ひがしほんがんじ》の本堂の甍《いらか》が見えて、そこからずっと北には、京都御所《きょうとごしょ》がある。それだけでなく、京都駅が洛南《らくなん》にある事から、千年の歴史が詰まったあらゆる神社仏閣《ぶっかく》、老舗、博物館、記念館、旧家、人々の住む家などが、全ては見えなくても、広がっているはずだった。

遠くを見れば、山の一部が、緑から黄色や赤に変わっている。やがて、紅葉の全盛期となるだろう。京都の秋は、永観堂《えいかんどう》をはじめとして、紅葉《もみじ》の名所がたくさんあり、各所を訪れる人々でさらに賑《にぎ》やかになるに違いない。

三方が山で囲まれているので、見える景色の広さは、東京には到底及ばない。

しかしそれは、あくまで平面的な広さの話であって、京都の本当の広さは、時を超えた歴史にこそあった。

それを大は京都で知り、東京で改めて知り、今再び京都に帰ってきて、肌でそれを感じていた。

「塔太郎さん。ここに連れてきて下さって、ありがとうございます。この景色でもって心機一転、明日から頑張れます！」

あやかし課隊員として、店長候補として。そして、京都の人間として。

自分でも分かるほど、自分が瑞々《みずみず》しく成長している。自分も京都のように、今までの自分の歴史を胸に抱《いだ》いて、未来を生きる事が出来る。

その瞬間を、好きな人と一緒に生きていける事が、大はとても嬉しかった。

その時、京都タワーが大に、

――おかえり。大ちゃん

と、言ってくれた気がする。

それが、空耳《そらみみ》ではないと気づいた時。大は塔太郎に後ろから強く、優しく、そして愛情いっぱいに、抱き締められていた。

「塔太郎さん……⁉」

「ごめん、大ちゃん。体が、勝手に動いてしまう事って、あるんやな……」

愛《いと》しさに震《ふる》えるような、塔太郎の声。

そこに、微《かす》かな大への気遣いや、勝手に抱擁《ほうよう》した事への謝罪、離れようとする理性といった塔太郎の真面目《まじめ》な性格を、大は察する。

塔太郎が、我慢して自《みずか》ら離れてしまう前に、大は自分を優しく包む、塔太郎の腕にしがみついた。

「……離れちゃ、嫌です……。誰も、やめてなんて、言うてない……」

「……そうか……」

塔太郎の腕に、少しずつ力が入っていく。

塔太郎自身は何も言わないが、大を抱き締める腕や息遣い、大の肩に、顔を埋《うず》める甘い仕草《しぐさ》全てが、強く大を求めている。

「おかえり。大ちゃん。ここに帰ってきてくれて、ありがとう。俺はこの瞬間を……、ずっと、待ってた……」

塔太郎が大の耳元で囁《ささや》くと、大は、一瞬で全身が熱くなる。体の力が抜けて、恋の衝動が止められなくなる。

大が、思わず塔太郎の腕に口づけすると、塔太郎はやや強引に大を振り向かせ、自分の腕の中に閉じ込めるように大を抱いて、髪に愛おしそうに唇《くちびる》を寄せる。

大の視界が、塔太郎でいっぱいになり、頼れる胸の優しい匂《にお》いを吸った瞬間、大の目から、嬉しさと愛しさの交じった涙が、じわりと滲《にじ》んだ。

「あの……塔太郎さん……。実は私、再確認した気持ちが、もう一つあるんです……」

「それは、後で聞く。その前に俺が言う。何を言うかは……、もう、分かるやろ?」

塔太郎の悪戯《いたずら》っぽい、少年のような笑顔に、大も顔を上げて頷《うなず》く。

塔太郎は慈《いつく》しむように頬を撫《な》でて、涙の滲んだ大の笑顔を愛で、はっきり告げた。

「大ちゃん。俺、大ちゃんの事が……大好きや。ほんまにほんまに、大好きや! 心から惚《ほ》れてる! 大ちゃんが嫌じゃなかったら、どうかずっと、俺の恋人になってほしい!」

青空の下、一心に愛を伝える塔太郎の笑顔は、何よりも綺麗で眩しくて。

そのあまりの愛しさに、男らしさに、大はもう胸がいっぱいになって、耐えられなかった。

何かに心を打ち抜かれたように、大の目からは涙が溢れ、拭《ぬぐ》っても拭っても止められない。

戸惑う塔太郎が、手で拭ってくれようとするが、それでも涙は止まらず、

「ごめん。まさか、そんなに泣くとは思わんかった」

と、頭を撫でる塔太郎に、大は今度は自分から、塔太郎の胸に飛び込んだ。

「だっ、って……！　私、も、塔太郎さんの事が、すき……でっ……！　ずっと、ずっと、ずっと！　この時を、夢、見てたんやもん……！」

「そうかぁ。……今の言葉、もう一回聞かしてもらえる？　その『すき』っていうの、先輩としての意味やったら、俺、悲しいしなぁ」

「いじわる……っ！　分かってる、くせ、に……っ！」

対抗して、大は塔太郎の体にぎゅっとしがみつく。塔太郎も、愛しく大を抱き返して、背中を撫でる。

大は息を吐《は》いて、塔太郎の心臓の辺りに、耳を当てた。

「塔太郎さん……。私も、塔太郎さんの事が、大好きです。どんな人よりも、どんなものよりも、塔太郎さんの傍《そば》にいたいです。これからも塔太郎さんと一緒に仕事をして、沢山、色んな事を話したりして……。塔太郎さん。好きです……。大好き

です……。私には勿体ないぐらい、塔太郎さんは、出会った時からずっと、格好よくて、優しくて……。昨日、私が敵の小瓶の中にいた時も、塔太郎さんのくれた砂時計が助けてくれて……。塔太郎さん本人も、助けてくれて……。凄く凄く、カッコよかった……。……大好き……。私こそ、こんな私でよかったら……、恋人に、して下さい……」

まるで幼い少女のように、愛しい気持ちを、剝《む》き出しでぶつける。

その瞬間、塔太郎の心臓の鼓動が、ほんの少しだけ速くなった。

大が顔を上げると、塔太郎の頰が真っ赤になっていて、幸福に打ち震えていた。

「……俺、嬉しすぎて、死ぬんちゃうかなぁ？」

「嫌。死なんといて」

「分かってるよ。でも、大ちゃんのその言葉、ほんまに可愛いから、その……。小出しにしてくれると助かる。心臓がもたへん」

「塔太郎さん。大好きです。大、大、大好きです！」

「今、言うたばっかりやん」

二人で笑い合うと、互いにようやく、落ち着いてくる。

それでも、先輩・後輩の関係から、新しい関係になれたという喜びと興奮は、大も塔太郎も冷めやらず、

「……これからは、誰に気兼ねする事なく、思いっ切り大ちゃんを、好きになっていいんやな。可愛いって言えるし、好きやっていうのも言えるし……。夢みたいや」

と、塔太郎が京都タワーを見上げて呟くと、大も頷き、すぐに意味をちゃんと理解して、顔を赤らめた。

「私の事、今でも可愛いって、思ってくれてるんですか？」

「そらそうやん。今でもというか、今は……。可愛いし、格好ええし、尊敬しているし、全部乗せや。全部まとめて、『可愛い』。それ以外の感情を、俺、持った事ないで」

塔太郎がさらりと言ったので、大はもはや頬だけでなく、耳まで真っ赤になってしまう。

「ほら、可愛い。苺《いちご》みたいで美味しそうや」

塔太郎の冗談に大も笑うと、大は苺から連想して、ある事にはっと気づいた。

「すみません、塔太郎さん！　私、お土産のお皿を買うの、忘れてました！」

「お皿？　あぁ、そういえば……。そんな話してたな？　皿、お土産に考えてくれてたんや。ありがとうな。でも今更、そんなん、こだわってへんって。気にしんとき」

手を振って流した塔太郎だったが、やがて、大の手を見て、何かを思いついたらしい。

塔太郎の手が、大の手をそっと持ち上げる。

「――皿やったら、ここにあるやんけ。ほんまに世界に、一つだけのが」

塔太郎の、もう片方の手の指が、大の掌《てのひら》をとんとんと叩《たた》き、そのままさっと、口づけする。

大は頬を熱くして微笑みながら、その手をまっすぐ塔太郎に寄せて、頬を撫で、もう片方の手でも撫でて、そのまま塔太郎の首に、両腕を回して、抱き締めた。

塔太郎も、合わせるように大をぎゅっと抱き寄せて、

「大ちゃん。改めて、これからもよろしくな」

「はい。こちらこそ、よろしくお願いします」

と、言い交わした後、互いに名残惜しいと思いつつ、ゆっくり離れた。

「さて、そろそろ移動しますか――……」

京都の空は、まだまだ秋の陽光が照っており、暖かい。

「塔太郎さん」

「ん？」

「さっきの、大好きって言葉。もう一回言うて？」

大の頼みに、塔太郎が嬉しそうに微笑む。

「……愛してる」

「……私も！」

並んで仲良く、京都の町に帰ってきた、大と塔太郎。

それを京都タワーをはじめ、京都の町と、爽《さわ》やかな青空が見守り、迎え入れていた。

（おわり）

著者紹介
天花寺さやか（てんげいじ　さやか）
京都市生まれ、京都市育ち。小説投稿サイト「エブリスタ」で発表した「京都しんぶつ幻想記」が好評を博し、同作品を加筆・改題した『京都府警あやかし課の事件簿』（PHP文芸文庫）でデビュー、第七回京都本大賞を受賞した。その他の著書に、『京都丸太町の恋衣屋さん』（双葉文庫）、エッセイ集に『京都へおいない』（ぱるす出版）がある。

エブリスタ
国内最大級の小説投稿サイト。

小説を書きたい人と読みたい人が出会うプラットフォームとして、これまでに200万点以上の作品を配信する。

大手出版社との協業による文芸賞の開催など、ジャンルを問わず多くの新人作家の発掘・プロデュースをおこなっている。

https://estar.jp

この作品は、小説投稿サイト「エブリスタ」の投稿作品に大幅な加筆・修正を加えたものです。

イラスト――ショウイチ
目次・主な登場人物・章扉デザイン――小川恵子(瀬戸内デザイン)

PHP文芸文庫　京都府警あやかし課の事件簿8
東の都と西想う君

2023年8月21日　第1版第1刷

著者　天花寺さやか
発行者　永田貴之
発行所　株式会社PHP研究所
東京本部　〒135-8137　江東区豊洲5-6-52
文化事業部　☎03-3520-9620(編集)
普及部　☎03-3520-9630(販売)
京都本部　〒601-8411　京都市南区西九条北ノ内町11
PHP INTERFACE　https://www.php.co.jp/
組版　有限会社エヴリ・シンク
印刷所　図書印刷株式会社
製本所　東京美術紙工協業組合

ISBN978-4-569-90335-4

PHP文芸文庫

第7回京都本大賞受賞作

京都府警あやかし課の事件簿

天花寺さやか 著

人外を取り締まる警察組織、あやかし課。新人女性隊員・大にはある重大な秘密があって……？ 不思議な縁が織りなす京都あやかしロマン！

PHP文芸文庫

京都府警あやかし課の事件簿 2

祇園祭の奇跡

天花寺さやか 著

嵐山、宇治、祇園祭……化け物捜査専門の部署「あやかし課」の面々が初夏の京都を駆け巡る！　新人隊員の奮闘を描いた人気作、第二弾！

PHP文芸文庫

京都府警あやかし課の事件簿3

清水寺と弁慶の亡霊

天花寺さやか 著

弁慶が集めたとされる999本の太刀。それらに封印されし力が解き放たれた時、秋の京都が大混乱に⁉ 人気のあやかし警察小説第三弾！

PHP文芸文庫

京都府警あやかし課の事件簿4

伏見のお山と狐火の幻影

天花寺さやか 著

日吉大社にお参りすることになった大と塔太郎。大に力を授けてくれた神々との対面は一体どうなる⁉ 恋も仕事も新展開のシリーズ第四弾！

PHP文芸文庫

京都府警あやかし課の事件簿5

花舞う祇園と芸舞妓

天花寺さやか 著

式神の襲撃、窃盗団からの予告状……次々起こる事件の裏にはあの組織の影が？　京都を守る、あやかし課の活躍を描く人気シリーズ第五弾。

PHP文芸文庫

京都府警あやかし課の事件簿 6

丹後王国と海の秘宝

天花寺さやか 著

丹後の海賊の襲来、化け猫が見た予知夢、そして狙われた祇園祭……夏の京都を舞台にした大人気あやかし警察小説シリーズ待望の第六弾！

PHP文芸文庫

京都府警あやかし課の事件簿7

送り火の夜と幸せの魂

天花寺さやか 著

祇園祭の山鉾略奪を企てる京都信奉会。その計画を阻止すべく、あやかし課隊員達が立ち上がるが……。大人気シリーズ、衝撃の第七弾！

PHP文芸文庫

第6回京都本大賞受賞作

異邦人《いりびと》

原田マハ　著

京都の移ろう四季を背景に、若き画家の才能をめぐる人々の「業」を描いた著者新境地のアート小説にして衝撃作。

PHP文芸文庫

風神雷神 Juppiter《ユピテル》, Aeolus《アイオロス》(上・下)

原田マハ 著

ある学芸員が、マカオで見せられた俵屋宗達に関わる古い文書。「風神雷神図屛風」を軸に、壮大なスケールで描かれる歴史アート小説！

PHP文芸文庫

すべての神様の十月(一)

小路幸也 著

貧乏神、福の神、疫病神……。人間の姿をした神様があなたの側に⁉ 八百万の神々とのささやかな関わりと小さな奇跡を描いた連作短篇シリーズ。